U0618146

J. M. G. Le Clézio

从未见过
大海的人

〔法〕勒克莱齐奥 著

金龙格 译　杨拂柳 绘

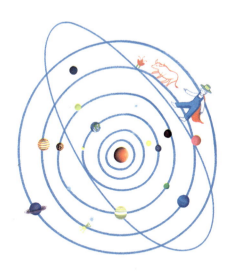

人民文学出版社
PEOPLE'S LITERATURE PUBLISHING HOUSE

著作权合同登记号　图字 01-2021-7002

J. M. G. Le Clézio
Mondo et autres histoires
© Editions Gallimard, Paris, 1978

图书在版编目（ＣＩＰ）数据

从未见过大海的人 / (法) 勒克莱齐奥著；金龙格
译；杨拂柳绘 . -- 北京：人民文学出版社，2023
ISBN 978-7-02-017897-1

Ⅰ.①从… Ⅱ.①勒… ②金… ③杨… Ⅲ.①儿童小
说－短篇小说－小说集－法国－现代 Ⅳ.① I565.84

中国国家版本馆 CIP 数据核字 (2023) 第 044376 号

责任编辑　朱卫净　王雪纯
装帧设计　李苗苗

出版发行　人民文学出版社
社　　址　北京市朝内大街 166 号
邮政编码　100705

印　　刷　山东新华印务有限公司
经　　销　全国新华书店等

字　　数　183 千字
开　　本　890 毫米 ×1240 毫米　1/32
印　　张　11
版　　次　2023 年 5 月北京第 1 版
印　　次　2023 年 5 月第 1 次印刷

书　　号　978-7-02-017897-1
定　　价　98.00 元

如有印装质量问题，请与本社图书销售中心调换。电话：010-65233595

★contents★

目录

怎么?!您住在巴格达,却不知道这里是水手辛巴达老爷的府邸?他可是赫赫有名的航海家,远航征服了太阳照耀的所有的大海!

——《航海家辛巴达》

梦多

也许，没有人能说得清梦多是从哪个地方来的。偶然有一天，他神不知鬼不觉地来到我们这座城市，谁也没注意到，时间一长大家对他也就习惯了。小男孩约莫十岁；他的脸蛋浑圆而恬静，微斜的眼睛美丽而黝黑。可特别引人注目的是他那一头棕灰色的头发：它们能在不同的光线下变幻出不同的色彩，每至傍晚时分都差不多变灰了。

大家对他的家庭和住所也一无所知。兴许他无亲无故，无家可归。每每大家心里没去想他时，他出人意料地从街道一隅、海滩附近或集市广场里冒出来。他独来独往，神情坚决，两眼环顾着四周。他每天都穿同一套服装：蓝色牛仔裤、网球鞋，还有那件略显宽绰的绿色 T 恤衫。

他朝你走来时，会目不转睛地盯着你看，冲你一笑，细小的眼睛眯成一条晶亮晶亮的缝。他就是这样跟别人打招呼的。当他喜欢某个人时，就会拦住这个人，只问一句话：

"您愿意收养我吗？"

还没等别人回过神来，他就已经跑得远远的了。

他到这座城市来干什么呢？也许，他在到达这里以前，曾在一艘货轮的船舱里，在一列慢慢吞吞、连日连夜穿越整个国土的货车的最末一节车厢中颠簸了很长时间。也许，他看到这儿的阳光和大海，看到白色别墅和棕榈花园，便决定在此地逗留。有一点毋庸置疑，那就是：他来自一个很遥远的地方，来自山的那一边、海的那一边。只需瞅他一眼，就知道他不是本地人，知道他到过不少国家。他的双眼黝黑，目光炯亮；他的皮肤呈古铜色；他的步态轻盈，悄然无声，像狗一样有些歪斜。尤为特别的一点，是他身上散发着这个年龄的孩子往往都不具备的优雅与自信。他爱提一些谜一般稀奇古怪的问题。然而，他既不会读书，也不会写字。

他到达我们这儿时，夏季还未来临，可天气已经相当炎热了。一到晚上，山冈上都有好几处会发生火灾。早晨，天空总是一碧如洗，平滑如砥，紧绷绷的，没有一丝云彩。海上吹来的风干燥灼热，大地被吹干，火势更旺了。那天适逢集市日。梦多来到集市广场，在菜贩子的蓝卡车之间穿行。他很快就找到一份活计，因为菜贩总免不了要找人帮忙卸柳条菜筐。

卸完一车，菜贩扔给他几枚硬币，他又去卸另外一辆。赶集的那些人都与他很面熟。为保险起见，他一大清早便来到广场等人雇他，卡车一到，车上的人一看见他，就高喊他的名字：

"梦多！嗨，梦多！"

集市散后，梦多总爱留下来捡些菜贩们落下的东西。他钻进货摊，捡起掉在地上的苹果、橙子和椰枣。不光是他，其他孩子也在找东西。另外，还有几位老人把生菜叶和马铃薯往袋子里装。菜贩都很喜欢梦多，可他们从来也不跟梦多聊点什么。有时，那位胖胖的名叫罗莎的水果商会从自家的货摊上拿些苹果或香蕉送给梦多。广场上一片嘈杂，胡蜂围着椰枣和葡萄干飞来绕去。

梦多一直待到那些蓝卡车全开走了才离开广场，他在等候那位市政洒水工朋友。那人瘦高个儿，身穿一件海军蓝运动衫。梦多很喜欢看他操纵喷水管的情景，可他从没跟那人搭讪过。洒水工举起喷嘴，对准垃圾，垃圾在他面前像牲口一样四处逃窜，水雾向空中蒸腾。那声音似暴雨，如雷鸣，水柱射向马路，停在路边的汽车上飞架起几道轻盈的彩虹。也许正是因为这个，梦多成了洒水工的朋友。梦多喜欢漫天飞扬的细水珠，它们像雨一样飘洒下来，打在车身和挡风玻璃上。市政洒水工也非常喜欢梦多，可他不跟梦多说话。而且，喷水的声音太大，他们估计也不可能做深入的交流。梦多凝望着那根像蛇一样扭动腰身的长长的黑水管，真想亲手试一试，可他不敢开口让洒水工把喷管交给他。再说，也许他抱着那根劲儿十足的水管，估计腰都站不直。

梦多一直站在那儿，等洒水工把水洒完。细细的水珠飘落在他的面颊上，打湿了他的头发。这些细水珠有如清爽的薄雾，令人惬意。洒水工喷完水，就拆下水管，到别的地方去了。这时，总有些人走过来，望着湿漉漉的马路，问道：

"嗯？下雨了？"

然后，梦多去看海，看烈火熊熊的山冈，或者去找别的朋友。

这些日子，梦多还真的无家可归。他在海滩附近找几个地方露宿，或者跑到更远的城边的白岩石堆中。这些都是很好的藏身窝，估计谁也发现不了他。警察和儿童救济院的那伙人可不喜欢小孩子家像这样生活，这样放任自流、风餐露宿。可梦多是个机灵鬼，他知道那伙人在什么时候找他，那时他不露面就行了。

没危险的时候，他整天在城里溜达，留意城里发生的事情。他非常喜欢漫无目的地东游西逛，拐进一条街，然后再拐进另一条街，择捷径而行；在公园里逗留片刻后，继续朝前走。一旦发现有他喜欢的人，他便走上前去，平静地问：

"您好。您不想收养我吗？"

可能有不少人非常想收养他，因为梦多那圆圆的脑袋、炯亮的眼睛很是逗人喜爱。可事情并不这么简单。人们不能像这样，说收养他就收养他。他们开始向他提问题，诸如多大了，叫什么名字，住在什么地方，父母都在哪儿，可梦多不怎么喜欢这些问题。他回答：

"我不知道，我不知道。"

说完，他便跑开了。

梦多随便在街头转一圈就能碰上许多朋友。不过，他并不与所有的朋友都交谈。与他们交往可不是为了闲聊，也不是为了在一起玩。这些朋友只是会在路上遇见时匆匆地道个安，一晃而过；或者在大街那边远远地向他招手致意。他们往往也是些"酒肉"朋友，譬如面包店的老板娘每天都要送块面包给他。她那张老太太的粉红色的面孔非常端庄、光润，俨若意大利雕像。她总是一身黑衣，将银白的鬓发盘成了发髻。她有个意大利名字，叫伊达，梦多很喜欢到她的店里去。有时，他也帮她干点什么，比如送面包去邻近的商家。回来后，她会从圆面包上切一大块下来，用透明纸包好递给梦多。梦多从不请求她收养自己，也许是因为他真的十分喜欢她，提这种要求会吓着她。

梦多一边吃面包，一边慢悠悠地朝海边走去。他小口小口地吃，这样可以吃得久一些。他不紧不慢地边走边吃。那段时间，他好像只吃面包。他还得留点面包屑分给那些可爱的海鸥朋友。

穿过几条街道、几个广场，到了一家公园后，便能闻到海的气息，它伴着单调的海涛声，倏地随风而至。

公园的尽头设有一爿报亭。梦多在那儿停下，挑了本画报。阿吉姆①的故事书多得令他眼花缭乱，他不知选哪一本才好，最后，他买下了基特·卡森②的画册。梦多之所以选中这一本，是因为画面上的基特·卡森穿着那件赫赫有名的扎着皮带的上装。随后，他想找条长椅坐下来看画报。可这不容易，因为长椅上还得有个人肯把基特·卡森的故事读给他听。正

---

① 意大利同名连环画的主人公。该连环画系列在三十年间总共出版了756卷。——本书注释均为译者注
② 克里斯朵夫·休斯敦·基特·卡森（1809—1868），一名美国前线军人，曾参加南北战争和印第安人战争。

午以前是段大好时光，因为这时或多或少，总会有些邮政局的退休职员坐在公园里心烦意乱地抽着烟。梦多找到一个，便挨着他坐下，边看画面边听故事——

　　一个印第安人抱着双臂站在基特·卡森面前，说道：

　　"十轮月亮过去了①，我的臣民忍无可忍。我们要掘出前人的斧头！"

　　基特·卡森抬起手。

　　"请息怒，'疯马'。过不了多久，我们就会为你伸张正义。"

　　"太晚了。""疯马"说道，"看吧！"

　　他指着山脚下聚集着的黑压压的士兵。

　　"我的人民等得不耐烦了。战争一触即发，你们都会丧命。你也不例外，基特·卡森！"

　　士兵听命于"疯马"，可是基特·卡森挥起一拳便将他们打翻在地，然后跃上马背，扬长而去。他还回头朝"疯马"高喊：

　　"我会回来的，为你伸张正义！"

---

① 印第安人计算日子的办法，意即"又过了十天"。

梦多听完基特·卡森的故事，接过画册，谢过退休者。

"再见！"退休者说。

"再见！"梦多答道。

梦多疾步向伸入海中的防波堤走去。为了不让阳光灼伤眼睛，他把双眼眯起来，凝望了一会儿大海。天空一碧如洗，万里无云，短促的海浪闪着金光。

梦多走下通往防波堤的小石级。他很喜欢这个地方。石筑的大堤很长，大堤两侧砌压着巨大的长方形水泥板。大堤尽头竖着一座灯塔。海鸟随风滑翔，慢悠悠地盘旋，发出孩子般的呻吟。它们在梦多的头顶上飞着，擦过他的脑袋，呼唤他。梦多把面包屑使劲地抛向空中，海鸥飞着把它们衔住。

梦多喜欢待在这里，在这些岩礁上行走。他一边望着大海，一边在礁石上跳来跳去。他感觉到海风在轻拂他右边的面颊，把他的头发吹向一边。尽管有风，烈日依然炎炎如火。海浪拍打着水泥大堤，在阳光下溅起无数浪花。

梦多时不时停下来，回头望一眼海岸。海岸已经远了，恍若一条缀满平行六面体的褐色带子。楼房后面，青灰色的山峦高高耸起。火灾燃起的青烟从不同的地方升腾，在空中汇成奇特的污块。可是，看不见火光。

"我得到那边去瞧瞧！"梦多说。

他的脑海里闪现出炽烈的火焰吞噬荆棘丛、栓皮栎树林的情景，还有停在路边的消防车，因为他非常喜欢红颜色的卡车。

西部海面上仿佛也发生了火灾，不过，那是太阳的反光。梦多静静伫立，他感觉到太阳反射出的火光在他眼前跳跃。然后，他在防波堤上跳跃着，继续往前走去。

梦多熟悉每一块水泥板，它们的模样仿佛半身隐没于水中，在阳光下烤着宽大脊背的沉睡的巨兽。它们的脊梁上刻着许多奇形怪状的符号，有褐色和红色的污块，有镶进去的贝壳。海浪拍打着防波堤底部，绿色的海藻在那里编织成一块地毯，一群群白壳软体动物在那里生活。大堤尽头一带有块水泥板，梦多最熟悉它了。他常常坐在上面，他喜欢那块水泥板。它适度地微微倾斜，表面被磨得溜光平滑。梦多盘腿坐在上面，轻声地跟它说说话，向它问好。有时，他还讲故事给它听，让它散散心，因为它天长日久、一动不动地待在那儿，一定有点无聊了。这时，梦多就跟它谈起旅行、轮船和大海，还有漂游于地球两极间的巨鲸。水泥板一言不发，一动不动，然而，想必它非常喜欢梦多讲的故事。肯定是因为这个，它才如此溜光平滑。

梦多久久地坐在他的防波堤上，眺望粼粼闪耀的波光，倾听海浪声。傍晚时分，阳光热烘烘的，他就侧身蜷缩着，面贴微温的水泥板，睡上一会儿。

这样，有一天下午，他结识了渔翁约尔丹。当时，梦多透过水泥板，听到有人在防波堤上走动。他起身准备躲起来，可当他发现这个年纪五十开外的人肩上扛着一根长长的钓竿时，恐惧也就烟消云散了。那人走近离他不远的那块水泥板，友好地跟他打了个招呼："你在这儿干吗？"

渔翁在防波堤上坐下，从漆布袋里取出五花八门的细绳和鱼钩。他开始钓鱼时，梦多走到他身旁的防波堤上，看他安鱼钩。渔翁教他如何上鱼饵，如何抛竿：开始速度要慢，放线后要拼命地使劲。他把钓竿递给梦多，边左右晃动钓竿边教他动作熟练地转线轴。

梦多非常喜欢渔翁约尔丹，因为他从不打听梦多的任何情况。他那张被烈日烤红的面孔深深地刻着皱纹，一双细小的绿幽幽的眼睛令人惊异。

他坐在防波堤上钓鱼，一直钓到太阳平西。约尔丹不怎么说话，也许是担心惊跑了鱼儿，可是，每次猎有所获时，他都咧嘴一笑。他取下鱼儿。动作干净利索，然后把"俘虏"放入那只漆布袋里。有时，梦多替他去捉些灰螃蟹充当鱼饵。

他走下防波堤，守视着海藻丛。退潮的时候，总有一些小灰蟹出现，梦多用手捉住它们。渔翁约尔丹将它们放在水泥板上砸开，然后用小锈刀把它们切成碎块。

有一天，他们发现离他们不远的海面上，一艘乌黑的大货轮悄无声息地向前滑行。

"那船叫什么名字？"梦多问道。

渔翁约尔丹手搭凉棚，眯起双眼。

"'厄立特里亚'。"他答道，然后有点迷惑不解地问："你的视力不好吗？"

"不是的，"梦多说道，"我不识字。"

"真的？"约尔丹问道。

他俩久久地凝望着缓缓前行的货轮。

"船名是什么意思？"梦多问道。

"厄立特里亚？那是一个国家的名称，这个国家濒临非洲红海岸。"

"这名字真漂亮，"梦多说道，"这个国家一定也很美吧！"

梦多沉吟了片刻。

"那儿的海是红色的吗？"

约尔丹笑了起来。

"你真以为那地方的大海是红颜色的吗？"

"我不晓得。"梦多说道。

"夕阳西下时，海水一片殷红，那倒是真的。可它的得名缘于从前生活在那儿的人们。"

梦多望着渐渐远去的货轮。

"它肯定是去那儿，去非洲。"

"那是个很遥远的地方，"渔翁约尔丹说道，"那儿非常炎热，骄阳似火，海滨如同大沙漠。"

"有棕榈树吗？"

"有的，还有一眼望不到尽头的海滩。白日里，海水蓝湛湛的，星星点点的小渔船鼓起羽翼形的风帆，沿着海岸航行，在渔村之间穿梭。"

"那么，人们可以坐在海滩上看来往的船只吗？人们是不是坐在树荫下，边看海上的航船边讲故事？"

"他们要劳动，要修补渔网，给搁浅在沙滩上的小船钉锌皮。小孩找来枯树枝，在海滩上燃起火堆，化开松脂，用它来堵住船身的裂缝。"

渔翁约尔丹忘记了手中的钓竿。他凝视远处太阳升起的地方，仿佛他真的试图看到那儿的一切。

"红海上有鲨鱼吗？"

"有的，总有那么一两条尾随渔船，可是船上的人们并不在意，他们习以为常了。"

"它们不凶狠吗？"

"你知道，鲨鱼类似于狐狸，它们总在寻找掉入水中的垃圾，也偷点东西。可它们并不凶狠。"

"红海一定很大吧。"梦多说道。

"是的，很大……沿海地区还有许多城市和名字古怪的港口……巴留尔、巴哈萨里、德巴……马萨瓦是座雪白雪白的大城市。轮船沿海岸线向远方驶去，连续航行几天几夜，行至北方的拉斯卡萨尔，或者诺拉群岛中的达赫拉克克比尔岛，有时甚至开到法拉桑群岛，在海的另一边。"

梦多非常喜欢小岛。

"噢，是的，那儿有许多小岛，岛上有红岩和沙滩，岛上长满了棕榈树！"

"雨季，暴风雨肆虐，狂风将棕榈树连根拔起，将屋顶掀走。"

"那些船不会沉没吗？"

"不会的，那时人们待在家里避雨，没人出海。"

"不过这也撑不了多久。"

"在一座小岛上，生活着一位渔夫的全家老小。他们住的房子是用棕榈树叶盖成的，靠近海滩。渔夫的长子已经不小了，年龄应该有你这般大。他跟父亲一起驾船出海，往海里撒网，收网时，网里全是鱼。他挺喜欢跟父亲一块儿出海。他很厉害，已能熟练地利用风力扬帆远航。天气晴朗，风平浪静时，渔夫就携一家人到邻岛的亲戚朋友家去串门，晚上才回家。

"小船无声无息地随波前行，红海现出一片殷红，因为正值夕阳西下时分。"

他们说着说着，"厄立特里亚"号货轮已在海上绕了个大弯。领港船顺着货船的航迹一颠一颠地回来了，货船拉响汽笛向它道别，汽笛声短促。

"您什么时候也去那儿吗？"梦多问道。

"去非洲，到红海？"渔翁约尔丹笑了，"我不能去那儿，我得留在这儿，留在大堤上。"

"为什么？"

他极力地想着该如何回答。

"因为……因为我，我是一个没有船的海员。"

然后，他又开始把注意力放在钓竿上。

夕阳快要在天边隐没了，渔翁约尔丹把钓竿横放在水泥板上，从上衣口袋中取出一块三明治，分了一半给梦多，他们边吃边观赏海面上落日的余晖。

梦多趁夜幕尚未降临就离去了，他得找个地方过夜。

"再见！"梦多说道。

"再见！"约尔丹说道。他望着梦多远去的背影，朝他喊道："要回来看我！我教你识字。那不难。"

直到夜色苍茫，他才收起钓竿。灯塔信号灯开始每四秒钟一次有规律地闪烁着。

~ 2 ~

一切都是这么美好。可是，必须提防搜狗队。每天清晨，太阳一出来，就总有一辆安装了铁栅栏的灰色小卡车不声不响地在小城的大街上贴近人行道来回转悠。它在轻雾弥漫、依然沉睡着的大街上不怀好意地兜来兜去，搜寻流浪狗和走丢的孩子。

有一天，梦多刚离开海边的藏身窝，正穿越一个花园时，便瞥见了那辆卡车。小卡车停在他前面不远的地方，他旋即躲到了一堆灌木丛后面。他注意到卡车的后门打开了，从车里走下两个身着灰色绒衣绒裤的人。他们提着两只大帆布袋和一些绳子。他们开始在花园的小径上搜寻，从灌木丛前面走过时，梦多听见他俩的对话：

"从那边过去了！"

"你看见了？"

"是的，不会逃得太远。"

那两个穿灰衣服的人分头走远了，梦多一动不动地待在灌木丛后面，大气也不敢出。没过多久，他就听到一声嘶哑的闷声闷气的怪叫，随后又恢复了寂静。那两个人回来时，梦多发现其中一只帆布袋装进了什么东西。他们把袋子放入卡车，梦多仍能听到那刺耳的尖叫。袋子里装的是一条狗。卡车不慌不忙地开走了，消失在花园的树丛后。一个从那儿路过的人告诉梦多，刚才是搜狗队在搜捕流浪狗，然后他仔细地打量着梦多，吓唬他说，灰卡车有时也抓走那些到处闲逛、不去上学的小孩。从这天起，梦多每时每刻都保持警惕，留意两旁，甚至身后，那辆卡车开过来的时候就一定能被他发现。

梦多知道，孩子们放学的那会儿或者节假日里无须提心吊胆。而街头渺无人迹的清晨或傍晚时分就得加倍小心了。也许，就因为这个，梦多走路时都是快步小跑，步子像狗一样，有点歪歪斜斜的。

就是在那段日子，他认识了那个茨冈、哥萨克，还有他们的老朋友老达帝。他们的名字都是我们这里的城里人帮着取的，因为大家搞不清他们的真名实姓。茨冈不是正儿八经的茨冈人，人们这么喊他是因为他面色黝黑，头发焦黑，从侧面看他的脸像苍鹰，他得了这个雅号可能也因为他住在停在广场上的那辆破旧的霍奇基斯①牌老爷车里，并以变魔术谋生。哥萨克呢，很奇怪，样子像蒙古人，老戴着一顶偌大的毛皮帽，看上去像头熊。他在咖啡馆的露天座前面拉手风琴，主要是在晚上去，因为白天，他总是醉得一塌糊涂。

梦多更喜欢老达帝。一天，他沿海滩漫步，看到老人垫着报纸坐在地上。老人正在晒太阳，并不在意在他眼前过往的行人。他身旁另一张报纸上放着一只发黄的小纸箱，纸箱上戳了许多窟窿，梦多按捺不住好奇心。老达帝神情和蔼安详，梦多一点儿也不怕他。他走上前去瞅了瞅那只黄纸箱，问道："您这只纸箱里装的是什么东西？"

老人微微睁开眼睛。他不声不响地把纸箱放在膝盖上半开着，然后诡秘一笑，伸手从箱盖下面摸出一对鸽子来。

"真漂亮。"梦多说道，"它们都叫什么名字？"

老达帝捋了捋鸽子的羽毛，然后将它们贴近两颊。

"公的叫皮路，母的叫佐伊。"

———————
① 创立于1904年的法国汽车品牌。

他双手托着鸽子，亲昵地用面颊去抚爱它们。

他凝望着远方，双眸润湿、明亮，但看不太清楚。

梦多轻轻抚摸鸽子的小脑袋。阳光刺得它们睁不开眼睛，它们想躲回自己的箱子里。老达帝柔声安抚让它们安静下来，随后把它们放回纸箱。

"真漂亮。"梦多重复道。然后，他走了。老人阖上眼帘，坐在报纸上，继续睡他的觉。

夜幕降临后，梦多去广场那儿看老达帝，老达帝、茨冈和哥萨克一起当众表演节目，也就是说，当茨冈弹班卓琴^①，哥萨克粗声大气地吆喝，招呼马路上闲逛的行人时，老达帝带着他的黄纸箱和他们隔着一些距离，枯坐一旁。茨冈弹琴时，手指动得很快，他边吟唱边看着手指移动。他那副黝黑的面孔在路灯的照耀下熠熠闪光。

梦多蹲在观众的最前排，向老达帝打了个招

———————————
① 一种圆形拨弦乐器。

呼。这时，茨冈开始表演。他当着观众的面，从握紧的拳头中抽出许多花花绿绿的手绢，速度快得惊人。轻盈的手绢掉在地上，掉一块，梦多就得捡起来一块。这是他的任务。后来，茨冈又从手中取出一些稀奇古怪的东西：钥匙、戒指、铅笔、画片、乒乓球，甚至还有燃着的香烟，他把香烟分发给围观的人们。他的动作那么快，实在让人目不暇接。众人欢笑着，鼓起掌来，硬币纷纷落在地上。

"小家伙，帮我们捡钱。"哥萨克吩咐梦多。

茨冈双手握着一个鸡蛋，用一块红手帕罩住它，然后顿了一下："注……注意！"

他两手一拍，揭开手绢，鸡蛋没了。掌声鼓得更响了，梦多把硬币捡起来，装在一个铁盒里。

地上没有硬币时，梦多重又蹲下身子，注视茨冈的双手，那两只手动作敏捷、迅速，仿佛独立于身体之外。茨冈从握紧的手中取出另外几个鸡蛋，又让它们一下子从手中不翼而飞。每次鸡蛋快要没了之时，他都看着梦多，朝他挤一下眼。

"嗨！嗨！"

茨冈还有更漂亮的一招。他拿着两只不知怎么跑到了他手里的白壳鸡蛋，用一红一黄两块手帕罩住它们，然后双手举向空中，停了片响。所有人都屏住呼吸盯着他。

"注……注意！"

茨冈放下手臂，揭开手绢，只见从里面钻出两只白鸽，绕着他的头顶飞了一阵，然后栖落在老达帝的肩膀上。

众人欢呼起来。

"噢！"

人们疯狂地鼓掌，硬币像雨点一样落在地上。

演出结束后，茨冈去买了些三明治和啤酒，他们几个人全都走过去在他那辆霍奇基斯老爷车的踏脚板上坐了下来。

"你帮了不少忙，小家伙。"茨冈对梦多说。

哥萨克喝着啤酒，突然非常吃惊地问道："他是你儿子吗，茨冈？"

"不，他是我的朋友梦多。"

"好，为你的健康干杯，梦多朋友！"他已经有点醉意了，"你会奏乐吗？"

"不会，先生。"梦多说道。

哥萨克敞声大笑。

"不会，先生！ 不会，先生！"他高声学着梦多的腔调，可梦多不明白有什么好笑的。

接着，哥萨克抱起他的小型手风琴，开始演奏。他演奏的不是真正意义上的乐曲，而是一连串奇怪单调的音符，忽高忽低，忽快忽慢。哥萨克边拉琴边用脚在地上打拍子。他声音低沉地吟唱，老是重复那几个同样的音节。

"哎，哎，呀。呀，呀呀，啊呀呀，呀呀，啊呀呀，哎，哎！"他自拉自唱，摇头晃脑，梦多暗想，他确实像头笨熊。

过往的行人停下来看了他一下，笑了笑又走了。

稍后，夜黑得伸手不见五指，哥萨克放下手风琴，在老爷车踏板上挨茨冈坐下。他们抽着呛人的卷烟，边聊天边喝啤酒。他们谈的话梦多听不大懂，那都是很遥远的往事，诸如战争回忆啊，旅行啊。有时，老达帝也插上几句，这时梦多必定会仔细聆听，因为老人话题所及唯有鸟儿、鸽子、信鸽等。老达帝轻声细语，有点接不上气。他说，那些鸽子长时间在乡野上空飞翔，身下蜿蜒的河流、黑带子般公路两旁栽植的小树、屋顶灰红的楼房、环绕着五彩纷呈的田园的农场和鹅卵石堆般起伏的峰峦，都迅速地向身后滑去。这个矮个子老人还说这些鸟儿总能以景色为导览图，找回自己的家门，或者像水手和飞行员那样，按照星图航行。鸽子的住宅像塔楼，没有门，鸽子通过屋檐下狭窄的窗户进进出出。天气转暖时，塔楼里传出咕咕的叫声，人们知道鸟儿回来了。

梦多倾听老达帝讲故事，凝望着在黑夜中闪亮的烟头。广场四周，车辆像流水一样静静地驶过。楼房里的灯火一盏接一盏熄灭了。夜深了，梦多感到视野模糊，因为他快要睡着了。于是，茨冈让他到老爷车的后排座椅上去睡，在那儿过夜。老达帝回家去了，茨冈和哥萨克毫无困意。他俩坐在老爷车的踏板上，一直待到天明，就这样喝酒、抽烟、聊天。

~ 3 ~

梦多喜欢这样：坐在海滩上，双手抱膝，看太阳升起。清晨四点五十分，天空灰白纯净，只有大海上空弥漫着一些雾气。太阳没有马上就出来，不过梦多已感觉到它就要来了，它在地平线的那一端，俨若一团冉冉升起的燃烧的火。开始时，只见一圈苍白的光轮向空中扩展开去，人的心灵深处能感觉到一种使地平线发抖的异样的震动，仿佛有一股巨大的力量。接着，光轮出现在海面上，把一束光直接反射到眼睛里，大海与陆地浑然一色。不一会儿，出现了头几抹色彩，头几片暗影。然而，城市的路灯依然亮着，透出苍白无力的光，因为这时，人们还不能完全断定天是否真的亮了。

梦多望着从海上升起的太阳。他摇头晃脑，哼起哥萨克的那首曲子，唱给自己听：

"啊呀呀，呀呀，呀呀呀，呀呀……"

海滩上阒无一人，只有几只海鸥漂浮在海面上。海水清莹澄澈，海面上现出灰色、蓝色和玫瑰红色；鹅卵石白花花的。

梦多心想，大海里也破晓了，鱼儿、螃蟹的天也亮了。大海深处的一切是否都变成玫瑰红色，明亮得就像陆地上一样？鱼儿从睡梦中醒来，慢悠悠地在它们酷似明镜的空中舒展身子，在成千上万个翩翩起舞的太阳中间觉得很幸福。海马沿着海藻茎游上来，想更好地观赏新生的阳光。就连贝壳也打开它们的瓣，让阳光进入。梦多很想念它们。他注视着细浪落在海滩上的鹅卵石上，仿佛溅起火花。

太阳升高了许多，梦多站起身，他感到一丝凉意。他脱掉衣服。海水比空气更温暖柔和，梦多一直沉入海水，直到海水到了齐颈处。他俯向水面，在水中睁开眼睛想透视水底世界。他谛听浪涛撞击出的脆生生的摩擦声，这摩擦声奏出的是陆地上无人知晓的乐曲。

梦多在水中泡了很久，直到手指发白、两腿哆嗦。然后，他重新回到海滩上坐下，背靠着大路的挡土墙，闭上眼睛，静候阳光温暖他的全身。

城市外面的山峦似乎近在咫尺。美丽的阳光照亮了树林，也照亮了别墅的白色立面。

梦多喃喃自语："我得去看看它们。"

随后，他穿上衣服，离开了海滩。

这天适逢过节，用不着提防搜狗队了。节日里，小孩子和狗均可以在大街小巷自由地晃荡。

恼人的是，所有的商店都关起了大门，菜商不来卖菜，面包店也放下了金属卷帘门。梦多饿了。路过一家"雪球"冷饮店时，他买了一只蛋筒香草冰激凌，边走边吃。

此刻，阳光也洒满了人行道。可是，街上寥无人迹。人们八成是太累了。时不时有个人走过来，梦多向他致意，他们却用一种奇怪的眼光打量他，因为他的头发和眉毛被海水染上了一层白盐，面孔被阳光晒得黑黝黝的。兴许，人们把他当成乞丐了。

梦多一边舔吃冰激凌，一边观赏商店橱窗。有一个橱窗亮着灯，里面安放着一张宽大的红木床，床上摆着被单和花枕头，仿佛马上就会有人要在那儿就寝。再过去的那面橱窗里，陈列着洁白的炉灶和一个烤炉，烤炉的转轴上一只纸板鸡慢悠悠地转动身子。所有这一切都很奇怪。梦多在一家商店的门下捡到一份画报，就坐在一张长椅上看了起来。

从画报上的彩色画面可以看出，故事讲的是一个漂亮的金发少妇边做饭边逗孩子们玩。故事很长，梦多扯起嗓门讲了起来，同时把画面贴近眼睛，让各种颜色变成混沌一片。

"小男孩名叫雅克，小姑娘名叫卡密儿。他们的妈妈正在厨房里做好多好多好吃的东西，有面包、烤鸡、蛋糕。妈妈问他们：'今天你们想要妈妈给你们做什么好吃的东西呀？''给我们做草莓蛋糕吧。'雅克说。可妈妈告诉他俩，草莓没有了，只有苹果。于是卡密儿和雅克就动手给苹果削皮，切成小片，妈妈做苹果馅饼。她把苹果馅饼放入烤箱。整个屋子香飘四溢。妈妈把烤好的馅饼放在桌上切成小块。雅克和卡密儿品尝着香喷喷的馅饼，喝着热乎乎的巧克力。他们说：'我们还从来没吃过这么好吃的馅饼！'"

梦多看完这篇故事后，把画报藏在公园的灌木丛中，以后有机会再拿出来看。他很想再买一张画报，譬如阿吉姆在热带丛林中的故事，可报亭关门了。

公园中央有张长椅，上面睡着一位退休老人。他身旁放着一张摊开的报纸和一顶帽子。

太阳升入空中，阳光更加暖和了。汽车开始鸣着喇叭在大街上奔驰。公园另一头，靠近出口的地方，有个小男孩在骑他的红色三轮车玩。梦多在他身旁停住了脚步。

"是你的车吗？"他问道。

"是的。"小男孩说道。

"借我骑一下，好吗？"

小男孩死死地拽住车把，说道："不行！不行！走开！"

"你的车叫啥名字？"

小男孩低头不语，半晌他才飞快地吐出两个字："'迷你'。"

"太美了。"梦多说道。

他又察看了三轮车片刻：车架喷过红漆，坐垫是黑的，车把和挡泥板镀过铬。他揿了几下车铃，小男孩推开他，踩着三轮车飞也似的跑了。

集市广场上，游人寥落。人们三三两两做弥撒或朝海边散步去了。过节的时候，梦多可能更加渴望遇见一个人并问他：

"您愿意收养我吗？"

也许，这些日子里，谁也听不见他的声音。

梦多信步走进一幢高楼的大厅内。他驻足看了看空荡荡的信箱和火灾公告栏。他摁下定时楼梯灯开关，聆听里面发出的"嘀嗒"声，直到电灯熄灭。大厅里面有几级楼梯，木质扶手打过蜡，还有一面没有光泽的大镜子，镜子镶在几尊石膏像里面。梦多很想坐一次电梯，可他又不敢，因为小孩子是禁止坐电梯玩的。

一个年轻女子走了进来。她很漂亮，留着一头卷曲的栗色头发，身穿一袭窸窣作响的浅色长裙。她身上的香味很好闻。

梦多突然从墙角中钻出来，吓了她一大跳。

"你想干什么？"

"我能跟您一块儿乘电梯吗？"

年轻女子莞尔一笑："当然可以啰！来吧！"

电梯在脚下像船一样，有些晃悠。

"你上哪儿？"

"到最高一层楼。"

"七楼吗？我也是。"

电梯缓缓地上升。梦多透过玻璃窗，望着楼层向下退去。电梯门颤颤巍巍，每次停下总发出奇怪的嘎吱声，还能听到电梯井里升降缆绳的咝咝声。

"你住这幢楼吗？"年轻女子好奇地打量着梦多。

"不是的，夫人。"

"去看朋友？"

"不，夫人。我随便走走。"

"啊？"

年轻女子端详着梦多，她的两只大眼睛平静而温柔，略微有些湿润。她打开手提包，给了梦多一粒包着透明纸的糖果。

梦多看着楼层缓缓向下退去。

“真高，就像坐飞机。”梦多说。

“你坐过飞机？”

“噢，没有，夫人。还没有呢。坐飞机一定很爽吧！”

年轻女子笑了：“飞机比电梯快多了，你知道吗？”

“也比电梯高多了。”

“是的，高多了。”

电梯到了，嘎吱了一下，然后又晃了一下。年轻女子走了出去。

“你下吗？”

“不了，”梦多说道，“我马上回到下面去。”

“当真？随便你吧。要下去，你按那边倒数第二个按钮。当心不要去碰红按钮，那是报警铃。”

电梯门关上之前，年轻女子又微笑着说：“一路顺风！”

“再见了！”梦多说道。

梦多走出大楼时，发现太阳已升入高空，差不多到了正午的位置。朝朝暮暮，日子过得真快，不去注意的话，它们会去得更快。正是这个原因，世人才总是那么忙不及履。他们必须赶在太阳落山之前，匆匆完成该做的一切事情。

晌午，街上的行人疾步如飞。他们一出大门就钻进汽车，哐啷一声关上车门，梦多真想对他们说“等等我，等等我！”，可是没人注意到他。

梦多的心脏跳得太快、太剧烈了，他便在街角停了下来。他拢着双臂，一动不动地望着马路上过往的行人。他们已没了早晨的慵倦。他们疾步向前，一面高声谈笑，留下一路脚步声。

人群中，有位老妇人佝偻着背，在人行道上慢慢地挪动步子，她谁都看不见。她的购物袋里塞满了食品，每走一步，沉甸甸的袋子都要擦一下地面。梦多走过去帮她拎袋子，他听见老妇人气喘吁吁地跟在后面。

老妇人在一幢灰色楼房前停了下来，梦多跟他一起上楼梯。他暗想，这位老妪可能是自己的祖母，或者是自己的姑妈姨妈，可梦多没跟她说话，因为她耳朵有点背。到了五楼，老妇人打开门，径直走进厨房里，切了一块不新鲜的香料蜜糖面包递给梦多，他注意到老妇人的手抖得厉害，说话也哆嗦。

"老天保佑你！"

在大街上，走得稍远一些，梦多发现自己小得可怜。他贴墙前行，周围的人有如参天大树，他们的面孔又高又远，如同楼房的阳台。梦多在这些迈着流星大步的巨人中间穿行。他避开身着花点长裙、又高又大有如教堂钟楼的妇女，避开白衬衫蓝西服、宽得像峭壁似的大男人。兴许是白日的阳光制造出的景象，万物胀大，影子缩短了。梦多溜到了这些人中间，人们只有低头才能看见他。他并不害怕，只要不是横过马路。他在寻找某个人，觅遍了小城的公园和海滩。他不太清楚要找的人是谁，为什么找他，只是要找个人，急速地跟他提个问题，并立即从他的眼神中读到答案：

"您愿意收养我吗？"

~ 4 ~

梦多与蒂琴差不多就是在那段日子邂逅的。那段时间里，白天阳光明媚，夜晚漫长燥热。梦多从防波堤底部过夜的藏身窝中钻了出来。温热的风从地面上吹来，这是一种能把头发吹得起电、让栓皮栎燃烧起来的干燥的风。梦多看见城外的山冈上，一大团白色的烟雾在天空中弥漫开去。

梦多凝望了片刻阳光普照下的山峦，然后踏上了通往山冈的小路。小路曲曲弯弯，隔一段路就有一段石级，由宽大的网格状水泥板砌成。路两侧的水沟里积满了枯叶和废纸片。

梦多很喜欢拾级而上。石级不紧不慢地蜿蜒穿过山冈，就好像不通往任何地方。沿途都筑起了高耸的石墙，墙顶镶着玻璃瓶碎片。墙太高，梦多搞不清自己所在的位置。梦多一边不慌不忙地拾级而上，一边留意水沟里是否有什么好玩的东西。有时能找到一枚硬币、一根锈铁钉、一张画片，或者一个奇怪的果子。

越往上走，城市就变得越发坦荡如砥。放眼望去，只见四四方方的高楼，和行驶着红色、蓝色汽车的笔直的大街。山冈下面的大海也一平如镜，海水闪耀着金光，恰似一张白铁板。梦多时不时地回头，透过树枝，越过别墅的围墙，饱览所有那一切。

石级上阒无一人，不过有一次还是偶遇一只虎斑大肥猫，大肥猫躲在水沟里，啃噬锈罐头里的剩肉。它趴在那里，两耳耷拉，一双黄色的眼睛圆睁着，盯着梦多。

梦多从它的身边走过时，一句话也没说。他感到那对黑黑的眼珠一直在盯着他，直到他拐弯不见了。

梦多悄然而上，脚步着地时异常轻柔。他避开树枝，避开粒状果实，悄无声息地闪过，恰似一个幽灵。

石级显得不很规则。它时而笔陡，每一级都又短又高，让人爬得上气不接下气；时而和缓，在房屋与空地之间慢悠悠地延伸。有时，它甚至好像很想直奔山下。

梦多闲来无事，便也在两面墙之间斗折蛇行。他时不时停下来看水沟，或者摘树上的叶子。他摘下一片胡椒叶，用两指捻烂，闻着那刺鼻辣眼的气味。他采撷忍冬花，吮吸花萼底部沁出的甘露。有时，他把一片薄草叶贴在嘴唇上，吹一首曲子。

梦多很喜欢独自在这儿徒步穿越山冈。他到的位置越高，阳光就越黄越柔和，仿佛是从树叶、从旧墙的石块里照出来的。白日里，阳光已浸透大地；此时，它又从地底涌将出来，散发着热量，让云彩膨胀开来。

山冈上阒无一人。也许是因为白日将尽，也许是因为这个地方被废弃不用了。别墅掩隐在树丛中，它们并不凄清，只是好像在沉睡。铁栅栏锈迹斑斑，呈鳞片状剥落的百叶窗已经关不严实了。

梦多谛听鸟儿在林子里啁啾，树枝在风中瑟瑟作响。尤其是有一只蝗虫在唧唧地叫唤，刺耳的叫声不停地变换位置，似乎与梦多同步向前。有时，它走得稍远一点儿，可旋即又折回来了，离得很近，梦多不住地回头，寻找它的踪迹。可它又不见了，随后重又回到他面前，在墙顶出现。梦多吹响卷叶哨呼唤它，可蝗虫总不露面。它喜欢躲在暗处。

在山顶，热气蒸腾，出现了云彩。云儿静静地飘向北方，从太阳身边经过时，把阴影投在梦多的脸上。色彩变幻着，黄灿灿的日光暗了又亮。

登上山顶是梦多的一个夙愿。以往，他常常从海边的藏身窝遥望它，遥望山上的一草一木，以及在天空中像光轮一样光芒四射、把别墅的立面照得熠熠生辉的明媚阳光。为了看到这一切，他想登上峰顶，因为梯级小路仿佛通向天空，通向阳光。这的确是一座美丽的山峦，它屹立于海滨，高耸入云，很久以来，梦多一直在遥望它，不管是在它显得灰蒙、遥远的清晨，还是在山上五光十色的灯火闪烁的夜晚。如今，他爬到了山上，感到开心。

蝾螈在沿墙的枯叶堆中逃窜。梦多想逮住一只，他轻手轻脚地走上前去，可蝾螈还是察觉到了，旋即跑着躲进了缝隙。

梦多吹着口哨轻轻呼唤蝾螈，他很想抓到一只。他觉得自己能驯养它，把它装进裤兜里出去散步。他会捉些虫子给它吃。当他坐在阳光里、沙滩上或大堤的岩石下时，蝾螈会钻出口袋，爬上自己的肩膀。蝾螈会待在那儿一动不动，喉咙突突直跳，它的呼噜声就是这样发出来的。

然后，梦多来到"金光别墅"前面。梦多第一次进入别墅时就这么称呼它，从此这个名字就保留了下来。这是幢意大利风格的漂亮的老房子，外面粉刷过一层橘黄色石灰，高大的窗户上是散架的百叶窗，爬山虎蔓延上了台阶。房子四周环绕着一座不太大的花园，可荆棘遍地，杂草丛生，一眼望不到尽头。梦多推开铁门，不声不响地踏上通往别墅的砾石小道。黄屋子很简朴，没有粉饰灰泥，没有装贴怪面饰，可梦多觉得自己还从未见过如此漂亮的房子。

屋前纷然杂乱的花园里，长着两棵高出了屋顶的美丽的棕榈树。微风吹过时，棕榈树叶刮擦着檐槽和瓦片。棕榈树周围，密实深暗的灌木丛里遍布着像蛇一样的、在地面上蔓生的大棵紫荆棘。

特别美丽的是笼罩别墅的阳光，因为这阳光，梦多才给这幢房子取名为"金光别墅"。黄昏时的阳光柔和静谧，是一种暖色，像秋天的树叶或者你沐浴其中让你沉醉的沙粒。梦多在砾石小道上慢慢向前走，任阳光轻拂他的双颊。他感到睡眼蒙眬，心脏放慢了跳动的节奏，呼吸很微弱。

蝗虫又开始奋力地歌唱，歌声仿佛是从花园的灌木丛里传来的。梦多驻足聆听，然后慢慢朝那幢楼房走去，同时做好准备，万一有狗过来就赶紧逃走。可那儿没有一个人。在他的四周，花园里的树木一动不动，树叶被热得沉甸甸的。

梦多钻进荆棘丛。他在小灌木丛下爬行，把荆棘拨开，在灌木树丛的树荫下找了个藏身窝安顿下来，从那里凝望着那幢黄房子。

阳光斜着洒在房子的立面上，几乎难以察觉。除了蝗虫的鸣叫，以及围绕梦多的头发妖娆起舞的蚊子的嘤嘤嗡嗡声，听不见任何其他声音。梦多席地坐在一棵月桂树的树叶下，凝望着别墅的大门和连着台阶的半月形楼梯。楼梯的相连处长了杂草。不一会儿，梦多就头枕胳膊，侧身蜷缩着腿睡了。

　　就这么睡着真惬意：躺在馥郁芬芳的树丛下，"金光别墅"近在眼前，周围的气氛温暖而静谧，还有蝗虫忽东忽西的唧唧叫声伴眠。你睡着时，梦多，你不在那儿了。你远离你的身体到别的地方去了。你抛下你睡在地上、距砾石小道仅几步之遥的身体，到别的地方漫步去了。恰恰是这一点令人惊异。你的身体依然躺在地上，静静地呼吸，风逐云儿将云影投在你双目紧闭的面庞上。花点蚊围着你的双颊婆娑起舞，蚂蚁在探索你的衣服、你的双手。晚风轻轻吹拂着你的头发。可你，你不在那儿，你到了别的地方，你去了房子温暖的阳光里，去了月桂树的芬芳里，去了从碎土块里渗出来的湿气中。蜘蛛也醒了过来，在自织的网上瑟瑟发抖。黑的黄的老蝾螈从自家的缝隙里溜出来，爬到墙上，脚趾张开抓着墙壁，出神地望着你。大伙儿都在看着你，因为你双目紧闭。花园另一头，距那棵古柏不远的荆棘丛和冬青灌木中间，那只蝗虫飞行员不厌其烦地发出锯木声般的鸣叫，跟你说话，呼唤着你。可你，你听不见，你已经出发去了一个遥远的地方。

"你是谁？"一个尖脆的声音问道。

此刻，梦多面前站着一位妇人。她身材矮小，刚开始梦多还当她是个小孩。她那头黑发围绕面孔剪成圆形，腰间系着一条灰蓝色的长围裙。

她微微一笑。

"你是谁？"

梦多站起来，个子只比她稍微矮一点儿。他打了个哈欠。

"你刚睡醒吗？"

"对不起，"梦多说道，"我有点累，就进了您的花园，睡了一会儿。我现在就走。"

"干吗现在就走呢？你不喜欢这座花园吗？"

"不是的，它很美。"梦多说道。他在察看她的脸色，看她是否生气了。可是，小妇人的脸上依然挂着微笑。她的两眼爬满了蒙古褶，像猫一样现出奇怪的表情。不只是眼角，嘴唇周围也刻上了深深的皱纹。梦多寻思，这女人年纪不小了。

"进屋里看看。"她说道。

她走上半月形楼梯，把门打开。

"来呀！"

梦多跟着她进了屋。这是一间几乎空着的大厅，四面墙壁都被又高又大的窗户照亮。大厅中央摆放着一张桌子和几把座椅，桌上放着一个漆托盘，里面立着一把黑茶壶和几个茶碗。梦多站在门口没动，他在观察大厅和窗户。窗子镶着方块毛玻璃，阳光透射进来，显得更加温暖，更加金光灿烂。梦多还从未见过如此美丽的阳光。

小妇人站在桌边往茶碗里倒茶。

"喜欢喝茶吗？"

"喜欢。"梦多说道。

"到这儿来坐吧。"

梦多慢慢地坐到椅边上，啜着茶。茶水也是金色，烫嘴唇和喉咙。

"好烫。"他说道。

小妇人不声不响地喝了一口。

"你还没告诉我你是谁呢。"她说道，声音有如轻柔的乐曲。

"我是梦多。"梦多说道。

小妇人笑盈盈地看着他。坐在椅子里，她显得更小。

"我叫蒂琴。"

"您是中国人？"梦多问道。

小妇人摇了摇头："我是越南人，不是中国人。"

"您的国家离这儿远吗？"

"是的，非常非常遥远。"

梦多饮着茶，疲惫的感觉慢慢消失了。

"你呢，你从哪儿来？你不是本地人，对吗？"

梦多不知如何回答才是。

"不，我不是本地人。"他说完，低头用手拢了拢头发。

小妇人不住地微笑，可突然，她那细小的眼睛透出了不安。

"再待会儿。"她说，"你不会马上就走吧？"

"我不该擅自闯进您的花园，"梦多说道，"可是大门开着，而且我有点疲倦。"

"你能来真是太好了，"蒂琴简单地说，"你没发现吗？我的大门是为你敞开的。"

"那么你晓得我要来啰？"梦多问道。这么一想，他心里踏实多了。

蒂琴肯定地点了点头。她把一个装满杏仁甜饼的马口铁盒子递给梦多。

"你饿了吗？"

"是的。"梦多答道。他嚼着甜饼，一边注视着那几扇照进阳光的大窗户。

"真美，"他说，"这满屋子黄金是谁弄出来的？"

"是阳光。"蒂琴说。

"那您很富有啊！"

蒂琴笑了："这种黄金不属于任何人。"

他俩看着这满屋子的美丽阳光，像是在梦里。

"我的故乡就是这样，"蒂琴柔声说道，"太阳西下时，天空就变成这样，一片金黄，天上还飘浮着几朵轻盈的小黑云，就像是鸟的羽毛。"

金色的阳光洒满整个大厅，梦多感到心里更平静，浑身也更加有劲了，就像刚喝完热茶似的。

"你喜欢我的家吗？"蒂琴问。

"喜欢，夫人。"梦多说。他的双眸也反射出太阳的光彩。

"喜欢的话，这也是你的家，只要你乐意。"

就这样，梦多结识了蒂琴，结识了"金光别墅"。他待在大厅里，凝望着窗户，迟迟不去。太阳完完全全落到山冈后面了，屋里的金光才跟着消失。即使到了这个时候，浸润了太多阳光的大厅四壁依然散发出光辉，仿佛不会暗淡。之后，夜幕降临，墙壁、窗子和梦多的头发，全都变成了灰色。寒气也来了。小妇人起身把灯点亮，然后带着梦多去花园里欣赏夜色。树梢上面，群星闪烁，星星当中还挂着一弯纤细的蛾眉月。

那天夜里，梦多在大厅最里头的垫子上睡觉。别的夜晚他也在那里睡，因为他爱这栋房子。有时，夜里太热了，他就到花园里去睡，睡在月桂树下，或门前的台阶上。蒂琴话不多，可能就是这个缘故，梦多才如此喜欢她。第一次见面时，她打听过梦多的姓名、住址，打那以后再也没有问过他什么问题。她只是拉着梦多的手，带他看花园和别墅里那些有意思的东西。她带他看那些形状奇特、图案怪异的小石块，脉络纤细的树叶，棕榈树的红种子，还有从杂石丛中长出来的小白花、小黄花。她把黑金龟子、千足虫塞到梦多的手里，梦多则用在海边拾到的贝壳和海鸥的羽毛回赠她。

蒂琴给他吃大米饭和一碗半生不熟的红绿蔬菜，小白碗里也总会为他倒上热茶。碰上黑咕隆咚的夜晚，蒂琴就捧起一本画册，给梦多讲一个古老的故事。这个漫长的故事发生在一个陌生的国度，那里有许多尖屋顶建筑，有各种跟人一样会说话的龙和动物。故事娓娓动听，梦多没能听完就睡着了。于是，小妇人熄了灯，静悄悄地离开那儿。她住在二楼一间狭窄的卧室里。翌日清晨，她一觉醒来，梦多已经不见了。

～ 5 ～

大部分山冈上都有火光在闪烁，因为夏天快要到了。白天，可以看见巨大的白色烟柱把天空弄脏；夜晚，烟头般的火光令人焦虑不安。不论在海滩上，还是在通往蒂琴家的梯级山路上，梦多经常朝火灾发生的地方看。有天下午，他甚至比往常提早返回花园，把别墅周围的杂草拔掉。蒂琴问他在干什么时，他说：

"防止火势蔓延到这儿。"

这段时间，他几乎每晚都睡在"金光别墅"里，或花园内，也不用那么担心搜狗队的灰卡车了。他再也没去过靠近大堤的岩石下的藏身窝。太阳刚刚升起，他便去大海中洗浴。他热爱清晨澄澈明净的海水，热爱脑袋扎进水里时听到的奇异的海浪声，热爱海鸥在空中的啼鸣。过后，他去市场那边看看，帮人卸货，捡些水果、蔬菜，把它们捎给蒂琴，做晚饭时能派上用场。

午后，他去茨冈那儿跟他聊上几句。茨冈坐在老爷车的踏板上，想什么事想得出神。他们在一起时不会深谈，可茨冈见到他时好像很高兴。哥萨克随即驾到，手上拎着一瓶烧酒。他总是那样，醉醺醺的，说话粗声粗气：

"嘿，我的梦多朋友！"

有时还碰见那个胖女人，她红红的脸庞，亮亮的眼睛，会给路人看手相。可她一到，梦多马上就离开，他不喜欢这个女人。

他去找老达帝。要找到他可不是轻而易举的事，因为他总是换地方。他垫着报纸坐在地上，身旁搁着那只戳满窟窿的黄纸箱，过路的人满以为他在乞讨。要是没有意外情况，梦多总能在教堂前的广场上遇见他，梦多就挨他坐下。梦多很喜欢听他说话，因为他能讲出不少有关信鸽、白鸽的故事。他跟梦多讲它们的家园，在鸽子的家园，树木葱葱郁郁，小河静静地流，田野碧绿，天空温和。房子旁边有尖塔，塔上盖着红红绿绿的瓦，那便是鸽子的家。老达帝说话的声音徐缓，像拿不定主意、绕着村庄盘旋的鸟儿在飞翔。他从不与其他人说这些事情。

梦多与老达帝一起坐在教堂前的广场上，引来了好奇的行人。他们停下脚步打量着梦多、老人和他的鸽子，他们扔下许多硬币，因为他们被感动到了。可梦多不想待太长的时间，因为总有一两个妇女不喜欢看到这种场景，开始东问西问。而且，梦多还得提防搜狗队。倘若灰卡车这时开过来了，不消说，那些身穿制服的人会走下车，将他带走。没准，他们连老达帝和他的鸽子也不放过。

一天，刮起了大风，茨冈对梦多说：

"咱们去看风筝大战。"

只是在风很大的星期天才有这种风筝大战。他们一大早便来到海滩，孩子们早就提着风筝等候在那儿了。风筝五颜六色，模样也是五花八门：有菱形、方形的，有单翼、双翼的；风筝上画着动物的脑袋。海滩的尽头站着一位五十来岁的人，他的风筝才是最漂亮的。那只风筝恰似一只长着巨大翅膀的、黑黄黑黄的大蝴蝶。风筝飞离地面时，沙滩上所有的人都停下来屏声静气地注视着它。黑黄黑黄的大蝴蝶在离海几米远的地方飞了一阵子，主人随后拉了一下引线，蝴蝶开始上仰。大风鼓起它的翅膀，它开始上升了。风筝升入空中，离海面越来越高。平纹布翅膀被风吹得哗哗作响。海滩上，那人几乎一动不动。他摇动绞线盘，全神贯注地看着在大海上空摇摇晃晃的、黑黄黑黄的风筝。他不时拉一下引线，绕上绞盘，风筝则飞得更高了。这时，它超越了所有别的风筝，在海滩上空翱翔。它停在空中，在强风中轻松自如地飞着，离地面那么远，肉眼已看不清

它的引线了。

梦多和茨冈走到那人跟前，那人把绞线盘和引线递给梦多。

"要牢牢拉住！"那人说。他坐在海滩上，燃起一支烟。

梦多奋力与大风搏斗。

"线若绷得太紧，你就松开点，过后再收回。"

梦多、茨冈在和风筝主人轮流操纵风筝，直到其他风筝都飞累了，坠到了海中。所有的人都仰着脖子看着这只仍在翱翔的黑黄黑黄的大蝴蝶。它是名副其实的风筝王，其他风筝没有一只能飞得这么高、这么久。

这时，那人非常缓慢地、一米接着一米地把风筝降下来。风筝被大风吹得摇摇晃晃，能听见气流从翅膀穿过的轰轰声，以及引线的尖厉的啸叫。这是最危险的时刻，因为引线绷得太紧，极容易绷断。那人一边绕着绞盘，一边慢慢向前移动身子。风筝靠近海滩了，那人走上前去，猛地一拉，继而松开引线，风筝像飞机一样，徐徐降落在鹅卵石上。

后来，他们都疲惫了，便在海滩上坐下。茨冈买来了"热狗"面包，他们边吃边看大海。那人给梦多讲起了土耳其海滩上的风筝角逐。那些风筝的尾部插着剃刀的刀片，风筝一旦飞上天空，便让它们展开殊死较量。刀片能割断翅膀，有一次甚至切断了一只风筝的引线，断线的风筝随风飘去，恰似一片枯叶。刮大风的那些时日，孩子们把数百个风筝放到天上，蔚蓝的天空布满了花花绿绿的斑点。

"那一定很美。"梦多说。

"是的，很美。但现在的人们再也不会了。"那人说道。他起身用一张塑料纸裹住了那只黑黄黑黄的大蝴蝶。

"下次我教你做一只真正的风筝，"那人说，"九月是放风筝的黄金季节，你可以让你的风筝像鸟一样飞翔，都不用去管它。"

梦多心想，他的那只一定要做得洁白无瑕，像一只海鸥。

梦多还有另一个朋友，他很喜欢隔三岔五过去看一下，那是一艘名叫"奥克西顿"的小船。梦多初次见到它是在一个下午，快两点钟的时候，当时阳光正直射在港口的水面上。小船和其他船只一起停泊在码头边，身子摇摇晃晃。它绝对算不上大船，没有鲨鱼鼻子般的艏，也没有宽大的白帆。的确，"奥克西顿"不过是条竖着短桅杆、挺着大肚子的小船而已，可是在梦多眼中，它很讨人喜欢。梦多从海港工人那儿打听到它的名字，他也喜欢这个名字。

这样，只要他到了离小船不远的地方，就常去看它。他伫立在码头边，一遍一遍地大声吟唱着呼唤小船的名字：

"奥克西顿！奥克西顿！"

小船挣着缆绳，回头撞击着码头，然后又离开。船身红蓝相间，镶着白边。梦多坐在码头上，坐在缆绳环扣边，边吃橘子边看着小船。他凝望太阳在海面上的反光和推动船身的细浪。"奥克西顿"感到百无聊赖，因为谁也不带它出海。这时，梦多就跳上小船，坐在船尾的木凳上，他等着，感受着海浪的运动。小船稍微地移动了一点儿，转了一点儿方向，驶出了一段距离，把缆绳挣得嘎吱嘎吱响。梦多很想带它出海，在大海上漫无目的地航行。路过防波堤时，他会邀渔翁约尔丹一起上船，他们会一起去红海。

梦多坐在船尾，看着太阳在海面上的反光和颤动着往前游的小鱼群，久久不愿离去。有时，他为小船哼一支歌，一支他自己创作的歌：

奥克西顿，奥克西顿

我们马上就起锚

我们去垂钓

我们去垂钓

沙丁鱼、虾子和金枪鱼群！

然后，梦多要到泊着货轮的码头那边去走走，因为那边有台吊车也是他的好朋友。

要看的东西还真不少，大街小巷、海滩、空地上，到处都是。梦多不喜欢人多的地方。他喜欢视野开阔的空间，譬如广场、向大海里延伸的防波堤、油罐车来来往往的笔直的林荫大道，从这些位置可以眺望到很远的地方。他在这些地方可以找到说话的人，他就跟他们说一句：

"您愿意收养我吗？"

那都是些爱幻想的人，他们背着双手，边走路边想其他的事。他们中有天文学家、历史教授，有音乐家、海关人员。有时还能碰上一位业余画家坐在折叠椅上画船只、树木和夕阳。梦多在他身边待上片刻，看他画画。画家回头问他：

"你喜欢这幅画吗？"

梦多点点头。他指着在远处码头上行走的一个人和一条狗问：

"您也画他们吗？"

"你想看的话，我就画。"画家说道。他用纤细的画笔在画布上描出一个恰似昆虫的小黑影。

梦多想了想，又问道："您会画天空吗？"

画家停下来，吃惊地看着他。

"天空？"

"是的，天空，还有云彩和太阳。那一定很美。"

画家以前从未想到过画这些，他望着头顶上的天空，大笑起来："你说得有理，我下一幅只画天空。"

"也画云彩和太阳吗？"

"是的，所有的云彩以及明晃晃的太阳。"

"那一定很美，"梦多赞道，"我真想马上就看到。"

画家仰望着天空。

"我明天上午开始画。但愿天气晴朗。"

"会的，明天肯定是晴朗的，天空比今天还要美。"梦多说道，他会一点儿预告天气。

另外，还有那个给椅子重塞稻草的椅工，梦多常常在下午去看他。椅工在一座旧房子的大院里干活，他的孙子皮勃坐在旁边，罩着一件宽大的短上衣。梦多很喜欢看这个椅工干活，因为尽管老人上了年纪，他编结稻秆的双手却非常麻利。他的孙子皮勃静静地坐在他身旁，罩着那件长得像大衣的短外套，梦多也跟他玩上一会儿。他把自己散步时捡到的东西送给他，有海滩上捡到的奇石，有海藻、贝壳和大把大把被海水磨得光溜溜的蓝色绿色的玻璃片。皮勃拿起鹅卵石凝视良久，然后将它们塞进衣兜。他不会说话，可梦多很喜欢他，因为他一动不动地坐在爷爷身边，罩着那件一直拖到脚跟、把双手都遮住了的长长的像唐装一样的灰外套。梦多喜欢那些安安静静、默不作声地坐在阳光里，眼神有些迷离的人。

这个城市里许许多多人梦多都认识，可他没有那么多朋友。他喜欢遇见的，是那些目光明媚、一见到你就笑容满面仿佛很高兴遇见你的人。遇上他们，梦多便会停下脚步，跟他们聊上几句，提一些关于大海、蓝天和飞鸟方面的问题，那些人离开之后完全变了个人。梦多提的问题并不深奥，可人们已经歇了很多年没有琢磨这些问题，他们已经忘记了，譬如为什么玻璃瓶是绿色的，为什么会出现流星。他们站在街角支支吾吾，如此这般，就好像憋了很久才憋出来一句话，而这样的话梦多自己也会说。

问题本身也很关键，大多数人不会提恰如其分的问题。梦多不一样，他很会提问题，他提的问题恰逢其时，出其不意。那些人停下片刻，把他们自己的心事和杂务搁在一边，他们陷入沉思，目光里透出困惑，因为他们想起来了：他们从前也问过这类问题。

还有一个人，梦多很想遇见他。这个人高大壮实，像年轻人一样朝气蓬勃，红光满面，眼睛很蓝。他身穿深蓝色制服，背着一个装满信函的特别大的皮邮包。早晨，在穿越山冈的石级小路上，梦多经常遇见他。第一次见到他时，梦多问道：

"有我的信吗？"

大块头男子笑了。梦多每天都要与他交臂而过，每一次梦多都会走到他跟前，问他同样的问题：

"今天呢，今天有我的信吗？"

那人打开邮包，在里面翻寻着。

"哎呀，哎呀……你叫啥名字？我记不起来了。"

"梦多。"梦多答道。

"梦多……梦多……没有，今天没你的信。"

不过，有那么几次，那人从邮包中取出一张小报或一张广告，递给梦多。

"给，今天有寄给你的东西。"

他朝梦多一挤眼，然后继续上路了。

有一天，梦多非常想写一封信，他决定找一个人来教他读书写字。他从公园边的那些大街上走过，但天气酷热，公园里见不到退休老人。他到别处寻找，来到了海滩。烈日当空，海滩上的鹅卵石上有一层盐粉在闪光。梦多看着那些在海边嬉戏的孩子，他们身着颜色奇特的番茄红、苹果绿游泳衣，可能是因为这个，他们才一边闹一边叫得那么起劲。可是，梦多不想接近他们。

离私人海滩不远处有座小木屋。附近，一位老人正忙着用耙子平整海滩。这位老人真的非常老了，穿着一条污迹斑斑的褪色的蓝色运动短裤。他的整个身子有如烤焦的面包，皮肤粗糙，皱巴巴的，跟老象的皮没什么两样。耙子从下到上在鹅卵石上缓缓地移动，老人眼中全然没有嬉戏的孩子和游水者，烈日照在他的脊背和双腿上，汗水在他的脸上流淌。他不时停下来，从短裤口袋中掏出手帕擦脸和手。

梦多靠墙坐下，面对着老人。他等了好长时间，直到老人把自己的那一块海滩平整完毕。老人来到墙边坐下，打量着梦多。他的两眼非常明亮，灰白色，就像是他褐色面孔上的两个洞。他看上去有点儿像印度人。

老人看着梦多，仿佛明白他想问什么，但只说了一句："你好！"

"我想请您教我读书识字。"梦多说。

老人静静地坐着，并没有流露出惊讶的神情。

"你没上学吗？"

"没有，先生。"梦多答道。

老人倚墙坐在沙滩上，面向阳光。他目视前方，鹰钩鼻和刻满皱纹的脸并不能抹去他表情的安详温柔。他看着梦多的时候，目光那么炯亮，仿佛能看透他的五脏六腑。然后，他的双眸闪出一星有趣的亮光，他说："如果你想学的话，我很乐意教你。"

老人的话语恰似他的目光，显得平静而悠远，仿佛担心自己说话时嗓门太高。

"你真的一字不识吗？"

"真是这样，先生。"梦多说道。

老人从他的海滩包里取出一把用旧了的红柄小折刀，开始把字母刻在平滑的鹅卵石上。他一边刻字母，一边向梦多解释这些字母所蕴含的寓意，以及在看它们和听它们的时候能明晓的所有东西。他说字母 A 像一只倒剪双翼的大苍蝇；字母 B 挺着两个大肚子，挺滑稽的；C 和 D 就像月亮，一个是月牙儿，另一个是半月；O 则是挂在漆黑夜空中的一轮圆月；H 高高的，是爬树上房顶的长木梯；E 和 F，一个像耙子，一个似铁锹；G 呢，俨然一个坐在扶手椅上的大胖子男人；I 踮起脚尖翩翩起舞，每跳一下小脑袋都会歪到一边去，它跳舞的时候，J 也在一旁摇摇摆摆。K 像老人家一样佝偻着身子；R 像士兵一样在昂首阔步；Y 站在那儿举起双手高

喊：救命啊！L是挺拔于河边的一棵树；M是座大山；N是人们在招手致意；P独脚立在那儿睡觉；Q坐在自己的尾巴上；S永远都是一条蛇；Z永远都是一道闪电；T很美，就像船上的桅杆；U像大口瓶。V、W是鸟，是鸟在飞翔；X是备忘时打下的叉号。

老人用刀尖把字母刻在鹅卵石上，并把它们排在梦多前面。

"你叫什么名字？"

"梦多。"梦多回答。

老人挑了几块石头，另外又刻了两块，然后把它们拼到一起。

"瞧，你的名字就是这么写。"

"真美啊！"梦多说道，"有座大山，有月亮，有个人在向月牙儿招手致意，最后还有一个月亮。怎么会有这么多月亮？"

"你的名字就这么写，仅此而已。"老人说道，"别人就是这样叫你。"

老人把鹅卵石放回原处。

"先生，您呢？您的名字里有些什么？"

老人一块接一块指着那些构成他名字的石头，梦多把它们挑出来，拼成一行。

"有座大山。"

"是的，那是我出生的地方。"

"有只苍蝇。"

"很久以前，在我做人之前，我说不定是只苍蝇。"

"有个人在踏步走，是个士兵。"

"我当过兵。"

"有一个月牙儿。"

"我出生的时候它就在旁边。"

"有一把耙子！"

"喏，这就是！"老人指着搁在沙滩上的耙子。

"有一棵在河边的树。"

"是的，兴许那是我的归宿，我死后会变成美丽的河边一棵纹丝不动的树。"

"能认字真是太好了。"梦多说道，"我很想学会所有的字母。"

"你也动手写吧。"老人说着把小折刀递给了梦多。梦多花了好长时间把字母图案刻在鹅卵石上。然后，他把它们放在一边，看它们组成的名字。O 和 I 出现的次数最频繁，因为梦多最喜欢它们。他也喜欢 T 和 Z，还有鸟儿 V 和 W。

老人读了起来："噢佛，噢窝，噢托，倚兹。"[1]两个人听了都哈哈大笑。

老人还能讲出许多奇闻怪事，他望着大海，用柔和的声音娓娓道来。他说到了异域的一个国家，非常遥远，在大海的那一边，幅员辽阔，那个国家的人美丽善良，没有战争，没有人害怕死亡。那个国家流淌着一条像大海一样宽阔的大河，每至傍晚，夕阳西下时分，总有人去那里洗浴。老人说到那个国家时，声音更为柔缓，苍白的目光凝望着更远的地方，仿佛他已经到了那个国家，正站在那条大河边。

"我能跟您一起去那里吗？"梦多问道。

老人把手搭在梦多肩上："可以，我会带上你的。"

"什么时候动身？"

"还不知道。等我攒足了钱。也许要一年后。反正，我会带你一起去。"

然后，老人重新拿起耙子，继续到更远一点儿的沙滩上干活。梦多把刻着自己名字的石块装进衣兜，朝老朋友挥了挥手后离去了。

眼下，无论在墙上、门上还是在铁板上，随处可见各种字母符号。梦多从城里的大街上走过时看见它们，能认出一

---

① 原文为：OVO OWO OTTO IZTI.

些。人行道的水泥路面上也刻着字，像这样：

D

E

NADINE

E

但这些字不容易弄懂。

夜幕低垂，梦多返回"金光别墅"。他同蒂琴一起在大厅里吃完米饭和蔬菜，然后他走出大厅，走进花园，等小妇人出来后，两人一起踏着砾石小径，慢慢地往前走，直到被大树和灌木完全包围起来。蒂琴紧紧拉着梦多的手，捏得他好痛。可是，像这样，在黑沉沉的夜色中漫步，用脚尖在砾石小径上探路以防摔倒，仅靠在鞋底下的嘎吱嘎吱响的沙砾给他们引路，感觉还是很不错的。梦多听着藏在暗处的蝗虫的尖厉的鸣叫，闻着在黑夜里舒展叶子的小灌木散发出的清香。这一切让人有些头晕，也许因为这个，为了不让自己昏厥过去，小妇人才把梦多的手握得那么紧。

"夜里，所有的东西都很好闻。"梦多说道。

"因为肉眼看不见，"蒂琴说道，"人在看不见时，嗅觉和听觉更加灵敏。"

她止住脚步。

"你看，现在我们要看看星星。"

蝗虫刺耳的尖叫在他们周围回荡，这叫声仿佛自天而降。星星一颗接着一颗冒出，在夜晚的湿气中幽幽地闪烁着。梦多屏住呼吸，仰起脖子，望着星星。

"真美，蒂琴，它们是不是在说什么事？"

"是的，它们无所不谈，可我们听不懂它们在说些什么。"

"读过书的人也听不懂吗？"

"是的，梦多，听不懂。人类是听不懂星星在说什么的。"

"兴许，它们在谈论今后，很久以后会发生的事。"

"是的，也许它们在互相讲故事。"

蒂琴也在一动不动地看星星，一边看一边紧紧握住梦多的手。

"也许，它们在讨论该走哪条路，该到哪个国家去。"

梦多陷入了沉思。

"现在它们变得更亮了。也许它们是一些灵魂。"

蒂琴想看到梦多的脸，可周围漆黑一团。突然间，她开始瑟瑟发抖，好像恐惧什么。她抓起梦多的手，贴在自己胸前，把脸埋进梦多的肩膀。她的说话声特别不对劲，而且充满忧

伤，仿佛有什么东西使她难过。

"梦多，梦多……"她哽咽着反复念叨他的名字，浑身颤抖。

"您怎么了？"梦多问道，他试着跟她说话安抚她，"我在这儿，我不走了，我不想去别的地方了。"

他看不清蒂琴的面孔，但他能猜出她在哭泣，就因为这个她才浑身哆嗦。蒂琴微微转过身子，不想让梦多感觉到她在流泪。

"对不起，我真傻。"她说着，泣不成声了。

"别难过。"梦多说完，挽着她向花园的另一头走去，"来吧，我们去看看天空上的城市里的灯火。"

他们一直走到那个地方，透过树梢能眺望到巨大的蘑菇状的玫瑰色亮光。甚至有一架飞机飞过，飞机上的灯一闪一闪的，把两人都逗笑了。

后来，他们在砾石小径上坐下，仍然手拉着手。小妇人忘记了自己的忧伤，又开始柔声细语，也不去想自己在说什么。梦多也说了好多话，蝗虫仍在树叶上自己的窝里唧唧鸣叫。梦多和蒂琴就这么坐着，坐了很长时间，直到眼皮重得睁不开。于是，他俩倒地而卧，花园晃晃悠悠的，晃晃悠悠，仿佛轮船的甲板。

~ 6 ~

最后那次时值初夏。太阳刚刚升起，梦多便悄悄离开别
墅。他不慌不忙地沿着穿越山冈的石级小路下了山。树枝上、
草叶间缀满晨露，海面上轻雾弥漫。牵牛花沿着破旧的围墙
生长，肥大的叶子上有一滴水，像钻石一样光芒四射。梦多
把嘴巴凑过去，翻转叶子，把清凉的水珠倒进嘴里。那都是
些非常细小的水珠，但在嘴巴和身体里面渗开了，他不再觉
得干渴了。小路两旁，干燥的石墙脚下也已经温温的了。蝾
螈从缝隙中钻了出来，看着日光。

梦多下山后直奔海边，来到寂无一人的海滩，在自己的
位子上坐下。此时的海边没有人，只有海鸥，它们要么沿着
海滩从水面上掠过，要么在鹅卵石上摇摇晃晃地往前走。它
们半张着喙发出呻吟般的鸣叫。它们飞起来，盘旋着，栖落
在稍远的地方。清晨，海鸥的叫声总是那么奇特，仿佛它们
临行前在互相呼唤。

太阳在玫瑰色的天空中稍稍升高了些，路灯纷纷熄掉了，
能听到城市开始喧嚣。悠悠的喧嚣声从高楼大厦间的大街小
巷里传出来，然后沉闷地颤颤地从海滩上的鹅卵石中间穿过。

摩托车载着身穿滑雪衫、脑袋躲在羊毛风帽里的男男女女，轰隆隆地从林荫大道上驶过。

梦多静静地坐在海滩上，等候阳光把空气晒暖。他倾听着海浪与鹅卵石的撞击声。他喜欢这个时刻，海边见不到一个人影，唯有他，唯有海鸥。此时此刻，他可以想一想城里所有的人，想一想即将遇上的人。他一边望着大海和天空，一边想他们，仿佛那些人既远在天边，又近在眼前，围坐在他身旁，仿佛只需看着他们，他们就不会离去，而视线一转，就再也见不着他们了。

阒无一人的海滩上，梦多以自己的方式与他们倾心交谈，他不用说话，而是发送一种声波。声波掺入了浪涛声和阳光，传送给那些人，传送到他们所在的地方，他们收到后闹不清它们从何而来。梦多思念茨冈、哥萨克、椅工、罗莎、面包商伊达，思念那位风筝大王，还有那位教他识字的老人；他们呢，他们全都听见了。他们仿佛听见一丝呼哨或者一阵飞机轰鸣从耳边响过，他们轻轻摇头，因为他们听不懂这些声波究竟是什么意思。可是，梦多很高兴能像这样跟他们说话，向他们发送大海、阳光和天空的声波。

梦多沿着海滩往前走，径直来到私人海滩的那间小木屋边。他在防护墙脚下寻找那些曾被老人刻过字母图案的鹅卵石。梦多已有好几天不去那儿了，那些图案被盐和阳光剥蚀掉了一半。梦多用一块锋利的燧石重新刻出那些字母，然后在墙边像这样垒出自己的名字，好让老人回来后看到他的名字，知道他来过：

这一天也不同于往常，因为城里少了一个人。梦多寻找那个身边总带着鸽子的老乞丐，他的心剧烈地跳动着，他心里明白，也许再也见不到老人了。他四处寻找，大街小巷、集市广场和教堂前面都找遍了。梦多很渴望再和他见上一面。可是，昨天夜里，那辆灰卡车出动了，那些穿制服的人带走了老达帝。

梦多继续马不停蹄到处寻找。他从一个藏身窝跑到另一个藏身窝，心脏越跳越快。他找遍了老乞丐惯常出现的大门边、楼梯间、喷泉旁、公园里和旧房子的门口，还是不见老人。偶然在人行道上发现一截报纸，他便停下脚步，环顾四周，仿佛老人就会走过来，坐在报纸上。

最后，是哥萨克把真相告诉了梦多。梦多是在市场附近的大街上遇见他的，当时他喝得酩酊大醉，正扶着墙壁费力地往前走。行人驻足看着他讪笑。他连自己那台黑色的小手风琴都弄丢了，那是在他睡觉醒酒时被人趁机偷走的。当梦多问他老达帝和鸽子都到哪儿去了时，他目光呆滞地愣了一阵，然后瓮声瓮气地说：

"不……知道……他们把他带走了，昨天夜里……"

"带去哪里了？"

"不知道……在医院。"哥萨克吃力地往前走去。

"等等！鸽子呢？鸽子也被带走了吗？"

"鸽子？"哥萨克感到莫名其妙。

"那些白色的鸟！"

"噢，我不知道……"哥萨克耸了耸肩膀，"我不知道他们是怎么处理鸽子的……说不定他们会吃掉鸽子……"

哥萨克继续扶着墙壁摇摇晃晃地往前走。

梦多突然之间感到精疲力竭。他想回到海边，坐在沙滩上，好好睡一觉。可是，离海那么远，他已经没有力气回去了。也许是很久以来他饮食不良，也许是恐惧占据了他的心。他感到脑袋嗡嗡乱响，脚下的大地在塌陷。

梦多在街边的人行道上找了个地方，倚墙坐了下来。眼下，他在等待。不远处是一个家具店，一块大玻璃橱窗反射着阳光。梦多坐在那儿一动不动，他甚至看不清从他身前走过的偶尔停住的行人的大腿。他听不见人们在说些什么。他感到一阵麻痹正侵蚀他的全身，像一阵冰凉正在上升，让他的嘴唇没有了感觉，让他的双眼动弹不了。

他的心跳再也没先前那么快了，现在那颗心很遥远，非常微弱，在他胸中缓缓地跳着，仿佛快要停下似的。

梦多思念他所有的美妙的藏身窝，它们地处海边、白岩堆中、防波堤中间，或者在金光别墅的花园里，梦多对所有这些藏身窝都很熟悉。他也惦记着那条不断反抗、想从码头上挣脱掉的"奥克西顿"小船，因为它想启程去红海。然而，与此同时，他感到自己好像再也无法离开人行道上这个靠墙的地方，仿佛他的双腿再走不了多少路了。

有人在跟他说话，但他没有抬起头。他额头枕在前臂，一动不动地坐在人行道上。现在，行人的大腿在他面前滞住了，围成了一堵半圆人墙，就像茨冈在当众表演节目时一样。梦多希望他们最好走开，继续走他们的路。他盯着这些停住的脚：男人的脚上穿的是肥大的黑皮鞋，女人则穿着高跟凉鞋。梦多听见他们在他头顶上说话，可他没能听懂他们在说些什么。

"……打电话……"有人说。给谁打电话？梦多觉得自

已成了一条狗，一条在人行道的角落里盘腿睡觉的老黄毛狗。谁也看不见他，谁也不会去留意一条老黄狗。那阵冰凉继续缓缓地沿着身体往上蔓延，蔓向四肢、肚子，一直抵达脑部。

这时，搜狗队的灰卡车也开过来了。迷迷糊糊中，梦多听到车子开过来，嘎吱的刹车声，车门打开的声音。他对此感到无所谓。人们的大腿稍稍往后退让，梦多看到海蓝色的裤子、厚底黑皮鞋向他靠近。

"你不舒服吗？"

梦多听见穿制服的人在说话，话音仿佛在离他数千公里的地方回荡。

"你叫什么名字？你住在哪里？"

"跟我们一起走，好吗？"

梦多想到城市周围到处都火光闪烁的山峦。他仿佛坐在公路边，看到了着火的区域，大片大片的红彤彤的火光，仿佛闻到了松脂和袅袅升入空中的白烟的气味，仿佛看到了停在荆棘丛中的红色消防车以及它伸出来的长长的喷水管。

"你能自己走吗？"

那伙人架着梦多的胳膊，就像那是一件不沉的货物，向卡车后门走去。梦多感到两条腿拖在地上，拖在卡车踏板上，它们却像用木头和螺丝做的木偶的腿一样，没有知觉。后来，车门哐啷一声关上，卡车开始在小城里穿行。

那是最后一次。

两天后，那位越南小妇人走进了警察局长的办公室。她面色苍白，一脸的倦怠，因为她没有睡觉。她等梦多回家，两个通宵没有合眼，白天又在城里到处找他。警察局长看着她，一点儿也不觉奇怪。

"您是他的亲戚？"

"不，不是，"蒂琴说道，她努力找出一个合适的字眼，"我是他的一个——朋友。"

她显得更矮更小，几乎像个小孩，尽管满脸皱纹。

"您知道他在哪儿吗？"

警察局长看着她，并不急于回答她的提问。

"他在儿童救济院。"他终于说。

小妇人反复念叨，仿佛她不懂："儿童救济院……"

然后，她近乎喊了起来："这不可能！"

"什么不可能？"警察局长问。

"为什么送他去那儿？他都干了什么？"

"他跟我们说他没有家，于是我们就送他去了儿童救济院。"

"不可能!"蒂琴重复道,"你们不明白……"

警察局长冷冷地看着她。

"是您不明白,夫人,"他说道,"一个无家可归的孩子,在大街上闲逛,像流浪汉、乞丐,甚至更糟!像个野兽,乱吃一气,到处露宿。早就有人来告状,诉说他的处境,我们都找了他好些时间,可他太狡猾,东躲西藏!现在这一切该结束了。"

小妇人盯着前面,浑身颤抖。

警察局长语气稍微平缓了些:"您——在照顾他吗,夫人?"

蒂琴点了点头。

"听着,假如您想收养这个孩子,假如您希望我们把孩子交给您看管,这并不是绝对不可能的。"

"得让他出来……"

"只是他暂时还得留在救济院,直到他的状况有所好转。如果您想收养他,您务必提交申请,立卷,这可不是一两天就能办成的事情。"

蒂琴想说话,可她吐不出一个字。

"眼下得让政府来管。这孩子——叫什么名字来着?"

“梦多，”蒂琴说道，“我——”

“这孩子正在接受观察。他需要照顾。救济院里有人照料他，给他立卷。他这么大了仍不会读书写字，没有上过一天学，这些您知道吗？”

“我能见见他吗？”她终于问道。

“那当然。”警察局长站起身，“再过几天，他身体就恢复了，到那时您再来看他，向主任申请抚养权。”

“我今天就要去！”蒂琴嚷道，她又大喊大叫起来，声音嘶哑，“今天，我今天就得去看他！”

“不行，绝对不可能。您要过四五天之后才能去看他。”

“我求您了！眼下，这对他很重要！”

警察局长把蒂琴送到门口。

“过四五天再来吧。”

门被打开那会儿，他改变了主意。

“把您的姓名、地址留给我，好跟您联系。”

他把这些记在一个旧记事本上。

“好了。过两天给我挂个电话，讨论立卷事宜。”

可是，第二天，警察局长就亲自登门来到蒂琴家。他打开花园栅门，沿着砾石小径向别墅大门走来。

蒂琴打开门，他几乎是强行闯了进去。他的两眼在大厅里扫寻着。

"您那个梦多！"他说。

"他出什么事了？"蒂琴问道。她惊恐地望着警察局长的脸，面色比昨天还要苍白。

"他走了。"

"走了？"

"是的，走了！失踪了！逃跑了！"

警长的目光越过蒂琴的头顶，继续在屋子里搜寻。

"您没看见他吗？他没来过这儿吗？"

"没有！"蒂琴喊了起来。

"他放火烧了诊疗所的床单，趁混乱之机逃走了。我想您也许看见他来过。"

"没有！没有！"蒂琴喊得更厉害。这时她细小的双眼喷射出怒火。警长往后退了退。

"听着，我立即就来这儿通知您了。在他未干别的蠢事之前必须找到他。"

警长走下半月形台阶。

"如果他到这儿来了，请通知我！"

他已经沿着砾石小径，向栅栏门走去。

"我早就跟您说过。这是个野兽！"

蒂琴呆呆地站在门口一动不动。她的双眼噙着泪花，喉咙哽塞得透不过气来。

"你们无法理解，无法！"她喃喃自语，警长已推开栅门，大步流星地沿着石级小路朝停在山下的那辆黑轿车走去。

蒂琴坐在白色的台阶上，许久一动不动，既不去看正在把空旷大厅装满的金色阳光，也没在听躲在暗处的蝗虫的唧唧鸣叫。她不知不觉哭了，泪珠顺着鼻尖一滴一滴地落下来，落在她的蓝色围裙上。她知道那个灰头发的少年可能再也不会回来了，不管是明天，还是别的日子。已经开始进入夏季，可天气好像冷了起来。这儿，我们这座城市所有人都感觉到了。人们依旧来来往往，卖货的卖货，购物的购物，汽车照旧在大街小巷中穿行，用引擎和喇叭弄出很多噪声。蔚蓝的天空中不时有一架飞机经过，机尾拖着一缕长长的白色尾流。乞丐照旧在行乞，在墙角，在市政府、教堂的大门前随处可见。然而一切都变了，再也不是以前的样子了，仿佛有一块无形的云，遮住了许多阳光，给大地笼罩上了一层阴影。

一切都变了，再也不是以前的样子了。此后有一天，茨冈被警察抓了起来：有人发现他变魔术时从行人的口袋里掏钱。哥萨克变成了醉鬼，再也不是哥萨克人了，因为他

是在奥佛涅①出生的。渔翁约尔丹把钓竿放在防波堤上砸烂了，他可能永远都不会去厄立特里亚了，也不去别的什么地方。老达帝终于出院了，但他再也找不到自己的那些白鸽，只好买一只猫替代。那位业余画家怎么也画不出天空，只得开始画海洋风景和静物画。公园里那个小男孩那辆漂亮的红色三轮车被人盗走了。至于那位面孔酷似印度人的老人，继续平整他的海滩，也不打算去恒河之滨了。系在码头锈环上的小船"奥克西顿"拖着缆绳，孤苦伶仃地在浮着柴油的水面上左右飘摇，再也没有人过来坐在尾部，为它唱一支歌。

日复一日，年复一年，岁月荏苒。没有梦多，日子显得那么漫长，又去得那么迅速，而我们这座城里的许多人都在期待着某个人出现，却又不敢说出他的名字。我们常常莫名其妙地在街头、门前的茫茫人海中找寻他的身影。我们看着海滩上洁白的鹅卵石和一面墙一样的大海。后来，我们有点淡忘了。

不知过了多长时间之后的某一天，那位越南小妇人在山冈上的自家花园里散步。她坐在枝繁叶茂的月桂树下，一群花点蚊在那儿翩然起舞。她捡起一块被海水磨得光溜溜的奇

① 法国中部省，盛产名酒。

怪的鹅卵石，上面刻着什么字样，已被尘土掩住了一半。她的心跳得更快了一些，她小心翼翼地用围裙角拭去尘土，只见石块上歪歪斜斜地刻着几个字：

永远 很多

露拉比

~ 1 ~

露拉比决定再也不去学校，是在十月中旬的一天清晨。她翻身下床，跣足穿过卧室，微微拨开百叶窗片，向窗外望去。阳光灿烂，她稍探身子，便能瞥见一角蓝天。楼下的人行道上，几只鸽子蹦蹦跳跳的，羽毛被风吹得凌乱不堪。那些停着的汽车的顶篷外面是深蓝色的大海，一艘白帆船正吃力地向前航行。露拉比目睹这一切，想到自己已经决定不去学校，就感到很欣慰。

她回到卧室中央，坐在小桌前，灯也未开便开始写信。

亲爱的爸爸：

你好！

今天的天气真好，天空一如我喜欢的那样，非常非常蓝。我真希望你也在这儿看着天空。海水也非常非常蓝。冬天很快就要到了。另一个漫长的年份又要开始了。我希望你很快就能来这儿，因为我不知道蓝天和大海是否能等候你那么长时间。今天早晨，我醒来时（一个小时以前），我还以为自己又回到伊斯坦布尔了呢！我真想闭上眼睛，然后重新睁开，又一次感觉到自己像是在伊斯坦布尔。你还记得吗？你买过两束花，送我和妹妹洛朗丝每人一束。大白花散发出浓郁的清香（正因如此人们称之为芬芳花吗？）。花香扑鼻，我们只好把花儿放进浴室。你说过那儿的水可以喝，我就走进浴室，喝了个痛快。我的花儿全被弄坏了。你还记得那一切吗？

露拉比停下笔来，望着信笺，咬了咬蓝色圆珠笔笔头。她没有读信。她只是望着信笺的空白部分，她寻思，也许那儿马上就有东西出现，如同天空中的鸟儿，或者缓缓驶过的白帆船。

她瞥了一眼桌上的闹钟：八点十分。这只小型旅行闹钟外面裹着黑色蜥蜴皮，一个星期只需上一次发条。

露拉比接下来在信笺上写道：

亲爱的爸爸，我真希望你能来把这只闹钟带走。我离开德黑兰时，你把它送给了我，妈妈和妹妹洛朗丝说它的样子很漂亮。我也发现它很好看，可我觉得我现在用不着它了。所以，我要你来这儿把它取走。它走时非常准确，夜间没有声响，能让你派上用场的。

她把写好的信塞进一只航空信封里。她还想找点别的什么玩意儿放进去，然后再缄封。可是，桌子上除了信笺、书和面包屑，没有其他东西。她只好写上地址：

伊朗，德黑兰

弗尔多西大街 84 号

P.R.O.C.O.M

保尔·弗尔朗德先生收

她把封好的信放在桌边，然后飞快地跑进盥洗室刷牙洗脸。她很想冲个凉水浴，可又担心水声会吵醒妈妈。她依然光着脚丫回到卧室，急急忙忙地穿了一件绿色羊毛套衫、一条栗色绒裤和一件栗色夹克衫。接着，她穿上袜子，蹬上一双绉胶底高帮鞋。她梳了梳金发，也顾不上用镜子照一下自己；然后，她把自己周围桌子和椅子上的东西全都塞进了小包，有口红、纸巾、圆珠笔、钥匙和阿司匹林药瓶。她不是很清楚可能会需要些什么，便在屋里胡挑乱拣了一阵，找到一条裹成球状的红头巾，一只旧了的仿皮漆布相匣，一把小折刀和一只小瓷狗。她打开放在大衣柜里的一只皮鞋盒，从里面取出一沓信来。她把从另外一只鞋盒里找到的一幅大图画折起来，连同那沓信一起放进挎包里。她从自己的风雨衣口袋中掏出一些现钞和一把硬币，一同扔进包里。正要出门时，她又折回桌边，拿起刚刚写好的那封信。她拉开左边那个抽屉，在那些小玩意儿和纸堆中乱翻了一阵，最后找到一只标有"回声·超级即席伴奏者·德国制造"的小口琴，琴上用刀刻着"达维德"三个字。

她看了小口琴片刻，然后把它丢进包里。她把背包挎在右肩上，出了家门。

外面，阳光暖融融的，天空和大海熠熠闪亮。露拉比目光追寻着鸽子，可是它们不见了踪影。远方，靠近天边的地方，白帆船弓着身子缓缓前行。

露拉比感到心跳得非常剧烈。那颗心在胸腔内怦怦地跳并发出声音。怎么会这样呢？也许是满天的阳光使它极度兴奋。露拉比靠着栏杆停了下来，双臂用力地捆住胸部。她甚至有点气愤地从牙缝中挤出几个字："真讨厌，这家伙！"

随后，她继续上路，极力不去理它。

人们要去上班，他们驱车沿着林荫大道朝市中心疾驶。摩托车奔驰起来发出滚珠轴承的响声。在那些窗门紧闭的新汽车里，人们的脸上都流露出急切的神情。他们从露拉比身边经过时，会稍稍回过头来看她。甚至有人小声摁着喇叭，可露拉比没去理睬他们。

她也一样沿着林荫大道疾步向前，绉胶鞋底下没有一丝响声。她朝山峦和岩石那边走去，跟那些人的方向相反。她眯起眼睛凝望大海，因为她忘记带上那副墨镜。白帆船仿佛与她同路而行，那张等腰三角形大帆被风吹得鼓鼓的。露拉化边走边看大海、蓝天、白帆和海岬的岩石，她真高兴自己已经决定不再去上学。一切都那么美，学校似乎从来没存在过。

风吹进了她的头发，吹乱了它们。冷飕飕的风刺痛了她的双目，吹红了她的面颊和双手上的皮肤。露拉比心想，像这样，迎着风在阳光下漫无目的地行走，感觉真不错。

一出城，她便踏上了那条走私者走的道路。小路从一片五针松林中间延伸出来，沿海岸而下，一直通往岩石边。这儿，浸透了阳光的海水更加美丽、更加深邃。

露拉比踏着走私道往前走，发现大海变得汹涌澎湃。急浪撞击岩石，掀起回头浪，塌陷下去，重新回来。小姑娘在岩石堆中止住脚步，聆听大海的声音。她很熟悉海的声音，海水啪啪作响，被撕碎，然后在让空气爆炸的同时重新汇聚在一起。她很喜爱这种声音，可是今天，她仿佛是第一次听到。这里，只有白森森的岩石，只有大海、风和阳光。这好比置身于遥远的深海的一艘船上，深海里生活着金枪鱼和海豚。

露拉比甚至不再去想什么学校了。大海就是这样：它荡涤陆地上所有的事物，它拥有世界上最重要的东西。漫无际涯的蓝色和阳光，强烈而温柔的海风和浪涛声，而大海就好比一头摇头晃脑、尾巴在空中拍打着的巨兽。

露拉比感到心情舒畅。她在走私道旁的一块平石板上坐下，凝望着。她看见清晰的天际，那条把海天分隔开的黑线。她的脑海中全然没有了街道、楼房，没有了汽车和摩托车。

她坐在那块岩石上等了很长时间。然后，她沿着小道继续往前走。前面再也见不到房屋，最后那几幢别墅也已被甩在身后了。露拉比回首凝望，发现那些别墅白色的立面上百叶窗紧闭，样子很怪异，仿佛在酣睡。这里再也没有花园。乱石堆中生长着许多奇异的肉质植物，带刺的仙人球、疤痕累累的黄色仙人掌、芦荟、荆棘和藤本植物。这儿没有人烟。只有蜥蜴在乱石堆中爬行，几只胡蜂围绕散发着蜜味的青草飞旋。

太阳在天空中剧烈地炙烤着。白森森的岩石熠熠闪烁，海水的泡沫如雪一般耀眼。人在这里是幸福的，就好比在世界的尽头。你别无期待，别无他求。露拉比望着面前不断变大的海岬和兀立于海中的峭壁。走私道一直通到一个小型德国式掩体，必须从地下那条狭长的地道走了。地道里冷飕飕的，小姑娘冻得瑟瑟发抖。地道里潮湿、阴暗，仿佛在山洞里一般。堡垒的四壁散发着霉味和尿骚味。地道的另一头通向一座围着矮墙的水泥发射台。地上的裂缝里长出了一些草。

露拉比被阳光刺得睁不开眼睛。她整个地暴露在大海和海风前面。

突然，她注意到发射台的围墙上的头几个标记。那是用粉笔写的，大写的字母东倒西歪，想表达的只是这个意思：

找到我。

露拉比看了看四周，喃喃问道：

"好吧，可你是谁？"

一只肥大的白燕鸥尖叫着从发射台上掠过。

露拉比耸了耸肩膀，然后继续赶路。现在，路要难走一些，因为这条走私道也许是在上次战争中被那些建造掩体的人给毁坏了。现在，必须手脚并用在岩石上攀爬、跳跃，才不至于滑倒。海岸越来越峻峭，露拉比看见最下面，宝石般翠绿的海水深不见底，撞击着礁岩。

所幸的是，露拉比很擅长在岩石丛中行步，这也许是她最突出的专长。必须用目光飞快地测算，找到好走的路、形成石级或跳板的岩石，琢磨出一条通往高处的捷径：得避开死胡同、易碎的石块、裂缝和荆棘丛。

这也许是数学课上的一道作业题。"已知一块岩石成45°角，另一块岩石与一丛染料树相距2.5米，切线从哪儿经过？"白岩石俨若一张张课桌，露拉比想象着罗蒂小姐背向大海，端坐在一块偌大的梯形岩石上的那副严肃的面孔。可这也许不是真正意义上的数学课上的问题。这里首先必须算出重心。"画一条与水平线垂直的线，明确地指出方向。"菲律彼先生说道。他站在一块倾斜的岩石上，让身体保持着平衡，宽宏大度地笑着。他的白发在阳光下变成了一个花冠，他的近视镜片后面，两只蓝眸子异样地闪亮。

露拉比高兴地发现她的身体能轻而易举地找到问题的答案。她的身子前附后仰，单腿站着摇晃几下，然后敏捷地一跳，双脚便准确地在想要的位置着地了。

"非常棒，非常棒，小姐。"菲律彼先生的话语在她耳畔回响，"物理是一门自然科学，永远不要忘记它。再接再厉，你走对路了。"

"是的，可走去哪里呢？"露拉比喃喃道。

她确实不知道这会将她引向何方。她停下来眺望大海，好让自己缓过气来。可那儿又碰上一个问题，涉及阳光在水面上的折射角如何计算。

"我永远也算不出。"她暗想。

"哦，要运用折射定律。"她的耳边又响起了菲律彼先生的话语。

露拉比极力地回想着。

"折射光线……"

"总是停在入射面上。"露拉比说道。

菲律彼说道："很好。第二条呢？"

"入射角增大时，折射角也增大，两角的正弦的比值是一个常数。"

"常数，"那声音说道，"那么？"

"Sin i/Sin r 等于常数。"

"水的折射率是？"

"1.33。"

"傅科定律呢？"

"一种介质的折射率与另一种介质的折射率的比例等于介质一与介质二的速度比。"

"由此得出？"

"$N_{2/1}=$ v1/v2。"

可是，阳光不断地从大海中反射而出，折射状态很快变成了完全反射状态，露拉比无法计算了。她想过些时候给菲律彼先生写封信，向他请教。

天气炎热。小姑娘寻找一个能游泳的地方。她发现稍远的地方有个小海湾，海湾边有一个废弃的码头。露拉比一直下到水边，然后脱掉衣服。

海水清澈透明，冰凉刺骨。露拉比毫不迟疑地潜入水中，感觉到海水紧贴着皮肤的毛孔。她睁大眼睛，在水底下游了好长时间。然后，她坐在码头的水泥地上，把身子晾干。此时，阳光垂直照射下来，不再反射了。她的肚皮和大腿的细毛上挂着水珠，阳光在水珠里面闪耀着金光。

冰凉的海水对她大有裨益。海水荡涤了露拉比脑中的杂念，小姑娘再也不去想什么切线和物体的绝对折射率问题。她很想再给父亲写封信。她在小包中找到航空信笺，开始用圆珠笔写起来，首先从信笺的最下端动笔。她的双手湿湿的，在信纸上留下许多水印。

  露拉比抱吻你，
  快来我现在所在的地方看我！

然后，她在信笺的正中间写道：

  也许我干了蠢事。不要怨我。我感到自己生活在一座监狱中。你是不会知道的。也许，你了解这一切后，仍有勇气待下去，可我不行。想想四周无处不在的数不清的围墙吧，墙头上拉着带刺的铁丝网，还有那些栅栏、窗户上的铁条！想想院子里长着的那些令我讨厌的树木：栗树、椴树、梧桐。梧桐树尤其丑陋，它们皮开肉绽，就好像生病了一样！

再往上去，她写道：

你也明白，我憧憬许多东西。我想要许多、许多、许多东西，我不知道能否把它们都讲给你听。那些东西这里少得可怜，我从前喜欢看到的那些东西：青青草地、鲜花、鸟儿和河流。要是你在这儿，你会跟我谈起这些，它们就会在我身边出现。可是，在中学里，没有一个人能讲述这些东西。那些女孩笨得让人想哭！男孩呢，个个傻不拉叽！他们就喜欢他们的摩托车和夹克衫！

她的笔移往信笺的最上方：

你好，亲爱的爸爸。我在一块小小的海滩上给你写信。它真的很小，小得让我觉得这是一块只能容下一个人的海滩，旁边是一个废弃的码头，我就坐在码头上（我刚刚洗了个痛快澡）。大海很想吃掉小海滩，它伸出舌头舔着，一直舔到了最顶头，没有一块干点儿的地方了！我的信上会有许多海水印，我希望你会喜欢它们。这儿，就我一个人，可我玩得很开心。我现在已决定再也不去什么学校了。永远不去，即使有人要把我抓进监狱。而且，在监狱里未必会更糟。

信笺上已经没有多少空白的地方了。于是，露拉比胡乱地填上一些词语和短句，把那些洞眼堵住，她觉得很好玩：

大海是蓝色的

阳光

寄些白兰花给我

小木屋，很遗憾它不在这里

给我写信

一条小船经过，它要驶向何方？

我真想站在一座高山上。

跟我说说你那边的阳光怎么样？

跟我谈谈捕珊瑚虫的渔夫

丝露姬好吗？

还剩下最后一些空白，她补上了这些：

海藻

镜子

远方

黄萤

赛跑

钟摆

香菜

星星

　　她将写好的信叠起来，塞进信封，同时还夹进去一片散发着蜜味的草叶。

　　她继续穿过岩石堆往上走时，再次注意到那些用粉笔写在岩石上的奇怪字符。也有指路的箭头。一块平滑的大岩石上写着：

　　不要气馁！

　　离这稍远的地方写着：

　　没准会虎头蛇尾。

露拉比又扫视了一下四周，视力所及的岩石堆中没有别的人。于是，她继续朝前走去。她忽上忽下，跳坑越壑，最后来到海岬的尽头，那儿有一座石头平台和一幢希腊式房屋。

露拉比停住脚步，惊叹不已。她还从未见过如此漂亮的房子。这座房子建在岩石堆和肉质植物中间，面朝大海，方方正正，简约朴素，有一条由六根柱子支撑着的游廊，整幢房子有如一座微型神庙。房子白得耀眼，默无声息地蜷缩在险峻的峭壁下，峭壁为它挡风，也能让它避开人们的目光。

露拉比缓缓地走近那幢房子，心怦怦狂跳。那儿没有一个人影，想必它已经被遗弃好多年了。游廊上各种草藤蔓生，牵牛花缠绕着柱子。

露拉比到了房子跟前，看到大门上方裂柱廊的石膏上刻着几个字：

夏别玛

露拉比大声读着这名字。她暗想，还没有哪一座房子拥有如此美丽的名字。

一排生锈的铁栅栏环绕着房子。露拉比绕着栅栏寻找入口。有个地方的栅栏被掀起，她就从那儿爬了进去。她不怕，尽管一切都如此静寂。露拉比走过花园，来到通往游廊的楼梯前。她犹豫了片刻，推开大门。屋内很暗，眼睛慢慢才会适应。房子就这么一个房间，墙壁破损，地上积满了杂屑、破布头和废报纸。屋里凉沁沁的。窗户可能有好些年未打开过。露拉比想推开百叶窗，可它们全卡死了。露拉比的双目完全适应屋里的昏暗后，这才发现她并非唯一到过这里的人。墙上布满了各种涂鸦和淫秽画面。她感到气愤，仿佛这房子真是她自己的。她用一块破布试着擦去那些东西。然后，她回到游廊，拉门的时候用力过猛，把门把手拉断了，她差点摔倒。

从外观看，房子很漂亮。露拉比坐在游廊上，背靠着一根廊柱，望着眼前的大海。这样真好，只有海水声，以及从白柱子中吹过的风。透过笔直的柱身之间的间隔望去，天空和大海好像无边无际。到了这儿，人已经不再在陆地上，已经不再有根了。小姑娘挺直背脊，颈靠微温的柱子，缓缓地呼吸着，每次空气进入她的肺部，她都仿佛在圆盘形的海面上、明净的天空中升高了一些。天际是一根弯成了弓形的纤细的线，阳光笔直地照下来，人到了另一个世界，处于棱镜的边缘。

露拉比听到风捎来一个话音，话音吹到了她的耳畔。现在不是菲律彼先生的声音了，这声音极其古老，穿越了天空和大海。温暖的阳光下，轻柔而略略低沉的话音在她的耳畔回荡，重复着她从前的名字。这名字是有一天她进入梦乡前，父亲赋予她的：

"爱丽儿……爱丽儿……"

声音开始时十分轻柔，到后面愈来愈高亢，露拉比唱起那支多年来不曾忘怀的歌曲：

> 蜜蜂吮吸的地方，我也吮吸得欢，
> 我的身子往樱草花的花铃里面躺，
> 猫头鹰叫时我进入梦乡。
> 我骑在蝙蝠背上四处飞翔
> 去追寻快乐的夏天，
> 现在我要在缀满花儿的枝头下
> 快乐地、快乐地享受大好年华。①

她清脆的歌声飘进自由的太空，将她带入大海之上。她

---

① 原文为英文，《爱丽儿之歌》是莎士比亚《暴风雨》第一幕第二场中精灵爱丽儿所唱的歌。

看到世间万物，轻雾弥漫的海岸、城市和大山外面的一切。她看见大海宽阔的水道，一排排海浪在向前奔涌。她一直能看到大海彼岸的一切，生长着雪松的灰暗的狭长地带，还有更远处像海市蜃楼一般的厄尔布尔士山脉^①的雪峰。

露拉比久久倚柱而坐，望着大海，为自己吟唱那首《爱丽儿之歌》，还有父亲创作的其他歌曲。她一直等到太阳完全沉到海平线附近、海水紫色一片，才离开那幢希腊式房子，重新踏上那条走私道，朝城市方向走去。经过那个掩体时，她看到一个小男孩钓鱼归来，正转身等候她。

"晚上好！"露拉比说道。

"你好！"小男孩说道。

他表情严肃，两只蓝眼睛藏在镜片后面。他扛着一根长长的钓竿，背着一个鱼袋，脖子上挂着一双鞋。

他俩一起走，一边走一边聊上几句。走到路的尽头，他们发现天色尚早，就坐在岩石上，眺望大海。小男孩把鞋子穿上。他跟露拉比说起他那副眼镜的来历。他说，几年前的一天，他想看看日食，从此太阳就烙在眼里了。

聊着聊着，夕阳沉下去了。他们看见灯塔、路灯以及飞机航灯都渐次亮了起来。海水变黑了。眼镜男孩率先起身，

---

① 位于伊朗的北部，在首都德黑兰市的西北部。

拿起钓竿和鱼袋，跟露拉比打了个手势后就走了。

他快要走远时，露拉比朝他喊道：

"明天帮我画幅画！"

小男孩点头表示同意。

~ 2 ~

露拉比去过那幢希腊式的房子已经有好些日子了。她很喜欢这样的时刻，跳过所有的岩石，一阵猛跑乱爬搞得自己上气不接下气，在海风和阳光中感到有些陶醉，然后那个靠着峭壁的神奇的白色身影突然映入眼帘，仿佛一艘抛锚停靠的船。这些天来，天气晴朗，天空、大海都是那么蓝，地平线纯净，纯净得连浪峰都能看见。露拉比来到那幢房子前，停下脚步，她的心跳得更急遽更剧烈了，她感到自己体内的血管中有一股异样的热流，因为这个地方必定藏着一个秘密。

风突然平静了，她感到全部阳光轻柔地把她裹了起来，让她的肌肤和头发带电。她深深地吸了一口气，仿佛马上就要去水下潜游很长时间。

她慢慢绕过铁栅栏往前走，一直走到那个打开的口子。她来到房子前面，望着那六根匀称、亮光光的柱子。她高声读着那几个写在裂柱廊石膏上的神奇的字；也许因为它们，这儿才显得如此宁静，如此阳光灿烂：

"卡利斯马……"

那几个字在她的身体里面光芒四射，仿佛也写在了她的身上，企盼着她的到来。露拉比坐在游廊的地板上，背靠最右边的那根柱子，眺望大海。

太阳烤着她的面颊。太阳的光线从她的手指、她的眼睛、她的嘴巴、她的头发里射出来，汇入岩石和大海的光芒之中。

尤其是这里的静谧，这静谧是如此深沉如此强大，让露拉比觉得自己马上就要死了。生命很快地从她身上退出来，飘然而去，飞入天空和大海。这很难理解，可露拉比可以肯定，死亡就是如此。她的身子像原来一样，保持着坐姿，背靠着白廊柱，完全沐浴在温暖和阳光之中。可是，身体的动作已离她而去，在她面前烟消云散。她没法留住它们。她感到所有离开她的活动都风驰电掣般离她远去，快得像椋鸟，似龙卷风。它们包括她的双臂和双腿的全部活动，体内的战栗、颤抖和惊悸都飞快地离去了，一直向前，朝空中、朝阳光和大海进发。但这种感觉很惬意，因而露拉比毫无反抗。她眼睛没合上。她的瞳孔放大，她的眼睛一眨不眨地直视着前方，目光久久地停留在海平线的同一点上，那里有天空和大海交接处的褶子。

呼吸变得越来越慢；胸腔里，心跳的间隔愈拉愈长，缓缓地，缓缓地。她的身上几乎没有活动、没有生机，只是她的目光越来越强，像一束光一样融进了太空。露拉比感觉自己的身体打开了，轻轻地，如同打开一扇门，她等候着与大海聚首。她知道，要不了多久她就能看见那个情景。于是，她什么也不想，亦别无他求。她的身子会远远地待在后面，会变得像白色廊柱和石膏墙一样，岿然不动、无声无息。这就是这所房子的秘密：它能把你送到大海的上空，送到浩瀚湛蓝的海墙之巅，送到终于能看见大海彼岸的一切的地方。露拉比的目光扩散开去，在空气、阳光和海水上飘荡。

她的身子没有变冷，不像那些死在卧室中的人。阳光不住地进入她的身体，直达她的器官最深处，进入骨骼的最里面，因此她同空气保持着同样的温度，好比那些蜥蜴。

露拉比恍若一团云、一股气体，溶进她周遭的一切之中。她仿佛散发着山冈上被太阳暴晒的松树的气息，仿佛散发着蜂蜜味的草叶的气息。她是迅速地闪耀着彩虹的浪花。她是风，海上吹来的习习凉风，是像荆棘丛下发酵的泥土中涌出的气息一样和煦的暖风。她是盐，是像铺在老岩石上的白霜一样的盐，或者像海盐，海底峡谷中浓烈呛人的盐。废弃的仿希腊式的小屋的阳台上，不再只是一个露拉比坐在那儿。她们多得有如阳光照耀下的大海波光。

露拉比张开各个方向的全部眼睛看着。她看到许多从前无法想象的东西。那些非常细小诸如昆虫的巢和蠕虫的穴，她都能看见。她看见肉质植物的叶与根。她看见那些庞然大物，看见白云的背面、天幕后的星辰，看见两极的冰帽、无边无际的山谷，以及大海深处绵延不尽的山峰。她同时看见这一切，每一缕目光都绵延数月数载。可是，她看到这一切时无法理解，因为这是她的身体的活动，独立于她之外，它们穿过太空，展现在她面前。

仿佛死后，她终于能检视构建世界的定律。这些奇特的定律全然不同于写在书本上、上课时要牢记在心的定律。这里有地平线吸引人体的定律，那是一条非常细长的定律，一根连接天空和大海两个运动着的球面的坚硬的线条。所有的一切都在那里诞生、繁衍，组成成串飞舞的数字和符号，它们遮暗了太阳，朝未知的世界飞去。那儿有大海的定律，无始无终，阳光在那里被折断。有天空的定律、风的定律、太阳的定律，可是，人是无法理解它们的，因为这些符号不属于人类。

露拉比醒来后，试图回忆起所目睹的全部情景。她真想写信把所有这一切都告诉菲律彼先生，因为，他也许能说出这些数字和符号所代表的全部意义。可是，她只零星记得几句散言片语，她一遍又一遍大声重复道：

"那儿人们饮用海水。"

"海平线的支点。"

"海轮或海道。"

她耸了耸肩膀，因为这些句子没多大价值。

然后，露拉比离开自己的位置，从希腊式小屋的花园中钻出来，径直朝大海走去。风骤然吹来，猛烈地吹着她的头发和衣服，仿佛要把一切重新整理得井然有序。

露拉比很喜欢这风。她想送些东西给它，因为风常常要吃些纸片、尘埃、男士礼帽，或从大海和云团中汲取小水滴。

露拉比坐在靠近海边的一块礁石的坑凹中，海水舔触着她的双脚。太阳在大海上空燃烧，阳光反射在海面上，让她睁不开眼睛。

这儿绝对没有别的人，唯有太阳、风和大海，露拉比从背包中取出那沓信函。她除掉橡皮筋，一封接一封把信抽出，她随便读上几句，偶尔碰上几句客套话。有时，她弄不明白，就大声重读一遍，好让它们听起来更为真切。

"……红布像旗帜一样飘扬……"

"放在我办公桌上紧挨窗户的那些黄色水仙花，你看见了吗，爱丽儿？"

"我听见了你的声音，你在空中说话……"

"爱丽儿，爱丽儿之歌……"

"这是送给你的，做永久的纪念。"

露拉比把信纸扔进风中。纸片快速飞走，发出被撕碎的声音，它们在大海上空飞翔了片刻，摇摇晃晃，仿佛狂风中的蝴蝶一般。这是些淡蓝色的航空信笺，它们一下子消逝在大海之中。把这些纸片抛向大风中，让信上的词句四散而去，还真不错，露拉比看着大风兴奋地把它们咽下肚去。

她想生一堆火。她在岩石堆中寻找一个风不大的地方。稍远处，是那个小港湾和废弃的码头，她就在那儿安置下来。

在这地方生火，真是没得话说。被白岩石包围着的码头，风吹不到那儿。岩石底部有个干燥暖热的坑凹，火苗很快就蹿了上来，轻盈、苍白，发出轻微的呼呼声。露拉比不停地添加新的信笺进去。它们一下子就燃烧起来，因为信笺很干很薄，很快就在火中化为灰烬。

看着蓝蓝的信笺被火烧得蜷曲着身子，信笺上的字句向后退缩着，不知逃到哪里去，这种感觉真不错。露拉比寻思，父亲可能很乐意待在这儿，看她焚烧他的信件，因为他写这么些信并不是为了保存。从前有一天，他们坐在海滩上时，父亲是这样对她说的，他还把一封信装进一只废旧的蓝色玻璃瓶里，扔进很远的大海之中。他的那些话全是写给她一个人的，好让她读着这些信就能听见他的话音，而现在呢，那些话语可以返回它们来时的地方，像眼前这样，迅速地变成火光和青烟，飘向空中，再也看不见。也许，大海的另一边，有个人会看见这缕缕细烟和镜子一样闪亮的火焰，他会明白

这一切。

　　露拉比往火堆里加进一些小木棍、树枝和干海藻，好让火继续燃烧。空气中飘着各种气味，夹杂着航空信笺轻淡的甜味、强烈的木炭味和浓重的海藻烟味。

露拉比看着那些词句飞速离去，快得像闪电一样从她的脑子里掠过。飞离途中，她时不时能认出一些，这些话语已被烧得身子扭曲、奇形怪状，每认出一些她就莞尔一笑：

"雨雨雨！……"

"船！"

"猛猛猛进！"

"夏天天天！"

"爱丽儿，丽儿，儿……"

突然，她感觉到身后有人，她回过头。是那个戴眼镜的小男孩，正站在她身后的一块岩石上看着她。他的手上总拿着钓竿，脖子上挂着鞋子。

"你干吗要烧纸？"他问道。

露拉比冲他笑了笑。

"因为好玩，"她回答道，"你看！"

她把一张很大的蓝纸靠近火，蓝纸上画着一棵大树。

"很好烧。"小男孩说道。

"看见了吧，它们早就盼望被烧掉。"露拉比解释道，"它们等待了好长时间，干得像枯叶，所以才烧得这么欢。"

戴眼镜的小男孩放下钓竿，去找了些树枝放进火堆中。他俩玩了好一会儿，把能烧的东西都烧了。露拉比的双手被烟熏黑，眼睛隐隐作痛。两人为了伺候这火，都累得气喘吁吁、筋疲力尽。现在，这火似乎也筋疲力尽了。火苗越来越小，树枝和纸片接二连三地灭了。

"火要熄了。"小男孩擦着眼镜说道。

"信全烧完了，它要的就是那些信。"

小男孩从口袋中掏出一张对折了两下的纸。

"那是什么？"露拉比问道。她拿过纸片，打开一看，上面画着一个黑脸女人。露拉比认出了那件绿色毛线衫。

"画的是我吗？"

"是为你画的，"小男孩说道，"不过，可以把它烧了。"

露拉比重新叠好那张画，看着篝火熄去。

"你不想现在就把它烧掉吗？"小男孩问道。

"不，今天不烧。"露拉比说道。

火灭后，烟也熄了。风吹着地上的灰烬。

"我非常喜欢它时，就把它烧掉。"露拉比说道。

他俩久久地坐在码头上，眺望大海，几乎不说一句话。风吹过海面，卷起了浪花沫子，溅得他们满脸都是。坐在这儿，仿佛坐在一艘大轮船的船头，在深海上。除了浪涛声和海风拉长的呼啸，听不见别的声响。

当太阳挂在正午的位置时，戴眼镜的小男孩站起身，拿好钓竿和鞋子。

"我走了。"他说。

"不想留在这儿吗？"

"我不能，我得回去。"

露拉比也站起身。

"你待在这儿不走吗？"小男孩问道。

"不，我要去那边看看，走远一点儿。"她指着海岬另一端的岩石堆。

"那边，还有一幢房子，比这幢大得多，很像一座剧院。"小男孩告诉露拉比，"要去那儿，必须翻过岩石堆，然后可以从下面进去。"

"你已经去过那儿了吗？"

"是的，我常去。房子很漂亮，可要到达那儿不容易。"戴眼镜的小男孩把鞋子往脖子上一挂，很快走远了。

"再见！"露拉比说道。

"再会！"小男孩说道。

露拉比朝岬头走去。她差不多是在跑，从一块岩石跳上另一块。这儿已经没路可走，必须双手抓住欧石楠根或青草翻过悬崖。她渐渐远了，消失在白石堆中，悬挂在天空和大海之间。尽管海风冷飕飕的，露拉比还是感觉到太阳的灼烧。

她的衣服里面汗津津的。她的挎包有点碍手碍脚，她决定将它藏在某个地方，过后再来取。她把挎包放进一棵大芦荟下的一个坑凹中，然后用几块石头将洞口封好。

现在，她上面就是小男孩提及的那幢奇特的水泥房子。要去那儿得沿一大堆坍塌的东西往上走。白森森的废墟堆在阳光下闪耀。露拉比犹疑了片刻，因为这地方太奇异、太寂静了。在海水上面的岩壁上筑着没有窗户的长水泥墙。

一只海鸟绕着废墟堆盘旋，露拉比突然很想爬到上面去。她开始沿废墟堆往上爬，石块的尖利棱边划破了她的双手和膝盖，崩塌的泥土石块在她身后往下滚落。她爬上最高处，回头眺望大海，她不得不把眼睛闭上，好不让自己感到眩晕。身下，视力所及的范围内，只有这个：大海。湛蓝的大海漫无际涯，一直延伸到扩大了的海平线，俨若一块无边无际的屋顶，一块用深色金属制作的巨大的圆屋顶，屋顶上全是泛起的波纹。太阳把它身上这儿那儿都点亮了，露拉比看见很多斑点和深色的水流路线、海藻密林和泡沫的痕迹。大风不停地掠过大海，将海面捋平。

露拉比用指甲紧紧地抠住悬崖，睁开双眼，所有的东西尽收眼底。大海如此美丽，仿佛正全速穿过她的大脑和身体，仿佛正同时把所有的思绪弄得乱七八糟。

露拉比缓缓地小心翼翼地靠近那堆废墟。那个戴眼镜的小男孩说得一点儿没错，这房子的确像一座剧院，由巨大的钢筋水泥墙建成。高墙之间，生长着各种草木，地上完全爬满了荆棘和蔓藤。墙顶上架着混凝土平板，有的地方已经坍塌。海风从房子四周的洞口呼啸而入，夹杂着突然猛烈的阵风，把屋顶钢筋骨架的铁片吹得摇晃不止。铁片互相撞击，奏出奇特的乐曲，露拉比一动不动地谛听着。这乐声恰似燕鸥的鸣叫、海浪的私语，仿佛一种虚幻奇特的没有节奏的音乐，能让你战栗不止。露拉比开始在那儿转悠。沿外墙有条小径穿过荆棘丛，一直通到一处半毁的台阶。露拉比登上台阶，径直来到屋顶下的一座平台，那儿有个缺口，可以透过缺口眺望大海。露拉比就坐在那儿，面对海平线，在阳光下，又看了一下大海。然后，她闭上了眼睛。

突然，她战栗起来，她感觉到有人来了。这儿除了风吹动钢筋铁片的声音，没有别的声响，可是露拉比还是察觉到了危险。废墟堆的另一头，荆棘丛中的小道上，确实有人朝这边走来。那人身穿蓝色粗布裤和夹克衫，面孔被太阳烤得黑黝黝的，头发蓬乱如麻。他不声不响地走过来，时不时停下脚步，似在地上寻找着什么。露拉比一动不动地贴着墙，心怦怦乱跳，她真希望那人没看见自己。不知为什么，她感觉到那人在寻找她，她屏住呼吸，不让那人听见。可是，那人走到路中央时，平静地抬起头，看了小姑娘一眼。他黑色面孔上的那双绿眼睛闪着异样的光。然后，他不慌不忙地朝楼梯走来。要下去已经来不及了，露拉比一跃而起，从洞口钻出，爬上屋顶。海风猛刮，她差点被吹倒。她以极快的速度向屋顶那头跑去，她听到自己的脚步声在废弃的大厅里回荡。心猛烈地敲击着她的胸膛。跑到屋顶的另一头，她停下了：她面前横着一条深沟，把她与悬崖分隔开来。她聆听四周。依然只有风吹动屋顶的钢筋铁片之声。可是，她明白那个陌生人就在不远处，在荆棘丛中的小道上奔跑，绕过废墟堆，企图从背后抓住她。于是，露拉比猛地一跳，落在悬崖的斜坡上，左踝骨崴了，疼痛难忍，可她只喊了一下："啊！"

那人突然出现在面前，她甚至弄不清他是从哪儿钻出来的。他的双手被荆棘划破，有点气喘吁吁。他一动不动地站在她面前，绿眼睛像细小的玻璃片那样冷硬。沿路的岩石上，那么多粉笔记号难道就是他写的吗？抑或，是他闯进那座漂亮的希腊式房子，用污秽下流的图画把墙壁弄得肮脏不堪？他离露拉比那么近，她都能闻到他身上的气味，一股淡淡的汗酸味，他的衣服和头发全都被这种味道浸透了。突然，他朝前跨了一步，张着嘴，眯起眼睛。露拉比忍着踝骨的疼痛，一个箭步，跑下斜坡，身后的石头哗哗地向下滚去。到了悬崖脚下，她驻足回头，只见那人直挺挺地站在那堆废弃的白墙前面，双臂张开，似在保持身体平衡。

太阳猛烈地射向大海。凉风吹过，露拉比感到体力有所恢复。她同时感觉到厌恶和愤怒渐渐压倒了恐惧。之后，她突然明白，什么事情也不会降临在她头上，永远不会。她面前是风、大海和阳光。她想起了从前有一天，父亲谈到风、大海和阳光时跟她说过的那一长串描写自由和空间之类的话语。露拉比坐在一块形同舳柱的岩石上，脚下是大海。她仰起面孔，让前额和面孔好好地感受阳光的温暖。是父亲教会她这么做的，这样能帮助恢复体力，他管这个叫"啜饮阳光"。

露拉比看着下面摇摇晃晃的大海，海水撞击岩石的底部，激起无数浪花和黏稠的泡沫。她任由自己落下去，一头扎进海浪之中。冰凉的海水裹着她，紧压着她的鼓膜和鼻孔，她看见自己的眼中闪着一星炫目的光。当她浮上海面时，她甩了甩头发，忽然惊叫起来。她身后的陆地满载岩石和树木晃晃悠悠，恰似一艘巨大的灰色货轮。峰顶上，那座废弃的白房子仿佛朝天空开放的驾驶台。

露拉比任凭自己随着缓缓的海浪荡漾了一会儿，衣服像海藻一般紧贴着自己的皮肤。然后，她开始朝深海来了一长段自由泳，直到海岬散开，远处现出热气中依稀可辨的城市高楼的暗淡的轮廓。

~ 3 ~

总这么下去也不是个办法。对此，露拉比心中再清楚不过了。首先，学校里、大街上总有这么些人。他们说长道短，喋喋不休。有些女孩甚至拦住露拉比，说她有点过分了，还说所有的人包括女校长都知道她并没有生病。然后就是那些要求解释的信函。露拉比拆开信，开始用妈妈的签名回信，有一天，她甚至模仿妈妈的声音给校监办公室打电话，解释说她女儿病了，病情很严重，不能去上学了。

可是，露拉比心想，总这么下去也不是个办法。接着，菲律彼先生也写来了信，信简短而奇怪，要她回去上课。露拉比将那封信揣进夹克衫衣兜里，永不离身。她真想给菲律彼先生回封信，向他解释，可她担心女校长看到信后，知道她并没有生病，却到处闲逛。

早晨，露拉比走出家门时，天气异乎寻常地好。母亲自从出事后，每晚都服药，此刻仍在酣睡。露拉比走上大街，被阳光刺得睁不开眼睛。

天空几近白色，大海波光闪烁。像往常一样，露拉比踏上了走私道。白岩石仿佛屹立于水面上的冰山。露拉比迎着海风，沿着海岸躬身前行。不过，她再也不敢到掩体另一边的水泥平台那儿去了。她多想再看一眼那幢由六根廊柱支撑的漂亮的希腊式房子，坐在那儿，任自己的思绪被带到大海的中央。可她害怕碰上那个在岩石和墙壁上乱涂乱写、头发蓬乱的男子。她只好坐在路边的一块石头上，极力想象那幢房子。那房子小小的，蜷缩在峭壁下边，百叶窗和大门紧闭。也许，今后再也不会有人进去。廊柱上方的三角形柱头上，阳光照亮它的名字，一成不变：

夏别玛

因为这是世上最美的名字。

露拉比背倚岩石，又一次久久地凝望大海，仿佛要与它诀别。一直到天边，密集的海浪起伏涌动。浪峰上闪耀着阳光，如同捣碎的玻璃块。带咸味的海风吹过。大海在悬崖的尖嘴之间咆哮着，灌木的枝条呼呼作响。露拉比又一次被大海和空旷的天空的狂热感染了。后来，接近正午时分，她转身离开大海，跑上了通往市中心的道路。

大街上的风与海风不同。风打着旋儿，一阵一阵地刮得百叶窗嘎吱作响，卷起满天尘土。人们不喜欢这风。他们急匆匆地穿过街道，躲进墙角。

大风和干燥使所有东西都通上电流。人们神经质地跳着行走，彼此打着招呼，互相碰撞。有时，漆黑的街道上，两辆汽车猛撞，爆发出剧烈的吭当声，以及被卡住后长鸣不息的喇叭声。

露拉比甩开大步走在大街上，灰尘太大，她只得半闭着双眼。到达市中心时，她感到一阵眩晕。人来人往，像枯叶一样打着旋儿。男男女女忽而麇集一团，忽而又分散开去，在更远的地方重新聚拢起来，仿佛磁场中的铁屑。他们要到哪里去？他们想要什么？露拉比已经好长时间没见过如此多的面孔、眼睛和手了，她无法理解。人群沿着人行道慢慢向前移动，抓住她，把她往前推，她却不知道自己该往何处去。人们从她身边挤过去，她能听见他们的喘息和双手的揉搓声。一个男人俯身对着她的耳朵嘟哝了一句什么，可是，他说的仿佛是一种陌生的语言。

露拉比自己还没明白过来就进了一家大商店，里面灯光明亮，声音嘈杂。仿佛里面也在刮风，风沿着通道，吹进楼梯，吹得大广告牌直打转。门把手也放出电流，霓虹灯管闪烁，有如苍白的闪电。

露拉比几乎是跑着寻找商店出口。从门前经过时，她与什么人撞了个满怀，她喃喃道：

"对不起，夫人。"

可那不过是一个穿着一件罗登呢披风的塑料模特。模特张开的双臂微微晃动，那张尖脸呈蜡黄色，跟女校长的脸不相上下。经这么一撞，女模特的黑色假发歪到了一边，掉下来遮住了眼睛，而它的睫毛酷似昆虫的细腿。露拉比笑了笑，同时战栗了一下。

此刻，她感到疲惫不堪，身体发虚。也许是从昨天起她就一直没吃东西。她走进一家咖啡店，坐在大厅的最里边，略显昏暗的地方。服务生站在她面前。

"我要一份煎蛋卷。"露拉比说道。

服务生看了他一眼，好像听不明白。然后，他朝柜台喊道："给小姐来一份煎蛋卷！"

他又看了她一眼。

露拉比从夹克衫的口袋里抽出一张纸想写点什么。她想写封长信，可又不知道寄给谁。她同时想给爸爸、妹妹洛朗丝、菲律彼先生写信，还有戴眼镜的小男孩，写信感谢他画的那幅画。可是，这没法进行下去。她只好把那张纸揉皱，取出另一张，开始写：

校长夫人：

　　真抱歉，我女儿目前不能来上学，她的健康状
况需要……

她停了下来。需要什么？她什么借口都想不出来。

"小姐，你的煎蛋卷。"服务生喊道。他把盘子放在餐桌上，神情异样地看着露拉比。

露拉比把这张纸也给揉了，开始头也不抬地吃起煎蛋卷来。热乎乎的食物咽下肚去，她感觉好多了，很快就能起身走路了。

她走到中学大门前，犹豫了片刻。

她走了进去。孩子们的吵嚷声一下子把她包围了。她马上认出了每一株栗树、每一棵梧桐。它们纤弱的枝条在狂风中抖动，树叶在大院里打着旋儿。她也认出了每一块砖、每一张蓝色塑料凳子、每一扇毛玻璃窗户。为了避开那些穷追猛跑的孩子，她在操场里边的一张凳子上坐了下来。她在等候。似乎无人注意她。

后来，喧嚷声渐渐平息。学生成群结队地拥进教室，教

室门一扇接一扇关了起来。很快，操场上就只剩下被风吹得摇摇晃晃的树木和在那里飞旋起舞的尘土和枯叶。

露拉比感到冷。她起身去找菲律彼先生。她一扇接一扇推开预制构件建造的大楼的大门，那儿有实验室。每次她推开门都突然听到一句话在空中悬停片刻，关上门后又悄无声息了。

露拉比再次穿过操场，敲开了门房的玻璃门。

"我想见见菲律彼先生。"她说道。

看门人惊讶地打量着她。

"他还没来。"他说道，然后他想起了什么，"我想女校长在找您。跟我来。"

露拉比顺从地跟着看门人往前走。他在一扇漆过的门前停下，敲了敲门。然后，他推开门，示意露拉比进去。

女校长坐在办公桌后面，目光咄咄地看着她。

"进来坐下。我听你解释。"

露拉比在椅子上坐了下来，望着打过蜡的办公桌。屋里静寂得可怕，她想说点什么。

"我想见见菲律彼先生，"露拉比说道，"他给我写了一封信。"

女校长打断了露拉比。她的话音像她的目光一样冷硬：

"我知道。他给你写过信。我也写过。这无关紧要，问题在你。你到哪儿去了？你肯定有什么……有什么有趣的事情要跟我讲。好吧，小姐，我洗耳恭听。"

露拉比避开她的目光。

"我母亲……"她开始说道。

女校长近乎吼了起来。

"你母亲很快就会知道这一切，当然还有你的父亲。"

她指着一封信，露拉比立即认出了。

"这封信，是伪造的！"

露拉比并不否认。她甚至不觉得惊讶。

"我听你解释。"女校长重复道。露拉比的无所谓态度好像渐渐惹怒了她。也许是风的过错，它让所有的东西都带了电。

"这段时间，你都在哪儿？"

露拉比开口说话了。她说得很慢，搜寻着词句，因为现在她不怎么习惯讲话了。她说话时，双眼直视前方，看到在女校长的位置上出现的是白色廊柱屋子、悬崖峭壁以及那个在阳光下熠熠闪光的美丽的希腊名字。她试图把这一切都讲给女校长听，如钻石般闪光的蓝莹莹的海水，深沉的浪涛声，黑线似的天际，燕鸥翱翔的咸风。女校长听着听着，脸上有那么一阵子显出极度困惑的表情。这样一来，她完完全全像那个歪着假黑发的模特了，露拉比竭力忍住没笑。她讲完后，出现了片刻的寂静。后来，女校长的面孔又变了，仿佛在找寻她自己的声音。露拉比听见她的声音后非常吃惊。她的声音完全变了，变得更加低沉、更加温柔。

"听着，我的孩子……"女校长说道。

她俯身压向打过蜡的办公桌，凝视着露拉比。她的右手握着一支镀了金圈的黑钢笔。

"我的孩子，我准备把这一切都忘了。你可以一如往常那样去教室了。不过你得跟我说说……"

她犹豫了片刻。

"你也明白，我是为你好。必须跟我全部讲实话。"

露拉比没有回答。她不明白女校长在说些什么。

"大胆跟我说，不要怕，我会为你保密的。"

露拉比一直缄默不语，女校长压低声音飞快地问道："你有了男朋友，是吗？"

露拉比想申辩，可是女校长不给她时间。

"否认也没用，有人——你的同学中有人看见你跟一个男孩在一起。"

"这是造谣！"露拉比说道。露拉比没有大喊大叫，女校长说话的态度却好像是她大喊大叫了。

女校长厉声说道："我想知道他的名字。"

"我没有男朋友。"露拉比说道。她一下子明白为什么女校长的面色变了，因为女校长在撒谎。这时，露拉比感觉到自己的面孔也仿佛变成了冷硬平滑的石块，她直视着女校长，因为，现在再也不怕她了。

女校长感到发慌了，只好避开目光。她先是用一种温和的、几乎充满柔情的语调说道：

"我的孩子，必须跟我说实话，这是为你好！"

然后，她的声音重又变得生硬而凶狠：

"我想知道这男孩的名字！"

露拉比感到义愤填膺。这一切仿佛石块一样阴冷沉重，哽塞在她的肺部、她的喉咙中，她的心跳加快，就像看到那幢希腊式房子墙壁上的那些淫秽的话语一样。

"我不认识什么男孩，这纯属谣言，谣言！"露拉比喊道，起身想离开。可是女校长挥手示意她留下。

"别走，别走，留下来！"女校长的声音忽又压得很低，显得很微弱，"我不说这是为了你——为了你好，我的孩子，这只是帮助你，你应该明白——我想说……"

女校长放下那支笔头镀金的黑钢笔，枯瘦的双手神经质地合在一起。露拉比重新坐下，一动不动。她几乎透不过气来，脸色煞白，俨若石制面具。她感到虚弱无力，也许是这些天在海边吃得少、睡眠不足的缘故。

"我有义务保护你，防范生活中的危险。"女校长说道，"你太年轻，你还不知道。菲律彼先生在我面前高度表扬了你，你是个好学生，我不希望——不希望出这档子事情把你的大好前程愚蠢地糟蹋掉……"

露拉比听见她的声音很遥远，似穿墙而过，被风吹得变了调。她想说话，可她的嘴张不开。

"你经历了一段困难时期，自从——自从你的母亲出事住院以后。你看，这一切我知道得一清二楚，这能帮我理解你，可你也得与我合作，你必须努力……"

"我想见见……菲律彼先生……"露拉比说道。

"你马上就会见到他，见到他，"女校长说道，"可是，你怎么也得把实情告诉我，你到哪里去了。"

"我跟您说过，我看海去了，我躲在岩石堆中，看大海。"

"跟谁一块儿？"

"就我一个人，我说过，就我一个人。"

"撒谎！"

女校长大叫起来。但她很快又恢复了镇定：

"如果你不告诉我你跟谁在一块儿，我就不得不把这一切写信告诉你父母。你的父亲……"

露拉比的心开始怦怦狂跳。

"如果您这么干，我永远不会回这里来！"露拉比感到自己话语的分量，然后眼睛直视女校长，一字一顿地回答：

"如果您那么做的话，我就再也不上这儿来了，再也不去任何别的学校。"

女校长好长时间一句话也没说，沉寂笼罩着大厅，仿佛一阵冷风。然后，女校长站起身来，关切地看着小女孩。

"用不着把事情闹到那种地步，"她终于说道，"你脸色煞白，你累了。我们下次再谈这些。"

女校长看了看表。

"菲律彼先生的课马上就要开始了。你可以去上课了。"

露拉比慢慢地站起身，朝大门走去。出门之前，她回了一次头。

"谢谢夫人。"她说道。

学校的操场里又聚满了学生。梧桐树和栗树的枝条在风中摇曳不定，孩子们的喧哗声令人沉醉。露拉比避开一群群学生和奔跑的小孩，慢慢穿过操场。几个女孩远远地朝她打手势，可不敢接近她，露拉比冲她们莞尔一笑。她来到那幢预制构件建造的大楼前，看见菲律彼先生靠着 B 号支柱的侧影。他跟往常一样，穿着那套灰蓝色的西服，嘴上叼着一支香烟，目视前方。露拉比停下脚步。老师发现她后，兴奋地打着手势，迎她走来。

"你好吗？好吗？"他说道。这是他要说的全部话语。

"我想问您……"露拉比开口说道。

"问什么？"

"关于大海、阳光，我有许多问题要问您。"

可是，露拉比突然忘记了那些问题。菲律彼先生乐不可支地看了看她。

"你去旅行了？"他问道。

"是的……"露拉比说道。

"嗯……旅行愉快吗？"

"噢，那当然！非常愉快！"

上课铃声在操场和走廊里回荡。

"我很高兴……"菲律彼先生说道。他用鞋跟碾灭了烟头。

"晚些时候，你再把一切讲给我听。"他说道。眼镜后面，他的那双蓝眼睛里闪烁着兴奋的亮光。

"你现在再也不去旅行了？"

"不了。"露拉比说道。

"嗯，应该出去走走。"菲律彼先生说道。他又重复道："我很高兴。"

他走进预制教学大楼之前又朝小女孩回过头来：

"你想问什么尽管问我。等上完课后。我也一样，非常热爱大海。"

活神山

雷达巴尔缪山①地处那条泥土路的右方。它沐浴在六月二十一日的阳光里，显得巍峨壮阔。乔恩俯瞰大草原地区和浩瀚的冷湖，只看得见它。可它并非唯一的山：稍远处是卡尔佛斯丹达尔②，一直伸向大海的凹形大山谷，还有北边守护冰川的幽暗的群山。不过，相比之下，雷达巴尔缪山更俊美，它似乎更高大，更纯净，因为它有一条纤细的轮廓线不间断地从山脚绕至峰顶。它头顶蓝天，缭绕的云如火山烟一般从它上面经过。

此刻，乔恩正朝雷达巴尔缪山进发。他把自己的那辆崭新的自行车靠着路边的斜坡停放下来，然后从布满欧石楠和地衣的田野里穿行。他不太清楚自己为什么要走向那座山。

---

① 冰岛的一座山，位于冰岛南部。
② 位于冰岛南部。

他老早就知道这座山，打孩提时起，他每天清晨都会看见它。可是今天，雷达巴尔缪山仿佛第一次出现在他的面前。他沿着柏油马路步行去上学时，也能看见它。山谷里处处都能望见它的身影。它恍若一座阴暗城堡，耸立于一望无际的苔藓、地衣、牧羊草场和村落之上，俯瞰整个地区。

乔恩把自行车停放在湿漉漉的斜坡边。今天是他骑车外出的第一天，他顶着大风，从山脚开始，沿着斜坡往上骑，累得气喘吁吁，脸颊和耳朵都滚烫滚烫的。

也许是阳光给了他爬上雷达巴尔缪山的渴望。严冬季节，云雾撒着雪粒子从地面掠过，山峰显得极其遥远，可望而不可即。有时候，它被闪电团团围住，在漆黑的天空中蓝幽幽的，吓坏了山谷里的人。可乔恩一点儿也不怕。他遥望山峰，仿佛云团深处的山峰也越过灰蒙蒙的大草原，注视着他。

今天，兴许是六月的阳光将他一直引向山峰。尽管刮着冷飕飕的风，阳光依然美丽、和煦。乔恩走在湿漉漉的苔藓上，看见昆虫在阳光下活动，小蚊子和小飞虫在植物上面飞舞。野蜂在白花之间流连，身子细长的鸟儿悬停在水洼上面，在空中快速地扑打着翅膀，然后一下子在风中不见了踪影。它们是这里绝无仅有的生灵。

乔恩驻足聆听风声。风吹过地上的坑坑洼洼，吹过荆棘丛，奏出奇特而悦耳的旋律。几只小鸟躲在苔藓中叽喳不停，它们的尖叫声在风中越来越大，而后渐渐平息下来。

六月明丽的阳光灿烂地照耀着大山。乔恩越靠近它，越发现它并不像远处看起来的那样规整。它从玄武岩平原的石堆中挺拔而起，有如一幢倒塌的房子：有些墙面非常高，其他的墙面被拦腰折断，黑色断裂缝仿佛遭重击后留下的裂痕。山脚下流淌着一条小溪。

乔恩从未见过类似的溪流。溪水清澈见底，呈现出天空的颜色，蜿蜒地穿过绿色的苔藓缓缓地流淌。乔恩轻步走过去，用脚尖试探着地面，以免陷进小水潭。他在小溪边跪了下来。

蓝莹莹的溪水潺潺地流着，晶莹纯净得有如玻璃。水底铺满了小卵石，乔恩伸手想捡到一颗。河水冰凉砭骨，比他以为的要深，他必须把手伸到水里齐胳肢窝的位置。他的手指只捉到了一块微微透明的呈心形白石子。

突然，乔恩又一次感觉到有人在瞧着他。他哆哆嗦嗦地站起身，袖子被冰凉的河水浸湿了。他回转身，环顾四周。目光所及之处，只有像缓坡一样向下倾斜的山谷，苔藓和地衣遍地、风从上面吹过的大平原。这个时候，连鸟儿都隐匿了踪影。

乔恩瞥见了那辆停放在长满苔藓的斜坡最下面的新自行车的红色身影，这才放下心来。

　　刚才，他俯身面向河水时，投给他的不是真正意义上的目光。依稀有个声音在他的耳朵里面极其轻柔地叫他的名字，那么轻，那么柔，不像任何他熟悉的声音。或许是一种声波，如阳光一般裹住他，使他战栗，就好像云开了，太阳出来了。

　　乔恩沿溪流走了一段，寻找一个可涉水而过的地方。他在稍往上去的一个小弯处找到了，便从那儿走了过去。溪水如瀑布般从平滑的石块上倾泻下来，从岸上脱落的绿苔藓一簇一簇无声无息地向下漂去。乔恩再次跪在溪水边，喝了几口冰凉、甜润的水，然后继续上路。

　　云块忽散忽聚，光线跟着变幻不定。这光线很奇怪，仿佛不是来自太阳。它在山壁周围的空气中飘浮着。这是一种非常缓慢的光线，乔恩明白它能日复一日、毫不减弱地持续数月，不让黑夜占据它的位置。眼下，它出世了，它钻出地层，照亮云隙间的天空，仿佛要长存下去。乔恩感到它正从肢体和面孔的皮肤上进入他的体内，有如某种滚烫的液体，钻进他的毛孔，浸透他的衣服和头发。蓦然间，他想让自己赤身裸体。有个地方，苔藓地形成一个避风盆地，他迅速地脱去所有的衣服。然后，他在湿漉漉的地上打起滚来，大腿和手臂在苔藓上摩擦着。软绵绵的苔藓在他的身体的重压下窸窣作响，他的全身沾满了冰冷的水珠。乔恩一动不动地仰躺着，张开双臂，凝望天空，倾听风声。这时，雷达巴尔缪峰上面云开雾散，太样温暖地烤着乔恩的面孔、胸脯和肚子。

乔恩重新穿上衣服，继续朝山壁走去。他的面孔发烫，两耳轰鸣，仿佛刚刚喝过啤酒似的。踩着柔软的青苔的双脚弹跳着，很难笔直地向前行走。到了苔藓地的尽头，乔恩开始翻越山梁分支。地面变得坎坷不平，由灰暗的玄武岩块和浮石路构成，浮石在他的鞋底下踩得咔嚓咔嚓响，并化为碎块。

他面前耸立着一座陡壁，高得让人看不见顶。从这儿没法往上爬。乔恩绕过长墙，面北而上，寻找一条通道。他一下子就找到了。刚才被山墙挡住的风，现在突然猛刮起来，吹得他踉踉跄跄地向后倒。他前面，一条宽阔的断层把黑岩石割裂开来，形成一扇巨门。乔恩走了进去。

断层的两壁中间，坍塌下来一堆杂乱的大块玄武岩。必须抓住每一个凹口、每一道裂缝，小心翼翼地往上爬。乔恩屏住呼吸，爬过一块又一块岩石。他的心里有什么东西在催促他，他想以尽可能最快的速度爬到断层上面。好几次，他险些仰面摔下去，因为石块上湿漉漉的，长满了地衣。乔恩的两只手紧紧抓牢，有一刻，他的食指指甲被折断了，但他压根儿没有感觉到。尽管天气阴冷，热流却继续在他的血管里循环。

爬上断层后，他转过了身。熔岩和苔藓组成的大山谷一望无际，绵延不尽；天空无边无际，乌云翻滚。乔恩还从未见过比这更美妙的景象。仿佛大地变得遥远、空旷，没有了人、走兽和树木，变得有如海洋一样浩瀚、寂寥。山谷上空的这里那里，一块云破开，乔恩能看见歪歪斜斜的雨线和光晕。

乔恩背倚石墙，一动不动地眺望平原。他的目光搜寻那辆自行车的红点和山谷另一头他父亲的那幢房子的影子。可他看不见。他所熟悉的一切都从视野中消失了，仿佛绿油油的苔藓升上来，把一切都罩住了。唯有山脚下那条溪流仍在闪亮，恍若一条长长的蓝蛇。然而，小河在远方也消匿了身影，仿佛流进了山洞。

乔恩凝视身下那条灰不溜秋的断层，突然感到一阵战栗。他刚才踩着石块往上爬的时候没有意识到：每一块玄武岩都是一座巨大的台阶的梯级。

于是，乔恩又一次感觉到那环绕他的奇异的目光。陌生的目光重重压在他的头上、肩上，压着他的身体，这种幽深而强烈的目光把整个大地都笼罩了。乔恩抬起头。在他的头顶上方，天空也充满强烈的光，从天际的这一头到另一头闪耀着一模一样的光芒。乔恩闭上眼睛，仿佛前面有电闪雷鸣。后来，低得似烟雾的偌大云块重新聚拢，笼罩着阴沉的大地。乔恩把双目紧闭了很久，好让自己没有那种头晕目眩的感觉。他倾听从平滑的岩石上滑过的风声，可那个奇特温柔的声音没呼喊他的名字。在风的乐曲中，它只是喃喃低语，令人不解。

是风吗？乔恩听见陌生的声音，女人的嘀咕声、鸟儿的振翅声、海浪声。有时，从山谷的深处传来蜜蜂奇特的嗡嗡声和引擎的轰鸣声。那些响声混杂在一起，在山的侧畔回荡，像泉水一样流淌，渗入地衣和泥沙底下。

乔恩睁开双眼。他的双手紧紧抓住岩壁。天气很冷，他的脸上却渗出不少汗珠。此时，他有如坐在一艘擦过云块、慢悠悠地转动身子的溶岩船上。大山轻盈地滑过陆地，乔恩感觉到了那种船前后颠簸的平衡运动。天空中，云块舒展开来，如巨浪般逃窜，把光线弄得忽明忽暗。

这情景持续了很久，久得有如去了一趟海岛的旅行。后来，乔恩感到那目光远离他而去。他松开抓在岩壁上的手指。在他上方，山巅清晰可见。那是一个巨大的黑石圆顶，像气球一样鼓胀、柔滑，在天光中闪耀。

熔岩和玄武岩在圆顶侧面形成一道缓坡，丹尼尔从那儿继续往上爬。他猫着腰，迈着碎步，像山羊一样歪歪扭扭地向上攀爬。眼下，风畅通无阻了，它狠狠地抽打着他，把他的衣服吹得哗哗作响。乔恩紧紧抿住嘴唇，双眼被泪水弄模糊了。可是，他并不害怕，不再感到眩晕。陌生的目光现在不再压抑他。相反，它支撑着他的身体，用全部的光亮，把他推向山顶。

乔恩还从未感到过像现在这样浑身是劲。有一个喜欢他的人，走在他身边，与他同步向前，以同一节奏呼吸。陌生的目光将他引向岩石的最高处，帮助他攀登。某个人从梦的深处走来，他的力量不断增长，像云一般膨胀起来。乔恩的脚落在熔岩板上，不偏不倚，也许正踏着那无形的脚印走。冷飕飕的风刮得他直喘气，模糊了他的视野，可他无须用眼。他的身体自行前进，辨别出方向，他沿着弯弯曲曲的山脊一米接着一米地升到高处。

天空的中心只有他一人。此刻，他的周围再也看不见陆地，望不见天际，只有空气、阳光和灰色的云。乔恩心醉神迷地朝山巅迈进，动作变慢了，恰似一个游泳者。他的双手时不时地接触溜平、寒冷的石板，他的肚子从石板上面掠过，感觉到裂口锋利的边缘和熔岩的纹路。阳光使岩石膨胀，使天空膨胀，也在他体内膨胀，在他血液里颤动。风的乐曲充盈着他的耳朵,在他嘴里回响。乔恩什么也不想,什么也不看。他一鼓作气地向上爬,整个身子毫不停息地朝山顶挺进。

他离山顶越来越近。玄武岩斜坡愈来愈和缓、越来越长。乔恩此刻仿佛置身山谷之中,在山脚下,不同的是,这儿的山谷是由岩石组成的,美丽而广阔,呈长长的曲线形一直伸向云端。

风和雨侵蚀岩石,将它们抛光得如石磨一般。这里那里闪烁着血红色水晶之光、绿色蓝色的条纹之光、黄色的斑块之光,它们像在阳光中起伏波动。更高处的石谷消失在云层之中;云块滑过谷地,身后拖着细丝和发绺,它们飘散后,乔恩又能看见岩石清纯的轮廓线。

后来,乔恩完完全全登上了山顶。他并没有马上就意识到,因为他是逐渐到达的。可是,当他环顾四周,发现自己是这个偌大的黑圆的圆心时,他明白自己已经到顶了。山顶就是这么一块触及天空的熔岩圆盘。这儿,风不再是一阵一阵地吹,而是持续不断地猛刮,在石块上像金属片一般富有张力。乔恩踉踉跄跄地走了几步,他的心在胸腔里剧烈地跳着,让他的血液涌向颈脖、涌向太阳穴。有一阵,他都透不过气来,因为大风紧紧压住了他的鼻孔和嘴唇。

乔恩寻找避风的地方。山顶光秃秃的,寸草不生,没有一处凹洞。熔岩冷冷地泛着光，有如沥青一般，到处开裂，雨水便在开裂处凿出沟壑来。风卷走岩石保护层上脱落的一些灰尘，灰尘随即化做一缕短促的烟雾。

光明主宰着这儿。他走在山脚下时，是这光明在召唤他，于是他把自行车停靠在路边的长满苔藓的斜坡上。天空的光在这儿旋转，无拘无束。它永无止境从太空里喷射出来，射向岩石块，然后反弹回浮云之中。黑乎乎的熔岩也渗进了这光明，变得沉重、深沉，有如夏日的大海。这光明里没有热量，它来自宇宙的最远端，聚敛了太阳和看不见的天体的全部的光，它重新燃起古时的木炭，重新让数百万年以前在地球上烧过的火重新燃起。火光在熔岩里、在大山里面闪耀，在冷风的吹拂下闪烁着。现在，乔恩看清了眼前在坚硬的石块下面涌动着的神秘的暗流。红彤彤的脉纹在爬行，如火蛇一般；凝结于岩石内的气泡，像海洋生物的发光体一般闪着光。

风骤然停了，仿佛一个人屏住了呼吸。这样，乔恩可以朝熔岩平原的中央进发了。他在三个奇怪的标记前停下脚步。那是三个凿于岩石中的石盆。其中一个盛满雨水，另外两个里面长着苔藓和一棵干瘦的小灌木。石盆周围有许多散乱的黑石块，石块的齿槽内滚动着红色熔岩粉末。

这是唯一的避风处。乔恩坐在长着小灌木的石盆边。这儿，风似乎从不使劲地吹。熔岩柔和、平滑，被天上的光照得暖烘烘的。乔恩双肘撑地向后仰躺着，眼望天空。

他还从未如此近距离地看过云。他很喜爱云儿。在下面的山谷里时，他常常躺在农场围墙后面，凝望它们。要么躲在小湖湾里，久久地仰着脑袋，直到自己的肌腱硬得像绳子。可在这儿，山顶上，就不是那么回事。云来得很快，它们贴着熔岩平原，张开巨翼，无声无息、不费吹灰之力地吞噬天空和岩石，无限地铺展开它们巨大的薄膜。云从山顶上飘过时，那儿所有一切都变得白皑皑的，变得磷光闪闪，黑乎乎的石块上缀满了珍珠。云经过时，没留下阴影。相反，天上的光更强烈地照耀，让一切都染上雪和泡沫的色彩。乔恩看着自己雪白的双手，指甲有如金属部件一般。他仰头张嘴，饮着掺进了耀眼光芒的细水珠。他的眼睛睁得大大的，看着溢满宇宙的银光。此时，再也没有山，没有苔藓山谷，没有村庄，什么也没有；什么也没有，除了那些朝南飞奔的，填满每一个洞窟、每一个凹槽的云团。清新的雾气久久地在山顶萦绕，让世界失去光明。之后，大块乌云如同来时一样，迅速地离去了，滚到了天空的另一头。

来到这儿，来到浮云身边，乔恩感到很幸福。他热爱它

们的国度，如此高，如此远离山谷，远离人类的大路。天空围绕着圆圆的熔岩圈，不停地时张时合，阳光忽明忽暗，有如灯塔的光束。也许，没有别的什么，真的。也许，现在一切都会不停地变幻，烟雾缭绕，包括那些大旋风、活结、船帆、翅膀、苍白的河流。黑黪黪的熔岩也在滑行，分散开，往下流去，冷冷地、缓缓地从火山口漫溢出。

浮云离去时，乔恩看着它们在空中飞奔的脊背。此刻，蔚蓝的大气层重新展现出来，在阳光中颤抖着，熔岩重又变得坚硬起来。

乔恩把肚子贴在熔岩上，碰触了一下。突然，他发现积满雨水的石盆边上放着一块奇异的石头。他爬过去，观察着。那是一块黑色的熔岩，估计是从受侵蚀后的大块熔岩上剥落下来的。乔恩想把它掀翻过来，可没能成功。它被焊接在地下，非常非常重，重量与石身并不相称。

乔恩又一次感觉到先前当他从山沟里的石块上爬过时的那种战栗。这石块与这座山的形状一模一样。毫无疑问：同样宽的山底座，突兀的棱角，还有同样的半球形山顶。乔恩把身子凑得更近，清楚地辨出了他上山时爬过的那个断层。石块上正好有条裂缝，缝里的锯齿一如他爬过的那道巨大台阶的石级。

乔恩把头凑近那块岩石，直到视野模糊不清。熔岩膨胀起来，充盈他的视野，在他周围扩展。乔恩渐渐感到身子不在了，也没有了体重。现在，他躺在云团的灰背脊上飘游着，阳光从各个地方穿透他的全身。他看见身子下面闪耀着水和阳光的熔岩，地衣的污块和蓝水湖的圆轮廓。他缓缓地在地上滑动，变得如同一片轻盈的云，不时变幻身形。他是一缕灰蒙的炊烟，一团蒸汽，挂在悬崖上，沉淀出许多细小的水滴。

乔恩的目光再也没从这块石头上移开过。他感到这样很幸福；他张开手指，在平滑的石块上面久久地抚摩着。石块在他手下颤动，有如一张皮。他感受着每一个凸出的部分，每一丝裂缝，每一个被时间磨光的印记。温柔的阳光编织成一块轻盈如尘埃的毯子。

他的目光停留在石块的顶部。圆顶熠熠闪光，他看见那儿的三个小洞。看到自己正待着的那个地方，他感到一种异乎寻常的兴奋。乔恩用十分专注的神情看着那三个石盆记号，可他看不见那个待在山顶的纹丝不动的奇怪的黑虫。

他看着这块熔岩，看了很久。他通过那目光，感觉到自己渐渐离去了。他没有失去知觉，可身子慢慢麻木了。他的两只手分开放在这座小山上，渐渐变冷，他的下巴顶着石块，脑袋撑在那里，双目凝住不动。

这时，山上的天空舒展开，又合上了。云飘过熔岩平原，细细的水滴打在乔恩的脸上，挂在他的头发上。太阳时不时地闪现，射出灼人的光芒。风久久地绕着山峰吹拂，忽而朝这边，忽而朝那边。

后来，乔恩听见了自己的心跳。心跳声远远地从地底下传来，直到熔岩的深处，直达火的动脉里，到冰川的底部。他的心跳震撼着大山，在熔岩脉中，在石膏里，在圆柱形玄武石里颤动。它们在岩洞的底部，在断层里回响，有规律的声音也许穿过长满苔藓的山谷，直传到人类居住的房屋。

"怦——怦，怦——怦，怦——怦，怦——怦，怦——怦！"

这沉重的心跳像他呱呱坠地的那一天一样，把他带向了另一个世界，乔恩看到前面那块黑石在阳光下颤动。他的心每搏动一次，天上全部的光亮都跟着摇曳，闪电般的放电让它变得更亮了。云团膨大，被电流胀开，磷光闪烁，正如它们从圆月前滑过一样。

乔恩听见了另一种声音，那是从深深的海洋里发出的沉重的刮擦声、蒸汽的喷射声，这声音把他带到了更远的地方。很难抵抗睡意了。别的声响不停地涌现，新的声音，马达的震动声，鸟儿的鸣叫声，绞车的嘎吱声，沸腾液体的颤动声。

所有的声音产生，传来，远远离去，又重新返回，合成一支曲子，把你带向远方。此刻，乔恩不再去费力返回了。他完全依靠惯性，感到自己下落到某个地方，也许是那块黑色熔岩的顶部，那些细小的洞窟旁边。

他重新睁开双目时，立即发现一个面庞明媚的少年正站在熔岩上，那个蓄了水的石盆前面。少年周围，阳光灿烂，天上再也没有乌云。

"乔恩！"少年叫道。他的声音柔弱，但明媚的面孔上挂着笑容。

"你怎么知道我的名字？"乔恩问道。

少年没有回答。他一动不动地站在小水潭边，身子微微侧向一边，仿佛准备逃走。

"你呢，你叫什么名字？"乔恩问道，"我不认识你。"他没有移动，免得吓跑少年。

"你干吗来这儿？还从来没人到过这座山。"

"我想看看从这儿能看到的景色，"乔恩说道，"我原以为，到得高就望得远，像鸟儿一样。"

他犹豫一下，又说道："你住在这儿吗？"

少年仍然笑笑。披在他身上的阳光仿佛是从他的双目、他的头发中射出来的。

"你是放牧的吗？你的穿着打扮好像牧羊人。"

"我住在这儿，"少年说道，"你能看见的一切都归我所有。"

乔恩看着一望无际的熔岩和天空。

"你错了，"他说道，"所有这一切不属于任何人。"

乔恩欠了欠身，想站起来。可是，少年跳了一下，仿佛想马上离开。

"我坐着不动，"为了让少年放心，乔恩说道，"你别走，我不起来了。"

"你现在不该起来。"少年说道。

"好吧，你过来坐到我旁边。"

少年犹豫不决。他看着乔恩，仿佛在揣度乔恩的心思。然后，他走了过去，在乔恩的身边盘腿坐了下来。

"你还没回答我呢，你叫什么名字？"乔恩问道。

"这无关紧要，你又不认识我。"少年说道，"我不像你，我并没有打听你的名字。"

"那倒是真的。"乔恩说道。可他觉得自己本来应该感到很奇怪的。

"那么，跟我说说，你在这儿干吗？你住在哪儿？我上山时，没看见有什么房子。"

"这里就是我的家。"少年说道。他的双手缓缓移动着，动作优雅，乔恩还从未见过。

"你真的住在这儿吗？"乔恩问道，"你的父亲呢？你的母亲呢？他们都住在哪儿？"

"我没有父母。"

"你的兄弟呢？"

"我独自生活，我刚跟你说过。"

"你不怕吗？你太小了，怎能一个人生活？"

少年仍在笑。

"我干吗要怕呢？你待在自己家里的时候，也害怕吗？"

"不怕。"乔恩说道。他暗想，这两者可不能同日而语，可他不敢说出来。

他们沉默了片刻，然后少年说道："我在这儿住了很久。我熟悉这山上的每一块石头，你对你的房间还没我对这儿那么熟悉。你知道我干吗住在这儿吗？"

"不知道。"乔恩说道。

"说来话长，"少年说道，"以前，很久以前，这儿来了许多人，他们在河岸边、山谷里建造房屋，一栋栋房屋形成一个个村庄，村庄又变成了城市。鸟儿都远走高飞了。鱼儿都担心害怕了。于是，我也离开了河岸，离开了山谷，来到这座山上。现在你也来到了山上，还会有人步你的后尘而来。"

"听你那口气，好像你多么年老似的。"乔恩说道，"可你只不过是个小孩。"

"是的，我还小。"少年说道。他凝视着乔恩，蓝蓝的眼睛充满了光，乔恩只得垂下眼睛。

六月的阳光更加明丽。乔恩心想，那光也许是从这奇怪的牧童眼里射出的，然后撒向天宇，撒向大海。山峰上的天空万里无云，黑乎乎的石块温暖、柔和。乔恩眼下睡意全无。他竭尽全力看着坐在他身旁的少年。可少年望着别的地方。周围一片沉寂，没有一丝风声。

少年重新转身面向乔恩。

"你会奏乐吗？"他问道，"我很喜爱音乐。"

乔恩摇了摇头，后来想起口袋里有支杆巴德①。他掏出乐器让少年看。

"你会用它奏乐吗？"少年问道。乔恩将杆巴德递给少年，少年仔细地看了片刻。

"你想让我弹点什么？"乔恩问道。

"弹你会弹的，随便什么曲子！我喜欢所有的曲子。"

———————————
① 一种用嘴扩音的弹拨乐器。

乔恩把乐器放入口中，用食指拨弹上面的金属片。他弹了他很喜欢的那首《德罗姆克瓦尔第》，这支古老的乐曲是他父亲以前教会他的。

杆巴德带着鼻音的乐曲远远地在熔岩平原回荡，少年微歪着脑袋聆听着。

"好听，"乔恩弹完后，少年说道，"请再弹一曲给我听。"

虽然不是很清楚为什么，乔恩还是为自己的曲子深受牧童的喜爱而感到高兴。

"我还会弹《芒图·尔吉·维纳》。"乔恩说道，"这是一支外国曲子。"

他一边弹，一边用脚在熔岩板上打着拍子。

少年听完曲子，两眼闪耀着喜悦的光。

"我喜欢你的曲子，"他终于说，"你还会其他曲子吗？"

乔恩沉吟片晌："哥哥有时把他的笛子借给我。他的笛子很漂亮，是足银的，他有时也借给我吹。"

"我也很想听听这种乐器。"

"下次我会想办法把他的笛子借来，"乔恩说道，"没准，他也想来这儿，吹奏乐曲给你听。

"我会很喜欢的。"少年说道。

然后，乔恩又开始弹杆巴德了。金属片在沉寂的山谷中沉沉地震颤着。乔恩心想，直到山谷尽头，直到农场的人都能听到乐曲声。少年向他靠过去。他的双手有节奏地挥动，当曲子真的变成鼻音时，他开始笑了起来。这时，乔恩便减慢节奏，让拖得长长的音符在空气中颤动，少年的面孔重新变得深沉，两眼显出深深海洋的颜色。

最后，他停了下来，已是上气不接下气。他的牙齿和嘴唇发痛。

少年拍手叫道："太美了！你弹的曲子真美！"

"我还知道怎样用杆巴德说话。"乔恩说道。

少年显出好奇的神色："说话？你是怎么用这东西说话的？"

乔恩重新咬住杆巴德，手弹金属片，慢慢发出几个字。

"听懂了吗？"

"没有。"少年说道。

"仔细听。"

乔恩放慢速度重新弹了一遍。少年的脸上露出了喜色。

"你是说'朋友，你好！'。"

"对了。"

乔恩解释道："在我们那里，在下面的山谷里，所有的小伙子都会玩这个。夏季一来，大伙便跑到农场后面的田野里，用我们的杆巴德，像我刚才弹的那样，跟姑娘们交谈。小伙子一旦找到自己钟情的姑娘，晚上便来到姑娘家的屋后，就像我刚才那样跟她诉说，好不让她的父母听懂。姑娘们也喜欢这样。她们把头凑到窗前，听小伙子用音乐跟她们交谈。"

乔恩向少年弹出"我爱你，我爱你，我爱你"，只需弹拨杆巴德上的金属片，嘴中的舌头同时颤动就行了。

"很容易。"乔恩说道。他把乐器递给少年，少年也试着在金属片上拨弹。可那一点也不像说话的声音。两人大笑起来。

少年的心中此刻再也没有疑虑了。乔恩还教他如何奏乐，鼻音般的旋律在山里久久回荡。

后来，光线暗淡了些。太阳已经平西，没入红霞中。天空被奇怪地照亮，仿佛发生了火灾似的。乔恩注视着小伙伴的面庞，他仿佛也换了一种颜色。他的肌肤和头发变成灰烬一样的灰色，双眸却涂上了天空的色彩。天气渐渐转凉。有一阵子，乔恩想转身离去，可少年的手拉住了他的胳膊。

"别走，我求你。"少年简单地说。

"我现在得下山了，可能已经很晚了。"

"别走。夜色明亮，你可以在这儿一直待到明天早晨。"

乔恩犹豫不决。

"我母亲和父亲都在家里等我。"他说道。

少年想了想。灰色的两眼有力地闪着光。

"你父母已经入睡了。"他说道,"明天早晨以前,他们是不会醒来的。你可以留在这儿。"

"你怎么知道他们已经睡着了?"乔恩问道,可他明白少年的话是有道理的。少年微微一笑。

"你会奏乐和用音乐说话。我懂别的东西。"

乔恩抓起少年的手握紧。他不知道这是为什么,可他从未感到这么幸福过。

"告诉我别的东西,"乔恩说道,"你知道那么多!"

少年没有回答。他一跃而起,朝小水潭奔去。他的两手握成杯状,盛了些水给乔恩。他把两手伸向乔恩的嘴。

"喝掉!"他说道。

乔恩顺从地喝了。少年将水轻轻倒进他的双唇间。乔恩从未喝过这种水。这水清凉甘甜,同时也醇厚浓重,像一股甘泉流遍他的全身,它消饥止渴,像阳光一般在他脉搏中流动。

"不错,"乔恩说道,"这是什么水?"

"它从云里来的,"少年说道,"还从来没有其他人看见过它。"

少年站在他前面的熔岩板上。

"过来，我带你看天空去。"

乔恩和少年手拉手，一起朝山顶走去。少年的身体微微前倾，步态轻盈，光着的双脚勉强从地上滑过。他们径直来到熔岩平原的尽头，那儿，大山像海角一般俯瞰陆地。

乔恩看着他俩面前的广阔的天空。太阳完全在地平线后面消失了，可是，日光依旧照亮着云层。下面很远的地方，山谷之上，淡淡的阴影给耸起的部分罩上了一层面纱。再也看不见湖泊，看不见山岳。乔恩再也认不出这片土地了。然而，无际的天空光线明亮，乔恩看见所有烟雾色的云块在黄色和粉红色的天空上长长地伸展开。更高处，出现了蓝色，深沉幽暗的蓝色在亮光中颤抖着，乔恩看见了金星的白点，像灯塔一般独自闪烁。

他俩一起坐在山沿边，仰望天空。没有一丝风，没有一点儿声音和响动。乔恩感到太空进入了他的身体，使他膨胀，就像屏住呼吸时一样。少年一言不发。他笔直地坐着，一动不动，脑袋微微后仰。他望着天空的中心。

星星一颗接一颗闪亮起来，它们犀利的光芒从八个方向闪射而出。乔恩又一次感到自己的心在胸腔内有规律地搏动，感到脖颈的动脉在跳动，因为这搏击来自天空的中心，穿过他的身体，在整座大山里回响。白日的光在靠近地平线的地

方跳动,与夜里的天空的搏动遥相呼应。两种色彩,一种灰暗深沉,一种明亮温暖,在天顶融会,同样像钟摆一样晃动。

乔恩返回石板上,仰面躺下,睁开双目。此刻,他清晰地听见那声音,那来自宇宙四方的宏声在他头顶上空汇合。那不是话语,不是乐曲,然而,他懂得这声音的含义,就像明白词句、明白歌词一样。他听见大海、天空、太阳、山谷像动物一样喊叫。他听见深渊里被囚禁的沉重的声音,听见藏匿于井底、断层里面的窃窃私语声。有一部分来自北方,那是冰川持续而平滑的声音,轻轻向前擦过石座的沙沙声。蒸汽从硫质喷气孔中喷出,发出尖厉的叫声,太阳高擎的火焰像锻炉一样呼呼作响。到处都有水流过,泥浆使大量的气泡炸裂,坚硬的种子在地下破出萌芽。树根在震颤,树汁在一滴一滴地往下流,锋利的青草唱出伊奥利亚①调。然后,又出现一些乔恩熟悉的其他声音,小卡车和水泵的马达声,金属链条的叮当声,电锯声,活塞的锤击声,海船的汽笛声。远方,大西洋上空,一架飞机带着身上的四台涡轮喷气发动机撕破了天空。一个男子的说话声,在某所学校的教室内,可那真是男人的声音吗?还不如说是昆虫的鸣叫声,化作低沉的嘘嘘声、腹鸣声,或者分化成尖厉的呼啸声。海鸟的翅

---

① 古希腊在小亚细亚西北沿海地区的殖民地。

膀在海边的悬岩上轰隆有声，海鸥和银鸥叽叽鸣叫。所有这些声响载着乔恩离去，他的身子漂浮在熔岩板上，像苔藓筏一样滑去，在无形的旋涡中打着转。天空中，在白天和黑夜的交会处，星星闪耀着它们永恒不变的光芒。

乔恩就这样仰面躺着，凝目注视，侧耳倾听，待了很久。后来，声响都远远离去，一个接一个渐渐减弱了。他的心跳变得愈来愈和缓、有规律，光明蒙上了灰色的角膜翳。

乔恩侧身望着身旁的伙伴。少年头枕着胳膊，侧身蜷缩着腿睡在黑漆的石板上。他的胸部缓缓起伏，乔恩知道他已经睡着了。于是，他自己也闭上眼睛，等候进入梦乡。

太阳出现在地平线上时，乔恩醒了。他坐起身，环顾四周，不明白是怎么回事。少年已经不在了。只有绵延不尽的黑色熔岩和一望无际的山谷，第一批阴影开始在山谷上浮现。又起风了，风扫荡着天空。乔恩站起身来寻找同伴。他沿着熔岩斜坡来到小水潭边。水潭里的水如金属一般，被风吹起阵阵涟漪。那棵老灌木干枯的身子在布满苔藓和地衣的石盆中微微抖动。立在石板上那块形似大山的石头依然在那儿。于是，乔恩在山顶上立了片晌，一遍又一遍地呼唤，可他甚至听不见一丝回声。

"哎!"

"哎!"

当他明白自己再也找不回他的伙伴时,他感到如此的孤独,以至于身体中心出现揪心的痛,像岔气了一样。他开始跳过一块块岩石,以最快的速度跑下山去。他急匆匆地寻找那条有巨大石级的断层。他从湿漉漉的石块上滑过,头也不回地朝山谷奔去。美丽的日光在天空中扩展开去,他来到山下时,天已经完全亮了。

然后,他开始在青苔地上奔跑,他的脚在地上打着滑,使他跑得更快了。他一跃跨过那条与天同色的溪流,没去注意那些随水而去、在旋涡里打着转儿的竹筏似的苔藓。他看见不远处一群四处奔突、咩咩乱叫的绵羊,他明白自己重新回到了人类的疆土上。路边,他那辆崭新漂亮的自行车正等着他,镀铬的车把上缀着水珠。乔恩跨上自行车,开始在越骑越低的泥巴路上行驶。他骑车赶路时,什么也不想,只觉得无尽的空虚和孤寂。回到农场,乔恩把自行车靠墙放稳,然后轻手轻脚地进了屋,以免吵醒仍在酣睡的父母。

水车

　　太阳尚未在河上升起。尤巴的目光透过窄小的房门，眺望灰蒙蒙的田野另一端早已熠熠闪光的平滑的河水。他从床上爬起来，掀掉裹在身上的被单。早晨的冷空气冻得他打了个寒战。阴暗的屋子里，还有其他蜷缩在被单里的形体、其他酣睡的身子。尤巴能辨认出房门另一边的父亲和弟弟，还有最里头挤在同一床被子下的妈妈和两个妹妹。有条狗在什么地方没完没了地吠着，叫声奇特，略带唱腔，而后哽住了。可是，大地上的声响并不很多，河上也没有，因为太阳尚未升起。夜灰暗、沁凉，携带着大山、沙漠的气息和月亮苍白的光。

　　尤巴一动不动地待在床上，望着夜景，身子直打哆嗦。地上的寒气穿过芦苇席弥漫上来，露水珠在灰尘上凝结。屋外，草叶微微闪光，有如润湿的刀片。高高瘦瘦的刺槐全都黑黢黢的，一动不动地挺立在龟裂的大地上。

尤巴悄悄地下了床。他叠好床单，卷好席子，踏上那条从荒凉的田野穿过的小路。他抬眼望着东方的天空，猜想天很快就要亮了。他身体的最深处感觉到日光的来临，大地也知道，田里耕耘过的土地和荆棘丛、刺槐树中间积满尘土的土地也知道这个。这有如一丝忧虑、一个疑团，穿过天空来到这里，越过缓缓流淌的河水，贴着地面散播开去。蜘蛛网悠悠荡荡，草叶颤颤巍巍，小飞虫在水塘上飞舞。然而天空中别无他物，蝙蝠销声匿迹，鸟儿尚未飞出。尤巴赤着双脚，脚下的小路是坚硬的。远方的震颤与他同步而行，大个头的灰蝈蝈开始在草丛中跳跃。尤巴离家越来越远，河下游的天空也渐渐明亮起来。轻雾以木筏的速度在河岸之间降落，将它的白膜伸展开去。

尤巴在小路上停下脚步。他看了一会儿那条河。沙土堆积的河岸上，芦苇湿漉漉的，倾着身子。一根被打到浅滩上的黑色大树干在水流中晃动着身子，树枝在水中忽隐忽现，仿佛在水中游弋的蛇的脖颈。阴影依然笼罩着河面，河水浓重而稠厚，流淌时泛起许多缓慢的皱褶。然而，河那边干旱的土地已经显露出来。尤巴脚下的尘土坚硬，红土壤有如旧瓦罐一般裂开，裂纹像锯齿一样曲曲弯弯，有如年代久远的裂痕。

夜幕在天空中，在大地上徐徐拉开。尤巴穿过荒凉的田野，最后面的那些农舍已经被远远地抛在身后，也看不见那条河了。他爬上一座干巴巴的小石山，山上长着几株刺槐。尤巴从地上捡起几朵刺槐花，放进嘴中嚼着，一面向小山上爬去。花汁在口中扩散，消除了困倦和迟钝的感觉。石头山的另一面山坡上，牛群正在等候。尤巴走到它们旁边，这些身体庞大的家伙蹒跚地跺着脚，其中一头向后仰起脑装，哞哞地叫着。

"嘚嘚嘚！吁，吁！"尤巴叫唤着，那些牛认出了他。他不住地打着响舌，解开牛的绊索，牵着它们向石山高处走去。这两头牛跛着脚，步履艰难地向前走，绊索将它们的后腿勒得发麻。热气从牛鼻子里喷出来。

他们一起来到戽斗水车前，牛停了下来。它们喘着气，向后退去，哞声从喉管发出，蹄子猛击地面，把石块踩塌。尤巴把牛系在一块又长又厚的木板的末端。他给牲口套轭头时，不停地用舌头抵住腭部打着响舌。虻蝇开始在牛的眼睛和鼻孔周围转悠。尤巴把落在他的脸和手上的虻蝇赶开。

牲口在井边等候，它们向前迈步时，沉重的辕杆发出咔嗒声和嘎吱声。尤巴拉了一下系在牛轭上的绳子，水车轮子开始发出咯吱咯吱的响声，有如刚启动的船。两头灰牛在环形小路上吃力地迈开步子。它们的蹄子踏着昨日的足迹，在红土壤里，在石块中间，把以前踩出的坑凹踩得更深。长辕杆的另一端有个大木轮与牛同时转动，轮轴带动另一个垂直的轮子的齿轮。煮硬的长牛皮带下到井底，将水桶一直送到水里。

尤巴不停地打着响舌给牛鼓劲。他还跟它们说话，声音很低很温和，因为阴影依然笼罩着田野和河流。笨重的木头机械发出刺耳的嘎吱声、炸裂声。它抵抗着，然后又转动了。牛不时停下来，尤巴只得跟在它们后面，用小棍子抽打它们的屁股，把辕杆往前推。牛重新开始一圈又一圈地前行，低着头，吁吁喘气。

太阳终于升起来了，一下子照亮了田野。红土壤翻起犁沟，露出干燥的黏土块，和闪闪发光棱角尖利的石块。田那头的河面上，轻雾被撕开，河水闪着亮光。

一群鸟儿突然从河岸上的芦苇丛中蹿起，叽叽喳喳地冲上明亮的天空。它们是沙鸡和沙漠山鹑，尖厉的叫声吓得尤巴心惊肉跳。他在井边的石块上站着，目送了它们片刻。鸟儿飞上高空，从太阳的光轮前掠过，然后转身重新俯冲向大地，消失在河边的草丛中。远处，在田野的另一头，女人们从家中走出来。她们烧起火盆，可是，由于阳光太清新，没让燃烧的木炭火的红光失色。尤巴听见小孩子的叫嚷和男人的说话声。不知什么地方有个人在喊他，尖脆的声音在空中久久回荡：

"尤——尤尤尤——巴巴！"

这个时候，牛走得更快了。太阳晒暖了它们的身体，赋予了它们力量。水车轮呻吟着，齿轮上的一颗轮齿与另一颗轮齿咬合时发出爆裂声，吊着沉重水桶的紧绷的皮带不断地颤动。水桶一直吊到石井栏边，将水倒进铁皮槽中，之后又落下去，一边撞击着水井的壁沿。尤巴看着井水沿着铁皮檐滚滚流淌，流经灌渠，一股一股有规律地涌向田野的红土中。水一小口一小口地流动，干涸的土壤则狂饮着。田沟变得满是污泥，水流一米一米有规律地前行。尤巴坐在井边的一个石块上，不厌其烦地注视着流水。他身边，木水车慢悠悠地嘎嘎吱吱地转动，皮带持续不断的嗡嗡声升向空中，铁桶一只接一只撞击铁皮槽，倒出来的水潺潺地流淌。这悠悠的乐曲，如泣如诉，像人的声音，充盈着空旷的天空和田野。这日复一日的乐曲，尤巴十分熟悉。太阳缓缓地从地平线上升起，白日的光在石块、在植物的茎秆、在流向灌渠的水面上颤动。远处，男人们走在曲曲弯弯的田埂上，苍白的天空映着他们黑黝黝的身影。空气渐渐暖起来，石块好像在膨胀了，红土壤像人的肌肤那样闪亮。大地的这头到那头，喊叫声处处可闻，大人的说话和狗的吠声没有止境地在天空中回荡，伴随其间的是木轮的转动声、嘎吱声。尤巴不再看牛。他背对着它们，不过能听见它们擦过喉咙中的喘息，这喘息远远离去，又重新返回。牛的蹄子总是落在同样的石块上，落在环形路上，陷进同样的坑凹里。

这时，尤巴用白布裹着脑袋，不再动一下。他凝望远方，兴许是红土地的那一边，眺望金属般的河流的另一边。他听不见转动的木轮声，听不见绕轴旋转的重辕杆的声音。

"哎——噢！"

他半阖着双眼，也慢悠悠地在喉咙里唱着。

"哎哎——噢噢噢，噢噢噢——噢噢噢！"

他的双手和面孔藏在白布下，身子一动不动，他随着木轮的转动歌唱。他勉强张开嘴，悠长的歌声钻出喉咙，有如牛的喘息，有如牛皮带持续不断的嗡嗡声。

"哎哎——哎哎——哎呀呀——噢！"

牛的喘息声远远离去，而后又折回来，沿着环形小路不停地转动。尤巴为自己歌唱，谁也听不见他，与此同时，水沿着灌渠一小口一小口地流淌。雨、风、流向大海的那条大河里的浓重的河水都在他的喉管里，在他一动不动的身体里面。太阳不慌不忙地升向空中，热浪使木轮和辕杆颤抖。当牛沿着环形小路艰难地前行时，兴许是同一个运动在带着天空中心的那颗天体运行。

"哎呀——噢噢噢，哎呀——噢噢噢，噢噢噢——噢——噢噢噢——噢！"

尤巴听见歌声在体内升起，穿过他的肚子和胸脯，这歌来自水井的深处。泥土色的水滚滚流淌，流进光秃秃的田野里。水也缓缓旋转，给河流箍上一个圆圈，给墙壁箍上一个圆圈，给绕在无形轴周围的云箍上一个圆圈。水缓缓地流淌，发出爆裂声、嘎吱声，源源不断地流向水井幽暗的竖井洞，又由空桶装着吊上来。

这乐曲无休无止，因为它遍及世界各地，甚至天空，太阳在那里沿着它弯弓的道路冉冉升起。深沉、有规律、单调的声音从齿轮吱吱作响的大木轮上响起，绞盘围绕中轴发出哀鸣，铁桶下到井中，皮带像说话声一般颤动，井水源源不断地在铁皮槽中流淌，滚滚而去，淹没了灌溉水田的沟渠。没人说话，没人动一动，水如瀑布倾泻，汇聚成激流，漫向那些犁沟，漫向由红土和石子组成的田地。

尤巴微微向后仰起脑袋，凝望天空。他看见划出磷光闪烁的轨迹的缓慢的环形运动，看见许多透明的球体和宇

宙中光的齿轮。水车的声音充满了整个大气层，随太阳一起无休无止地旋转。牛踏着同样的节律，俯下前额，脖颈在牛轭的重压下变得十分僵硬。尤巴谛听着它们沉闷的蹄声、它们来来回回的喘息声，他继续对它们说，对它们说些庄重的拖得很长的话语，他的话语与辕杆的嘎吱呻吟，与水车木齿轮的用力声，与不断上升、倒水的铁桶的丁零当啷声交汇在一起。

"哎哎哎呀——啊呀呀呀，哎呀呀呀——噢！哎呀呀呀——噢！"

后来，当太阳在水车和牛的脚步的带领下缓缓升上天空时，尤巴闭上了眼睛。热浪和日光形成一个温柔的气旋，沿着一个大得仿佛永远不会合上的圆圈，把他带进气流中。尤巴坐在一只白秃鹫的翅膀上，高高飞翔在万里无云的天空中。他滑过自己的身体，穿过大气层，红土地在他的翅膀下面悠悠转动。光秃秃的田野，道路，茅草屋，金属色的河流，所有一切都围绕水井旋转，转出叮当声和嘎吱声。水车单调的乐曲，牛的喘息，水流进灌渠的汩汩声，这些声音旋转着，把他带走，将他高高举起。日光强烈，天空大开。这是无人的时刻，人都销声匿迹了。只有水、大地、天空这些变幻的景致，它们相互经过、相互交错，每一个景致都有如一架齿轮机构中的咬合齿轮。

尤巴没有睡着，他重新睁开双目，直视着前方，田野的远处。他一动不动，白盖布罩着他的头和身体，他轻轻呼吸着。

就在这个时候，约尔城出现在眼前。约尔是个奇特的城市，无比洁白，耸立在荒芜的土地和红石头的中央。高大的建筑物晃晃荡荡，犹犹豫豫，缥缈虚无，仿佛没有竣工。它们仿佛太阳在大盐湖上的反光。

尤巴十分熟悉这座城市。当阳光异常强烈、眼睛因为疲惫而变得模糊时，他经常远远地看见它。他经常看见它，但是谁也不曾靠近它，因为那是亡灵的城市。有一天，他问父亲，那座那么美丽、洁白的城市叫什么名字。父亲告诉他，城市叫约尔，还说那不是人住的城市，而是一座亡灵的城市。父亲还告诉他，统治这座城市的那个人，那是很久很久以前，一位来自大海那边与他同名的年轻的国王^①。

此刻，当太阳升向更高的天空时，在水车齿轮悠悠的乐曲声中，在耀眼的日光中，约尔又一次出现了。它在尤巴眼前扩大，他清楚地看见高大的建筑在暖热的空气中颤动。那儿满是没有窗户的高塔，棕榈花园中的白色别墅、宫殿、神殿。大理石块光芒四射，仿佛刚刚被切断。城市在尤巴四周慢悠

① 指尤巴一世的儿子、柏柏尔人的国王尤巴二世（前25—23年）。

悠地转动，水车齿轮单调的乐曲有如大海的波涛声。城市飘浮在荒芜的田野上，轻盈得有如在大盐湖上反射的阳光，阿赞河在城前流淌，恍若一条金光大道。尤巴聆听城那边大海的浩荡声。那声音沉重，与擂鼓声和大号角、大号的咆哮声交织在一起。希木叶尔[①]的臣民在城市的大街上摩肩接踵。还有来自努米底亚[②]的黑奴、步兵大队、身披红斗篷头戴铜头盔的骑兵，以及山里来的金发孩童。尘土漫向空中，道路和房屋的上面，形成一团灰蒙蒙的尘雾，在城门前打着旋儿。

"哎呀！哎呀！"尤巴沿着白色大道向前时，人群欢呼。希木叶尔的民众在呼喊他，向他高振双臂。然而，他沿着王家大道前进时并不看他们。城市上面，别墅和树木的上面，狄安娜神殿庞大无比，大理石柱有如石化的树干。阳光照亮尤巴的身体，让他沉醉，他听见大海持续不断的喧嚣在扩大。他周围的城市是轻盈的，颤动着，起伏着，有如太阳在大盐湖上的反光。尤巴走着走着，脚似乎不接触地面，他仿佛随一片云飘然而去。希木叶尔的民众，男男女女簇拥着他跟他一起走，不知何处传来的乐曲在大街和广场上回荡，大海的

---

① 希木叶尔王国是古也门存在过的一个王国，于公元前110年建立，定都采法尔，后于4世纪迁都至今日的萨那，525年亡于阿克苏姆王国的入侵。
② 位于埃及南部与苏丹北部之间尼罗河沿岸的地区，今日位于阿斯旺与凯里迈之间。

喧嚣声不时被欢呼声淹没：

"尤巴！哎呀！尤——尤尤尤——巴巴！"

尤巴到达神殿顶上时，阳光猛地迸射出来。浩瀚无涯的蓝莹莹的大海一直伸向天际。缓慢的环形运动划出天边海平线纯净的线条，海浪撞击礁石，发出单调的波涛声，久久回荡。

"尤巴！尤巴！"

希木叶尔的民众欢呼着，他的名字在整个城市，在与土同色的城墙之间，在教堂的列柱廊里和白色宫殿的庭院里回响。他的名字响彻红土地，直到阿赞河的尽头都能听见。

这时，尤巴爬上了狄安娜神殿的最高的那几级台阶。他穿着白衣，黑头发束着金丝发带。他俊美的青铜色的面庞转向城市，眼神沉郁地注视着，仿佛能看透人的五脏六腑，能看穿楼房的白墙壁。

尤巴的目光穿过约尔的城墙，游移到墙那边，目光沿着蜿蜒曲折的阿赞河，掠过广袤、荒芜的田园，直达阿姆峰，到达塞卜加格泉。他看见清澈的泉水从岩石间飞溅下来，珍贵的凉沁沁的清泉潺潺地流淌。

尤巴的眼睛沉郁地注视的时候，人群寂然无声。他的面孔酷似一位年轻的神，阳光仿佛放大十倍地照在他的白衣服和铜色皮肤上。

乐曲仍在迸发，仿佛鸟儿啁啾，在城市的墙壁之间回荡。它让天空和大海膨胀，声波经久不息。

"我是尤巴。"年轻国王寻思道，然后使劲地高喊："我是尤巴，老尤巴的儿子，耶姆普萨尔的孙子！"

"尤巴！尤巴！哎呀——噢噢噢！"人群欢呼起来。

"我今日回到此地，约尔是我王国的首都！"

大海的喧嚣继续增强，一个女子走上神殿的台阶。她穿着一袭在风中拂动的白裙，美丽多姿，浅色的头发闪着金光。尤巴牵着她的手，同她一起走到神庙的边缘。

"她是克娄巴特拉·塞勒涅[①]，安东尼和克娄巴特拉的女儿，你们的王后！"尤巴向人群宣告。

人群的欢呼声重新淹没了城市。

年轻女子一动不动地看着白色别墅、城墙和广袤的红土地。她莞尔而笑。

水车轮子慢悠悠的运转在继续，大海的声音比人的喧哗声更加强烈。天空中，太阳在它的环路上渐渐下沉。阳光在大理石墙上变换了色彩，拉长了廊柱的影子。

---

① 克娄巴特拉·塞勒涅（前40—6），古埃及托勒密王朝公主，埃及末代女王克娄巴特拉七世与罗马共和国"后三头"之一的马克·安东尼的唯一的女儿，努米底亚和毛里塔尼亚（非今日的毛里塔尼亚）国王尤巴二世的妻子和共治女王。

仿佛此刻只剩下他俩，高高地坐在大理石柱旁的神庙梯级上。在他们周围，土地和大海在旋转，发出有规律的呻吟。克娄巴特拉·塞勒涅看着尤巴的面孔。她倾慕年轻国王的面庞，高高的额头，鹰钩鼻，长着黑睫毛的细长的眼睛。她朝他俯过身子，柔声地跟他说话，这些话尤巴听不懂。她的声音柔美，呼出来的气息透着芬芳。尤巴也开始凝视她，对她说：

　　"这里的一切都美不胜收，我一直希望回到这里。从我孩童时起，我每天都盼望能重新看见所有这一切。我多么希望永生，永远不离开这座城市和这片土地，永远看到这一切。"

　　尤巴沉郁的眼睛在周围的景致中熠熠闪光。他一刻不停地看着城市、白屋、平台和棕榈花园。约尔城在午后的阳光中颤动身子，它轻盈、缥缈，虚无得有如太阳在大盐湖上的反光。轻风拂动克娄巴特拉·塞勒涅的金发，风将大海的单调的喧嚣声一直带到神殿的顶端。

　　年轻女子的声音在问询，呼唤着他的名字：

　　"尤巴……尤巴？"

　　"我父亲就战死在这儿。"尤巴说道，"他们把我当作奴隶带到罗马。然而，今日这座城市是美丽的，我希望它锦上添花。我希望大地上没有比这更美丽的城市。我们将在这里教授哲学、天文学、数学，人们将从世界各地纷至沓来，到这里求学。"

克娄巴特拉·塞勒涅聆听年轻国王的话语，可她听不明白。她也凝望城市，倾听在天边回荡的喧嚣的乐曲声。她唤他时的声音婉转动人：

"尤巴！哎呀呀呀——噢！"

"在市中心，在广场上，老师们在教授神的语言。孩子们将学会尊重知识，诗人朗诵他们的作品，天文学家预测未来。将来，没有比这里更加兴旺发达的土地、更加和平安宁的人民。城市将会因这些精神财富和阳光而变得光芒四射。"

年轻国王俊美的面庞在照耀着戴安娜神殿的光芒中闪亮。他的两眼眺望远方，城墙的那边，山丘的那边，目光一直到达大海的中心。

"我国那些最睿智的学者将来到神殿这儿，带着律法家，我将和他们一起书写这片土地的历史，人类史，战争史和辉煌的文明史，还有城市、河流、山峦、海滨和埃及的历史。"

尤巴看着把神庙周围的大街挤得水泄不通的希木叶尔的民众，可他听不见他们的说话声，他只是在谛听大海单调的喧嚣声。

"我不是来复仇的！"尤巴说道。

他看着坐在身旁的年轻的王后。

"我的儿子托勒密即将诞生，"尤巴继续说道，"他将统治这儿，约尔城，他的子孙将承袭他，让江山万古长存。"

然后，他站起身，伫立在神殿的平台上，面向大海。耀眼的日光照在他身上，直天而降的日光在大理石墙、房屋、田园、山冈上大放光华。阳光来自天空中心，在大海上空一动不动。

尤巴不再说话。他的面孔有如铜面具，阳光在他的前额、鼻子的曲线和颧骨上闪烁。他沉郁的眼睛看见了大海那边的一切。他的四周，白墙壁和方解石柱晃晃悠悠，仿佛太阳在大盐湖上的反光。克娄巴特拉·塞勒涅的面庞也一动不动，阳光照在上面，平静安详得有如一尊雕像的脸。

年轻国王和他的妻子双双起身，并肩站在神殿的平台上，城市在他俩周围悠悠转动。隐蔽起来的水车单调的乐曲充盈他俩的耳朵，融进了海浪撞击礁石的轰隆声。这有如一支歌，有如从远处飘来的人的喊叫声：

"尤巴！尤——尤尤尤——巴巴！"

太阳在神殿的左侧缓缓向西沉去，阴影在大地上扩大。尤巴看见建筑物在摇晃、散开。它们像云团一般从他们的身上滑过，水车齿轮的歌在天空和大海上变得更加深沉，更充

满哀吟。天空中偌大的白圆圈，有泛起的大波纹。人的声音变弱，远去，随后消逝。有时能听见音符，大号声、刺耳的笛声、鼓声，抑或骆驼在离城门不远处从喉咙里发出的叫声。灰蒙蒙的淡紫色的阴影在山冈下、在河谷中向前延伸。唯独神殿依然沐浴在阳光中，屹立在城市上空，有如一艘石船。

此刻，尤巴独自站在约尔城的废墟之中。悠悠的波浪从破碎的大理石上冲过，搅浑了海面。石柱倒在水中，石化的树干埋在海藻丛中，台阶被淹没。这儿没有男人，没有女人，没有孩子。城市有如在海底颤抖的墓地，海浪涌上来冲击狄安娜神殿的最上面那几级有如暗礁的台阶。大海单调的喧嚣声依旧。长满轮齿的大木轮运转时嘎吱作响，不住地呻吟。系在辕杆上的两头牛减慢了转圈行走的速度。深蓝色的天空中，一弯新月出现，放射出它没有热量的光芒。

于是，尤巴取掉了盖在头上的白布。他瑟瑟发抖，因为夜晚的寒气来得很快。他的四肢麻木，口干舌燥。他用手从一只静止不动的水桶中舀了些水。他俊美的面庞颜色变深，由于太阳赋予的所有的热量而变得几近黑色。他的两眼望着此刻已阒无一人的广袤的红土地。牛在环形道上歇了下来。大木轮水车不再转动，可依旧发出爆裂声、嘎吱声，煮硬的长皮带依然在瑟瑟颤动。

尤巴不紧不慢地松开牛索，卸下沉重的木梁。夜幕从大地的另一端，阿赞河的下游降了下来。离农舍不远处，木炭火燃了起来，女人们站在火盆前。

"尤——尤尤尤——巴巴！尤——尤尤尤——巴巴！"

唤他的声音依然那么尖脆、悠扬，从荒芜的田野的另一边传来。尤巴转过身，凝望片刻，然后牵着牛走下小石山。到了山脚下，尤巴用绊索套住牛的腿弯。河谷中，万籁俱寂，沉寂笼罩大地和天空，就像平静得没有一丝波浪的水面。这是石块的沉默。

尤巴久久地环视四周，听着牛的喘息。没有水流向灌渠了，最后那几滴也被土地吸干了，吸进犁沟的裂缝中。暗影笼罩了矗立着轻盈神殿的白城，笼罩了城墙和棕榈花园。兴许，在某个地方，某个离大海不远的地方依然残存着一幢形似墓碑的建筑，破碎的石头圆顶上长出了青草和灌木？兴许，明天，当庞大的水车木轮重新运转，两头牛重新出发，吁吁喘气，慢腾腾地走在环形小路上时，没准那座异常洁白、悠悠荡荡、缥缈虚无得有如反射的阳光的城市会重新出现？尤巴自己也缓缓转动身子，目光只投向在阳光中休憩、在河流的水汽中沐浴的广袤的田野。然后，他走远了，疾步走在小路上，走向等候着他的活着的人的房屋。

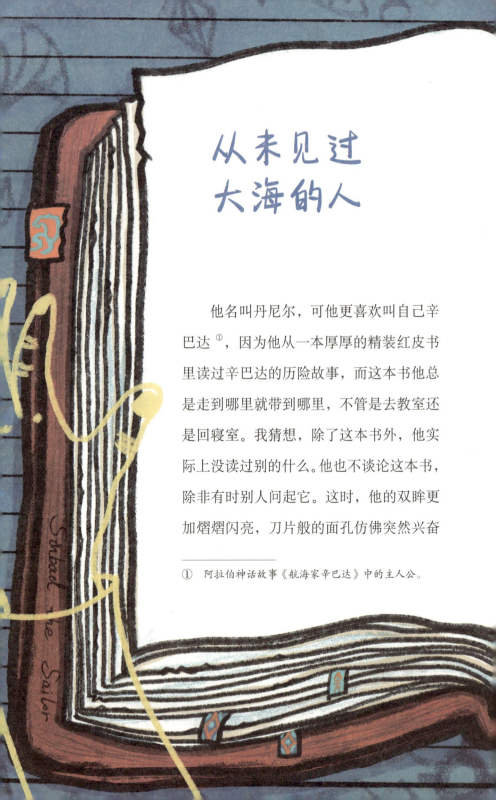

从未见过
大海的人

他名叫丹尼尔，可他更喜欢叫自己辛巴达[①]，因为他从一本厚厚的精装红皮书里读过辛巴达的历险故事，而这本书他总是走到哪里就带到哪里，不管是去教室还是回寝室。我猜想，除了这本书外，他实际上没读过别的什么。他也不谈论这本书，除非有时别人问起它。这时，他的双眸更加熠熠闪亮，刀片般的面孔仿佛突然兴奋

---

① 阿拉伯神话故事《航海家辛巴达》中的主人公。

了。不过，这男孩总是寡言少语。他不参与别人的谈话，除非他们谈及大海或旅行。人们大都是陆地生活者，如此而已。他们生在陆地，感兴趣的也是陆地和陆地上的东西。甚至连水手也总是从陆地上来的人；他们喜欢房子和女人，爱谈论政治和汽车。可是丹尼尔，他仿佛来自另一个种族。他讨厌陆地上的东西，讨厌商店、汽车、音乐、电影，当然还有高中的那些课程。他什么也不说，甚至都不打哈欠表露自己的厌倦情绪。他待在原地，坐在凳子上或风雨操场前的台阶上，看着前面发呆。他是个成绩平平的学生，每学期的考试成绩刚好能让他继续读下去。老师喊他名字的时候，他站起来，背完课文，然后坐下去就算完事。他仿佛是睁着眼睛睡大觉。

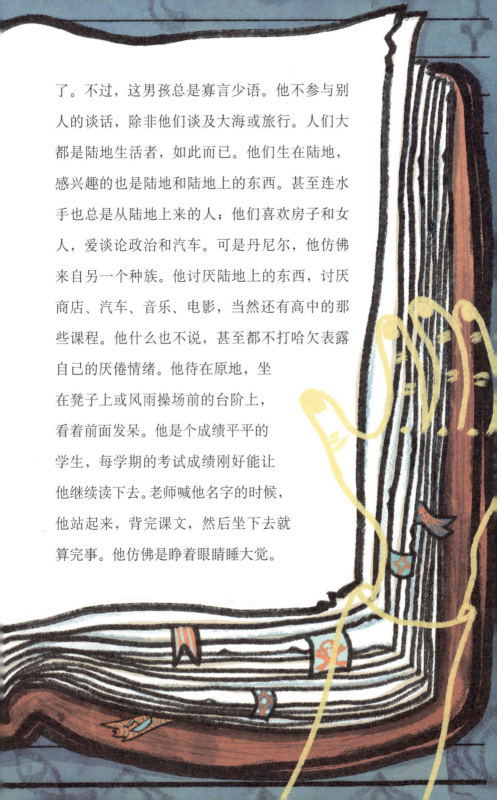

即使人们谈到大海，他的兴趣也不会持续很久。他听上片刻，提出两三个问题后，立即发现他们并不是真的在谈论大海，而是海水浴、潜水捕鱼、海滩和日光浴。听到这些，他便走开了，返回去坐在他的凳子或台阶上，看着前面发呆。那样的大海不是他想听到的。他想听人谈论的是另外一种大海，不知道是哪一种，反正就是另一种大海。

这些都是他失踪、出逃以前的事情。谁也没有料想到他有一天会出走，我说的是真正意义上的远走高飞，一去不返。他极度贫困，父亲在离城数公里远的地方有一小块农耕地。丹尼尔身穿寄宿生穿的那种灰罩衫，他家住得太远了，因此不可能每晚都回家里住。他有三四个哥哥，我们不认识。

他没有朋友，他不认识别人，别人也不认识他。兴许，他就喜欢这样，不与别人过从甚密。他有一张奇特的刀片般尖削的面孔，两只美丽黝黑的眼睛显出不屑一顾的神情。

他没跟任何人透露过任何风声。不过，这个时候，他已经全部准备就绪，这一点毫无疑问。他已经在脑子里把一切都准备就绪，记住所要经过的公路和地图，还有要穿越的城市的名字。也许，日复一日，别的孩子每天晚上说说笑笑、偷偷摸摸地抽烟，他则躺在宿舍床上，对很多事情都做过设想。他想过轻轻流向小港湾的小河，想过海鸥的嘶鸣，想到海风、在船桅间呼啸的暴风雨和航标的警报。

他是这年九月中旬起程的，时值初冬。与他一起住在那间灰暗的大寝室里的寄宿生一早醒来时，他就无影无踪了。他们一睁开眼睛立即就发现了状况，因为他的床铺得好好的，没有弄乱。被子认真地叠过，一切都有条不紊。这时，大家只是说了句："噢，丹尼尔走了！"他们并不真的感到吃惊，因为他们毕竟是知道一点儿的，知道这件事迟早会发生。不过，谁也没有再说别的什么，因为他们不希望别人去把他抓回来。

就连中级班上那些最多嘴的学生也什么话都没说。而且，他们能说些什么呢？他们什么都不知道。有好长一段时间，在学校的操场上或上法语课期间，我们窃窃私语，三言两语，意思只有我们自己明白。

"你认为他现在到了吗？"

"你这样认为？应该还没有，那很遥远，你知道……"

"明天呢？"

"是的，那有可能……"

胆子最大的学生说：

"也许他已经到了美洲……"

悲观的学生则认为：

"唉，说不准他今天又回来啦！"

然而，尽管我们保持沉默，这件事在上头却掀起了轩然大波。教师和学监隔三岔五被召集到校长办公室，警察局里也同样如此。警察局派出的警探不时来学校逐个询问学生，想从他们嘴里套出一些话来。

我们呢，自然而然，略去自己所知道的那个，也就是大海，除此之外我们无所不谈。我们讲到大山、城市、女孩、财宝，甚至诱拐儿童的流浪汉和外籍军团。我们说这些是为了混淆视听，老师和学监变得越来越恼火，脾气越来越坏。

这件事引起的轩然大波几个星期、几个月都没有平息。报纸上登载了二三则寻人启事，附上丹尼尔的外貌特征和一张不像他的照片。后来，一切又一下子平静下来，因为我们大家对这个故事感到厌倦了。也许，大家心里已经明白，他再也不会回来，永远也不会回来了。

丹尼尔的双亲互相安慰，因为他们非常贫穷，也没有别的什么事可做。警察把这件案子给结了，他们自己就是这么说的，他们还说了些老师和学监后来重复过的话，仿佛一切司空见惯，而在我们看来，此事非同一般。他们说，每年有成千上万的人像他那样无影无踪地消失，永远也找不到。老师和学监重复着这些话，耸耸肩膀，仿佛这是世界上最平常不过的事情。我们呢，我们一听到这些话，便开始浮想联翩，一个秘密的、迷人的梦在我们的内心深处萌发，一直没有结束。

丹尼尔肯定是在晚上到的，坐的是一列夜以继日运行了很久的长长的货运列车。货运列车主要是夜间行车，因为它们太长，而且速度相当缓慢，从一个铁路交通枢纽开到另一个。丹尼尔睡在硬邦邦的列车地板上，身上卷着一个破旧的麻布袋。当列车减速，沿着码头一路嘎吱嘎吱着停下来时，他透过栅栏门向外观望。他打开车门，跳到铁路上，然后沿着斜坡跑起来，直到找到一个过道。他没有行李，只有一个总是随身携带的海军蓝沙滩包，包里放着那本翻旧了的红皮书。

现在，他自由了。他感到冷。在车厢里待了那么久，他的两腿酸疼得厉害。天色晚了，天开始下起雨来。丹尼尔以最快的速度走着，逃离城市。他不知道要去哪里。他笔直向前走去，走在货场的两墙中间，走在映照着昏黄的路灯光的小路上。这儿没有任何人，墙上也没有写名字。大海就在不远处。丹尼尔猜想它在自己右边的什么地方，被庞大水泥建筑遮挡住了，在墙的另一边。它被笼罩在夜色里。

没过多久，丹尼尔感到走累了。现在，他已经到达乡村，城市在他身后很远的地方闪亮。夜漆黑一团，陆地和大海都无影无踪了。丹尼尔想找个地方躲雨避风。他走进路边的一间木板小屋。他在小屋里安顿下来，一直睡到天明。他已经好几天没有合过眼了，也可以说没吃过东西，因为他时刻都在透过车厢的栅门窥察外面。他知道自己千万不能碰上警察。于是他躲到小木屋的最里面，嚼了几口面包，然后睡着了。

　　丹尼尔醒来时，太阳已经挂在天空中。他走出小木屋，眨巴着眼睛迈了几步。这儿有条小路一直通向沙丘，丹尼尔就从那条路走。他的心剧烈地跳着，他知道大海在沙丘的另一边，只有两百米的距离了。他在小路上奔跑起来，爬上沙坡。风越来越猛，带来某种陌生的声音和气息。随后，他到达沙丘顶部，一下子就看见它了。

　　它就在那儿，在他面前，无处不是，浩瀚无涯。它像山坡一般鼓起来，蓝光闪耀，它深不可测，离他只有咫尺之遥，带着巨浪向他涌来。

　　"大海！大海！"丹尼尔心想，可他不敢放声高喊。他微微叉开手指，僵立在那儿。他不敢相信自己曾在它身边睡过觉。他听见海浪在沙滩上移动的声音。突然没有了风，太阳照在海面上，在每片浪峰上燃起一把火。海滩上的沙呈灰烬色，柔滑，小溪流从上面流过，宽大的水洼倒映着天空。

丹尼尔在内心深处一次又一次默叨着那个美丽的名字：

"大海！大海！大海！……"

他的脑袋眩晕、嗡嗡作响。他想说话，甚至想叫喊，可他的喉咙堵住了他的声音。于是，他必须边跑边喊，把他的蓝背包甩得远远的，让它在沙滩上滚动；他必须挥舞手臂，拔开两腿奔跑，像穿越高速公路的人一样。他跳过一簇簇海藻，在海滩高处干燥的沙堆里蹒跚而行。他脱掉皮鞋和袜子，光着脚丫跑得更快了，根本感觉不到起绒草的刺。

大海在远处，在平原般的沙滩的另一头。阳光照耀下，大海波光粼粼，变幻着色彩和样貌，开始是一望无际的蓝，之后变灰，变绿，几近黑色；忽而是赭石色的沙洲，忽而又出现海浪的白色卷边。丹尼尔不知道它竟然还有那么远。他继续奔跑着，双臂紧贴身体，心猛烈地撞击着胸腔。此刻，他感到脚下的沙滩坚硬得像柏油马路，潮湿又沁凉。离得越近，海浪声越强烈，像蒸汽机发出的嘶嘶声一般充盈着周围的一切。这声音极其温柔悠长，然后变得激烈而又令人焦虑，仿佛铁桥上的火车，或者像河水一般往后退去。不过，丹尼尔并不畏惧。他继续以最快的速度在冷风中笔直地向前奔跑，目不斜视。离流苏般的海浪仅几米远时，他闻到了那种浓郁的气味，便止住脚步。一阵疼痛从胸部蔓延到了腹股沟，海水强烈的咸味憋得他喘不过气来。

他在湿漉漉的沙滩上坐下，看着眼前那几乎涌向天空中心的海浪。他曾经极度渴盼过这一瞬间，想象过他看到大海的这一天，是真正看到，不是在照片上或者在电影院里看到的那种，是真正意义上的，把自己完全暴露在自己周围的大海，它膨胀开来，露出汹涌澎湃的海浪的巨大后背，带着飞沫云，在阳光中化作沫子的浪花雨；尤其是远方，地平线弯弓着身子，有如横在天空前的一堵墙！他曾经如此向往过这一时刻，以至于他现在都没有力气了，仿佛就要死了，或者要睡着了。

这确实就是大海，他的大海，眼下只属于他一个人的大海，他知道自己可能再也不会离开这儿了，永远也不会了。丹尼尔久久地躺在坚硬的沙滩上，横在海边，等候了那么久，直到海浪开始沿着斜坡往上爬，舔触他的光脚丫。

涨潮了。丹尼尔猛地跳了起来，浑身肌肉绷紧准备逃离。远处，海浪撞击着黑黝黝的礁岩，发出雷鸣般的巨响。只是海水此刻还没有力量。它破裂开，在海滩脚下沸腾，它只是爬着涌过来。轻盈的泡沫簇拥在丹尼尔的大腿边，在脚后跟周边挖出许多水井。冰凉的海水啮咬着他的脚趾和踝骨，然后让它们失去知觉。

海风随海潮而来。它从地平线深处吹出，天空中有了云块。然而，这些云让人感到陌生，有如海水泡沫；海盐如沙粒一般在风中漫游。丹尼尔再也不想逃走。他开始沿着流苏般的浪花前行。每一个海浪涌来，他都感到流沙从他的脚趾中间流走，然后又回来。远处的地平线如呼吸般起伏，把它的力量推向陆地。

丹尼尔口渴了。他用手舀了些海水和泡沫喝了一口。海盐烧灼他的嘴和舌头，可他仍旧喝着，因为他喜欢海水的味道。他渴盼这所有的海水由来已久，海水自由自在，浩瀚无涯，这所有的海水够他享用一生一世！先前那次潮水把一些木头和如大枯骨般的根茎推向岸边，此刻海水又慢慢将它们卷起，把它们放到更高的地方，让它们夹杂在黑乎乎的海藻丛中。

丹尼尔在海水边踱着步子，贪婪地看着这一切，他仿佛想在眨眼之间知道大海所能向他展示的一切。他手捧着黏糊糊的海藻、贝壳，顺着小虫的地洞在淤泥中掏着。他到处搜寻，走着，或趴在湿漉漉的沙滩上。烈日当空，大海咆哮不止。

丹尼尔时不时停下脚步，面向地平线，眺望企图越过礁岩的高海浪。他用力吸气，想感觉那气息，仿佛这么做能让大海和地平线鼓胀起他的胸膛、肚子和脑袋，让他变成某一类巨人。他望着远处灰暗的海水，那儿没有陆地，没有泡沫，只有自由的天空，他对着那里的海水低声诉说，仿佛海水能听见。他说道：

"来啊！上到这里来，到这儿来！来啊！

"你好美，你要到这儿来，覆盖所有的陆地、覆盖所有的城市，你要升上山顶！

"来吧！带着你的浪，上来，上来！从这儿走，从这儿！"

然后，他一步一步地向身后海滩的高处退去。

他像这样明白了海水的走向，它上升，它膨胀，它沿着小沙谷，像手掌一样张开。灰螃蟹直起钳子，在他前头奔突，轻盈得如同小昆虫。白色的海水灌满了那些神奇的洞穴，淹没了隐秘的坑道。海水漫上来，每一次海浪打过，它都要上涨许多，把移动的水面拓宽变大。丹尼尔在海水前跳起了舞，他举起双臂，像灰螃蟹一样步态紊乱地跑着。海水咬着他的脚后跟了。然后，他又跑下去，挖出一条条沟渠，好让海水来得更快些，他唱着歌，帮助海水到来。

"来吧，上来，来呀，浪儿，上得更高些，到更高处来，来吧！"

此刻，他站在齐腰深的海水中，他并不感到冷，也不害怕。湿透了的衣服紧紧地贴在他的身上，头发像海藻般散落在他的眼前。大海在他四周沸腾，海水退下时有一股强大的力量，迫使他用双手紧紧抓住沙滩，以防仰面摔倒，但是海浪再次汹涌向前，将他推向沙滩的高处。

枯死的海藻抽打着他的双腿，缠绕住他的脚踝。丹尼尔一边像拔蛇一样将它们拔掉，扔进大海里，一边喊："啊！啊！"

他不看太阳和天空。他甚至看不见远方的狭长地带和大树的影子。这儿寂无一人，唯有大海，丹尼尔是自由的。

突然间，海水开始加速上涨。它们在礁岩上膨胀，此刻深海的海浪也涌过来了，什么也不能阻挡住。海浪又高又大，微微倾斜，浪峰冒汽，下面深蓝色的肚子是掏空的，周围遍布着泡沫。海浪来得如此迅速，丹尼尔都来不及躲过。他转身想逃，海浪已经到达他的肩膀，从他的脑袋上方越过。丹尼尔本能地将手指插进泥沙，屏住呼吸。海水打在他身上，发出雷鸣般的响声，打着旋儿涌入他的双眼、他的耳朵、嘴巴和鼻孔。

丹尼尔使尽全身力气朝干沙滩爬去。他感到眩晕，只得在浪花边上趴了片刻，不能动弹。又有海浪咆哮着扑过来，浪头抬得更高，肚子掏空，宛若山洞。丹尼尔朝沙滩顶部跑去，在海藻屏障的另一边的沙丘上坐下。这一天余下的时间里，他再也没有靠近大海。可他的身子仍在颤抖，全身皮肤上，甚至皮肤里面，散发着海盐灼人的气味，眸子深处印上了海浪耀眼的白点。

小海湾的另一端有一座黑黢黢的海角，海角上有许多岩洞。来到大海前的最初那几天里，丹尼尔就下榻在那儿。他住的那个是个小坑洼，位于黑乎乎的岩石堆中，地上铺着小石子和灰沙。这些天里，丹尼尔就生活在那儿，可以说视线从来没有离开过大海。

当极其灰白的日光出现，海平线勉强可见，如同在杂糅着天空和大海的颜色中的一根线时，丹尼尔起身走出岩洞。他爬上黑黢黢的岩石堆的高处，喝着水洼里的雨水。大海鸟也来这儿，在他的四周盘旋，叫声刺耳、绵长，丹尼尔吹着口哨跟他们打招呼。早晨，海水浅平，神奇的海底世界呈现在眼前。海底幽暗的水潭又大又深，激流在石块间如瀑布般倾泻，有溜滑的道路，海藻繁茂的小山丘。这时，丹尼尔离开海角，顺着岩石块一直向下，走进大海的平原中央。他仿佛已来到大海的正中心，来到一个神奇的国度，而它再过几个小时就不复存在了。

必须加快速度。岩礁上的流苏般的黑色浪花非常近了，丹尼尔听见海浪压低声音的咆哮、深水流的喁喁私语。太阳不会在这儿照射很久。大海可能不久又会回头，用它的阴影将这儿笼罩。日光强烈地反射在海浪上面，远不能将它们烤暖。大海泄露出某些秘密，可必须在它们消失以前很快将它们捕捉。丹尼尔在海底岩石上的海藻丛林中奔跑。从海水潭和黑山谷中涌出浓烈的气息，这气息陆上的人们没有感受过，能让他们陶醉。

丹尼尔在临海的大水洼中找寻鱼、虾和海贝。他将手臂伸进水里的海藻丛，等候甲壳前来搔逗他的手指头，然后将它们抓住。水洼中，紫色、灰色、血红色的海葵的花冠忽开忽合。

平坦的礁石上生活着许多白色、蓝色的帽贝，橘黄色的织纹螺，笔螺等。有些时候，阳光照耀在深水潭里鹑螺的宽大背脊上，照耀在玉螺般乳白色的珍珠母贝上。或者，海藻丛中突然出现一只老鲍七彩虹霞似的空壳，刀片形的、外形完好的扇贝。丹尼尔透过玻璃似的水面，久久地凝视着它们待在自己的地盘上，仿佛他也生活在水洼中的一条细小的裂缝处，被炫目的阳光刺得睁不开眼睛，等候大海之夜的来临。

他捕捉帽贝充饥。靠近它们时必须轻手轻脚，否则它们会与礁石紧紧粘在一起。然后用大脚趾敲它们，并一脚将它们扯下。不过，帽贝一般都能听见他的脚步声或呼吸声，便会粘贴在平石块上，并发出一连串的啪啪声，丹尼尔捕获足够的虾子和贝壳后，把猎物放进一块岩石的小水洼中，晚些时候将海草点燃，用一只食品盒来烹煮。之后，他到更远的地方去看，海底平原的尽头，海浪在那里汹涌。因为他的章鱼朋友就是在那儿生活。

丹尼尔来到大海边的第一天，最先认识的便是章鱼，甚至先于认识海鸟和海葵。当大海和天边不再躁动，不再膨胀，灰暗的急流在澎湃以前仿佛平心敛气时，它便来到涌起又落在自己身上的海浪边，这儿无疑是世界上最隐秘的地方，日照时间仅为几分钟。丹尼尔走得很小心，手抓住滑溜溜的岩石壁，仿佛他要下到大地的中心去。他看见积满重水的大水潭，深海藻慢悠悠地飘动。他纹丝不动，面孔几乎贴近水面。这时，他看见了章鱼的触手漂浮在水潭的峭壁前。触手从一条断层的缝底钻出，恰似烟雾，在海藻上轻轻地滑动。丹尼尔屏住呼吸，注视着夹杂在海藻纤维中微微移动的触手。

随后，章鱼出来了。圆筒形的长躯体小心地游动着，触手在它前面摆动。在瞬息即逝的折射阳光中，章鱼突出的眉棱下面，两只黄眼睛像金属一般熠熠闪光。章鱼任自己的长触手在淡紫色的圆盘上漂浮片刻，仿佛在寻找什么。而后，它发现了丹尼尔俯向水潭的身影，随即向后一蹦，收紧触手，释放出一团奇特的灰蓝色的烟雾。

此刻，丹尼尔又像每一天一样，来到临近海浪的水潭边。他向透明的海水俯下身子，轻轻地呼唤章鱼。他坐在章鱼所住的断层前的礁岩上，把赤裸的双腿放进水中。他静候着，纹丝不动，片刻以后，他感觉到章鱼的触手轻轻地碰触他的皮肤，缠绕他的脚踝。章鱼小心地抚摸着他，有时碰到他的脚趾和脚掌，丹尼尔禁不住笑了起来。

"你好，威雅特！"丹尼尔说道。章鱼名叫威雅特，不过它当然不知道自己叫这个名字，丹尼尔轻轻地跟它说话，以免吓跑它。他向它打听海底深处所发生的事情，问它在海浪下面能看到什么。威雅特不回答，继续碰触丹尼尔的脚和脚踝，极其温柔，有如用头发丝在挠他。

丹尼尔很喜欢它。可他并不能看它很久，因为海水上涨得很快。如果先前捕获的那些东西还不赖，丹尼尔便会给它带去一只螃蟹或一些虾子，丢进深水潭中。章鱼的灰触手像鞭子一般甩出，抓住猎物，带着它们向岩石方向游去。丹尼尔从未看见过章鱼吃东西。它几乎总是躲在那黑黢黢的断层里，一动不动，长长的触手漂浮在它的身前。兴许，它像丹尼尔一样，漫游了很久，终于在深水潭中找到了自己的家，在那里透过透明的海水凝望明亮的天空。

海水完全落下去的时候，那儿仿佛张灯结彩。丹尼尔走在岩石堆中，在海藻铺成的地毯上，阳光开始反射在海水和石块上，燃起熊熊大火。此时没有风，没有一丝风。海底平原的上方，蔚蓝的天空非常广阔，闪耀着异乎寻常的光。丹尼尔感到头上和肩膀所受的热量，他闭上双目，防止强烈的闪光把眼睛照花。别无他物，别无他物，只有天空、日光、盐，它们开始在岩石上起舞。

有一天，海水降到很远的地方去了，只能看见靠近天边处的一丝蓝色的细绦带，丹尼尔穿过海底礁石堆，上路了。蓦然，他感觉到了那些走进处女地、心里明白也许再也不能回来的人心中的那种陶醉。这一天，不同以前；一切都显得陌生而又新鲜。丹尼尔回转身，看见坚实的土地被他远远地抛在身后，有如一片泥水湖。他也感觉到被海水浸蚀过的光秃秃的岩石的孤独、沉寂，以及从所有裂缝、所有隐秘的井里钻出来的焦虑，于是，他的脚步更快了，后来奔跑起来。他的心在胸腔内剧烈地跳动，就像到达大海边的第一天那样。丹尼尔一鼓作气地跑着，越过水坑和海藻谷，沿着岩石山脊走，他摆开双臂以保持身体平衡。

不时会出现铺满细微海藻的黏糊糊的宽石板，或尖如刀片的岩石块，还有角鲨皮般奇特的石块。到处都是水洼在熠熠闪光，瑟瑟颤抖。镶嵌于岩石里的贝壳在阳光下噼噼啪啪地炸响，簇簇海藻发出某种奇特的蒸汽声。

丹尼尔在海底平原的中央漫无目的地跑着，也不停下来看看海浪的界线。大海此时已经消匿，退隐至天际，仿佛通过一个与地球中心相连的洞穴流走了。

丹尼尔并不害怕，可他已不再完全是他自己了。他不再呼唤大海，不再跟它倾诉衷肠。阳光反射在水洼上如同照在镜面上，它在岩石尖上折断后，迅速地跳跃而过，发出更多的闪光。阳光同时照耀所有的地方，如此近，他都感觉到酷烈的阳光从他面孔上经过；或者很遥远，有如行星冷冷的闪光。这阳光迫使丹尼尔绕着弯子斗折蛇行地从岩石平原上穿过。阳光把他变得自由、疯狂，他像阳光一样跳跃。阳光并不柔和、静谧，不像海滩和沙丘里的阳光那样。它疯狂地旋转，不住地迸射，在天空和岩石这两面镜子间来回弹跳。

尤其是这儿的盐。几天来，黑黢黢的岩石块上、鹅卵石上、软体动物的壳内，甚至峭壁脚下那些肉质植物苍白的小叶子里，到处都积满海盐。海盐侵入丹尼尔的皮肤内，积在他的嘴唇上、他的眉毛和睫毛上、他的头发和衣服里面，此刻已形成一个坚硬炙烫的甲壳。海盐甚至进入他的身体、他的咽

喉、他的肚子，直达他的骨头当中，侵蚀着他，发出玻璃屑般的嘎吱嘎吱声，在疼痛的视网膜中燃起火花。阳光点燃了海盐，此时一面面棱镜在丹尼尔周围、在他体内熠熠闪光。这时便有那种沉醉，那种使人颤抖的电流。海盐和阳光不愿意别人总待在一个地方，它们希望别人起舞，奔跑，从一块岩石跳到另一块岩石上，希望别人穿过海底逃遁。

丹尼尔从未见过如此白亮的世界。连潭水和天空都是白晃晃的。它们灼烧着视网膜。丹尼尔完全阖上眼帘，停住了，因为他的双腿瑟瑟颤抖，再也不能支撑他的身体。他坐在海水湖前的平石块上。他倾听阳光在石块上跳跃的声音，所有干燥的折断声、嘎吱声、嘘嘘声，还有回响于耳畔的如蜜蜂歌唱的尖脆的低语。他口干舌燥，可是，仿佛无论什么水都永远不能让他餍足。阳光继续焙烤他的面孔、双手和肩膀，有如成千上万根小针在扎他、像无数的蚂蚁在啮咬他。带咸味的眼泪开始从紧闭的双目中滚涌出来，缓缓地，在面颊上画出几道滚烫的泪痕。他费力地微微睁开眼睛，凝望着白森森的岩石平原和闪烁着死水潭的大沙漠。海洋动物和贝壳的踪影消失了，它们躲进了裂缝之中，躲进了海藻帘下。

丹尼尔在那块平滑的岩石上俯下身子，将衬衫包裹在头上，不再看日光和盐。他将脑袋埋进膝盖里，好久都没动一下，与此同时，灼热的狂舞依然一遍又一遍地从海底上面掠过。

随后，风来了，开始微弱，在厚重的空气中艰难地前行。之后，风大了，冷飕飕地从天际刮来，海水潭战栗着变了颜色。天空上飘着云，日光重又变得和谐。丹尼尔听见近海的咆哮声，巨浪的肚子向岩石撞击着。水滴溅湿了他的衣服，他从麻木中清醒过来。

大海已在那儿。它到来得很迅捷，火速包围起最前头宛若小岛的岩石，淹没了裂缝。它漂滑而过，发出海水上涨声。它每次吞没一块岩石，总会发出撼动地球底座的震耳欲聋的巨响，一声怒号划破长空。

丹尼尔猛地跳起来。他开始一步不歇地朝海岸飞奔。此刻，他睡意全无，不再惧怕日光和盐。他感到某种愤怒在他心底，感到某种他没法解释的力量，仿佛他已经能把岩石打碎，能将裂缝掘开，就这样，只需踹上一脚。他顺着风的道路，在海的前头奔跑；他听见身后海浪的咆哮声。他还不时地叫喊，模仿海浪的声音："轰！轰！"

因为是他在指挥大海。

必须跑快点！大海想捕获一切，岩石、海藻，还有在它前面奔跑的人。有时，它甩开一只手臂，伸向左边或右边，一只灰色的沾着泡沫的长臂，阻断了丹尼尔的去路。他闪向一旁,在岩石顶上寻找一条通道,海水便吮吸裂缝,退回去了。

丹尼尔游着穿过了几个已经浑浊的海水湖。他不再感到疲劳。相反,他身上充满某种喜悦,仿佛大海、海风和太阳已经溶解了海盐,让他获得了解放。

大海真美啊!白色的水柱往阳光中喷射,那么高,那么直,随后像雾气一样落下来,从风中滑过。新涌来的海水充盈着岩石洞凹,洗涤白色的地皮,带走一簇簇海藻。远处的峭壁近旁,沙滩的白路在闪耀。丹尼尔想起辛巴达的海上遇险,他被海水带到爱尔米兰琪国王的岛上时的情景,完全像此刻一样。他在岩石上迅速地奔跑着,用光脚丫选择最佳路径,甚至想都来不及想。他很有可能一直在这儿,在海底平原上,在海上遇险和暴风骤雨中生活。

他一边与海水同速前进,一刻不停,也不喘息,还一边倾听海浪的声音。海浪从世界另一端奔涌而来,又高又大,带着浪花滚滚向前,滑过平滑的岩石,在裂隙中撞得支离破碎。

太阳在贴近天际处照射出固定不变的光芒。所有这些力量都是从它那儿吸取的,它的光推着海浪推向陆地。海水低下去时,是海盐的旋舞;海涛涌向海岸时,则是海和风的旋舞;这舞不会结束。

当海水漫至海草砌成的壁垒时，丹尼尔进了岩洞。他坐在卵石上，看着大海和天空。可是海浪越过了海藻，他只得退向山洞里面。大海不停地拍打，甩出大片大片的白水，在鹅卵石上颤动，仿佛一锅正沸腾的水。海浪继续上涨，这么一浪接一浪，直达最后那道海藻和树枝屏障。海浪找到最干燥的海藻、被海盐刷白的树枝和几个月来堆积在岩洞口的所有东西。海水遇到残滓，便分开它们，带进急浪之中。眼下，丹尼尔的背脊已靠向山洞最里面的旧壁了，他再也没有后退的余地。于是，他凝视大海，想让它歇下来。他竭尽全力看着它，不说话，让海浪后退，形成打破海水的进攻的回头浪。

好几次，海浪跃过海藻和残滓堆成的屏障，将泥浆溅向洞壁，包围丹尼尔的双腿。后来，海浪一下子停止了上涨。可怖的声音停息了，海浪变得更加轻柔，更加和缓，仿佛浪花沫子把它变沉重了。丹尼尔明白，这都结束了。

他平躺在山洞入口处的鹅卵石上，将头转向大海。他又冷又累，浑身哆嗦，可他还从未感受过这样的幸福。他就这么睡着了，平静而安详。太阳像火焰熄灭一样，慢慢变弱。

这以后，他的境况怎么样？所有这些时日，这几个月，他待在自己的岩洞里面对大海时都干了些什么呢？也许，他真的动身去了美洲，或者到了中国，坐的是一艘缓缓从一个港口开往另一个港口，从一座岛屿开往另一座岛屿的货轮。梦如此开始了，就不会停止。这儿，对于我们这些远离大海的人，一切显得不可能而又很容易。我们所知道的，只是曾经发生过某些奇怪的事情。

说奇怪，是因为它看上去不合乎逻辑，与那些严肃认真的人说过的所有的话并不相符。他们如此心神不安，千方百计要找到丹尼尔·辛巴达的行踪；教师、督学、警察，他们询问了那么多的问题，但终于有一天，从某个日期开始，他们的所作所为就好像丹尼尔从未存在过。他们不再谈论他，他们把他所有的衣物，甚至旧作业都寄给了他的父母，在中学里除了对他的回忆，别的什么也没留下。他们甚至想甩掉这些回忆。他们开始谈论别的事情，谈论他们的妻子、房屋、汽车和省议会的选举，一如从前，仿佛什么事也没有发生过。

兴许，他们并不是装出来的。也许，在非常想他并想了几个月后，他们真的忘记了丹尼尔。也许，他一旦回来，当他出现在学校的大门口时，那些人可能再也认不出他，会问他：

"你是谁？你想干什么？"

可我们，我们并没有忘记他。谁也没把他忘怀，在寝室里、教室里、操场上，甚至那些不认识他的人都不会忘记他。

我们谈中学里的事情、习题和翻译练习，但我们总是极度思念他，仿佛他真的有点像辛巴达，在继续周游世界。我们不时停下别的话题，然后有人发问，问的总是同一个问题：

"你认为他会在那儿吗？"

谁也不清楚"那儿"到底指什么地方，可是仿佛大家都看见过那个地方，漫无际涯的大海、天空、云霞、荒芜的暗礁和海浪，还有在风中翱翔的大白鸟。

当微风吹动栗树枝，便有人望着天空，心里掠过一丝忧虑，像海员一般说道：

"暴风雨要来啦！"

当冬日的阳光照耀着蔚蓝的天空，有人便议论：

"他今天多幸运！"

可是，大家谁也不再多说什么，这就好像是冥冥之中与丹尼尔签订的一份契约，某一天与他缔结的秘密、默契的盟约，抑或只是大家在某一天早晨睁开眼睛，看着半明半暗的寝室里那张为丹尼尔后半生准备的、仿佛他永远不会再睡的床时，已经开始的一个梦。

哈扎汗王国

　　"法国人大堤"不是一座真正意义上的城市，这儿没有楼房，没有大街，人们住的一律都是些用木板、沥青纸和土坯建成的小屋。它的得名可能是因为这儿住的都是从意大利、南斯拉夫、土耳其、阿尔及利亚、非洲来的人，一些建筑工、挖土工和一些还不确定能否找到工作、永远也不知道自己会在此待一年还是两天的农民。他们来到这儿的大堤上，大堤在靠近小河喇叭形河口弯的沼泽地旁边，他们找到一块能落脚的地方，便用几个小时的时间搭起小屋，安顿下来。他们从迁走的人们那儿买下旧木板，这些木板非常旧而且满是窟窿眼，可以看见透射进来的日光。屋顶也架上木板，然后再铺上大块沥青纸，或者如果运气好能找到瓦楞铁皮的话，他们就用铁丝和石块把他们固定好。他们用破布头堵住窟窿眼。

　　阿里娅就住在那儿，大堤的西面，离马丹的房子没多远。

她和他在同一时间来到这儿，是最早到达的那一批。那时，这儿还只有十来间茅屋，沼泽地附近的泥地软塌塌的，大片荒地里长满了杂草和芦苇。她的父母因事故丧生，那个时候她除了跟别的孩子一道玩闹，其他的事一样都不会做，姑妈把她接到自己家里。如今，四个年头过去了，大堤扩大了，占去了从大马路的斜坡到大海边的喇叭形河口弯的左岸，踩出了百来条泥土小路，小茅屋已经不计其数。每周都有许多卡车停在大堤的入口处，载来新的家庭，带上要迁走的那些人。阿里娅去汲水泵那里取水、到合作社买米和沙丁鱼时，都要停下来，看那些新来的人在空出的地方安家。有时，也有警察来这儿检查，登记迁走和新来的人。

马丹到来的那一天，阿里娅记得特别清楚。第一次见到他，他和一些人正从卡车上跳下来。他的面孔和衣服都沾满灰尘，但她还是一眼就看到了他。这是个长得高高瘦瘦的怪人，面孔被太阳晒得黑黝黝的，像水手一样。看他额角和面孔上的那些皱纹，会以为他很老，可他的头发非常黑，非常浓密，双眸跟镜子一样亮。阿里娅心想，他的眼睛是大堤上最有趣的，没准在整个地区找不到第二个，她注意到他正是因为这个。

他从她身边走过时，她一动不动地站在那里。他走得很慢，四下里看看，仿佛他只是来这儿参观一下，一个小时后卡车就会把他带走。可他还是留下来了。

马丹没住到大堤的中部去。他完全到了沼泽地边头，不远处就能看到海滩的鹅卵石了。他在那里建起小屋，孤零零地在这块别人不要的土地上安顿下来，这儿离公路和淡水汲水泵太远了。他的小屋的确是小城的最后一座。

马丹自己动手建屋，没有任何其他人帮忙。阿里娅心想，这座小屋也是这个地方最有趣的，样式别致。小屋是圆筒式的，只有一扇马丹自己不能站着进去的矮门，没有别的出入口。屋顶也像别的小屋一样铺着沥青纸，只不过形状像盖子。你在早晨的雾霭中，从远处看马丹的小屋孤零零地耸立在沼泽和海滩的尽头的空地上时，它显得更加高大，恰似一座城堡的塔楼。

而且，阿里娅一开始就给这座小屋起了这个名字——"城堡"。那些不喜欢马丹、有点嘲笑他的人，譬如合作社的经理，说那更像个狗窝，那是因为他们眼红罢了。而且，这一点才是很奇怪的，因为马丹非常穷，比这座城市里的所有人都要贫困，这间没有窗户的小屋却蕴藏着某种神秘和几近庄严的东西，让人觉得有些莫名和惶恐。

马丹远离人群独居在那儿。他房子的周围总是一片沉寂，特别是夜晚，那种沉寂把一切都变得遥远和缥缈。每当太阳在土灰色的山谷和沼泽地上空照耀时，马丹就坐在门前的一只小木箱上。人们不常到这边来，也许这里的沉寂真的让他们恐惧，或者是他们不想打搅马丹。有时候，早晨和晚上都有些妇女来这儿找枯树枝，孩子们放学也从这儿路过。马丹很喜欢孩子。他和蔼地与他们交谈，只是在孩子面前他才奉出真心的微笑。他笑的时候，双眸异常美丽，如石镜般闪亮，透出一缕阿里娅在别处从未见过的明亮的光。孩子们也很喜欢他，因为他会讲故事、出谜语。其他时间，马丹并不正儿八经地工作，他懂得修理某些小东西，譬如手表齿轮、收音机和煤油炉活塞。他干这些修理活分文不取，他不愿去碰钱。

于是，自从他来到这儿，大人们每天都打发他们的孩子用盘子给他送吃的东西：土豆、沙丁鱼、米饭、面包或一小杯热咖啡。妇女们有时也送些吃的来，马丹用寥寥数语谢过。他吃完后，把盘子还给孩子们。他愿意别人以这种方式付给他酬劳。

阿里娅很喜欢拜访马丹，听他讲故事，看他眼睛的颜色。她揣着从储备的食物中拿的一片面包，穿过大堤，径直来到城堡。她到达时，看见马丹坐在屋前，正修理一盏煤气灯，她便在他面前的空地上坐下来，凝视着他。

她第一次来这儿给他送面包时，他两只亮晶晶的眼睛看着她，对她说："你好，月亮。"

"您干吗叫我月亮？"阿里娅问道。

马丹微微一笑，双眸愈加明亮。

"因为我喜欢这个名字。你不喜欢让我叫你月亮吗？"

"我不知道。我认为这不是人的名字。"

"这是个很漂亮的名字，"马丹说道，"你在非常寒冷的夜晚，天空非常纯净非常黑暗的时候观察过月亮吗？它圆圆的，甜甜的，我发现你像它。"

从此，马丹总喊她这个名字：月亮，或者小月儿。后来，他给每个来看他的孩子都取了名字，这些植物、水果或动物的名字逗得孩子们大笑不止。马丹不谈自己，也许没人敢问他任何问题。实际上，仿佛他从来都是住在这儿的大堤上，比所有的人都先到达这儿，甚至在修筑马路、铁桥和飞机跑道之前就已经在这里了。他肯定知道许多许多这里的人们所不知道的东西，那些东西极其古老和美妙，储存在他的脑海里，让他的双眸熠熠生辉。

这一点尤其让人感到奇怪，因为马丹一无所有，甚至没有一张椅子、一张床铺。他的屋内，除了一块铺在地上用来睡觉的席子和放在木箱上的一只水壶外，别无他物。阿里娅不大明白，不过她感觉到这是他内心里的愿望，仿佛他什么也不想保留。这让人感到奇怪，仿佛一缕总在他眼中闪耀的明亮的光，仿佛水潭一般，当水潭深处什么也没有时，潭水更加透彻、美丽。

阿里娅一干完活就从姑妈家里跑出来，衬衫里揣着一块面包，来到马丹面前坐下。她也喜欢看他那双修理东西的手。他的手很宽，被太阳晒黑了；指甲盖折断，有如挖土工和建筑工的指甲，可他的双手更轻盈、灵巧，会用细铁丝打结，会上肉眼几乎看不见的小螺母。他的双手替他干活，他不用去管它们，不用去盯着它们；他的双眸凝望远方，仿佛在想别的事情。

"您在想什么？"阿里娅问。

马丹看着她，笑了。

"你干吗问这些，小月儿？你呢？你在想什么？"

阿里娅聚精会神地想了想。

"我在想，您来的那个地方一定很美。"

"你怎么会这么以为？"

"因为……"她找不到答案，脸红了。

"你说得对，"马丹说道，"那儿非常美丽。"

"我还在想，这儿的生活很苦。"阿里娅又说道。

"干吗这么说？我不觉得。"

"因为，这儿，什么都没有，肮脏不堪，要到水泵那里去汲水，有苍蝇、老鼠，所有的人都那么贫穷。"

"我也一样，很贫穷，"马丹说道，"然而，我不觉得贫穷就苦。"

阿里娅又陷入沉思。

"如果您来的那个地方那么美——那么您干吗要离开，您干吗要来这儿，这个——非常肮脏、非常丑陋的地方？"

马丹目不转睛地注视着她，阿里娅从他的目光中搜寻她所能看见的、他从前凝望那个广袤的国度所见到的一切美妙的东西，那些深沉的、金色的反光依然生机勃勃地留在他的虹膜的颜色中。

可是，马丹的话语更加柔和了，正如他讲故事时的声音："小月儿，如果你能吃到你最喜欢吃的那些东西，而你知道你邻居家里已经两天没揭锅，你会感到幸福吗？"

阿里娅摇了摇头。

"如果你能看到蓝天、大海、鲜花，听到鸟儿歌唱，你邻居家却有一个孩子被无缘无故地关起来，什么也看不着，什么也听不见，什么也感受不到，这时你会感到幸福吗？"

"不会，"阿里娅说道，"首先，我会去打开他的房门让他出来。"

话一出口，她就明白自己刚才是在回答自己的那个问题。马丹依然微笑地看着她，然后，他继续有点心不在焉地修他的东西，眼睛并不看双手动。

阿里娅不能肯定自己已被完全说服。她继续说道："无论如何，那儿，您来的那个地方一定真的很美。"

马丹干完活后，站起身拉着阿里娅的手。他一直把她带到沼泽前面，这片空地的另一头。

"你看，"他说道，他指着天空、坦荡的土地和面向大海的小河的喇叭形河口弯，"这些，所有这一切，我便是从那儿来的。"

"所有这一切？"

"是的，你看见的所有这一切。"

阿里娅一动不动地伫立了很久，凝望她所能看见的一切，直到双目胀痛。她竭尽全力看着，仿佛天空终于打开了，展示出它的宫殿，所有的城堡和水果满枝、鸟儿纷飞的花园，一阵眩晕使她不得不闭上眼睛。

她转过身时，发现马丹已经不在了。他那高大瘦削的身影走在一排排小屋中间，走向城市的另一头。

从这天开始，阿里娅开始凝望天空，真正地看，仿佛从未看过似的。她在姑妈家里干活时，不时地跑出去片刻，举头向天；返回屋里时，她感到有什么东西仍在她眼内、在她体内颤动。她撞倒在家具上，她的视网膜闪冒金花。

别的孩子知道马丹的来处时，都非常吃惊。于是，大堤上许许多多小孩闲逛时都仰着脑袋凝望天空，他们撞在天线杆上，大人们都不清楚他们到底发生了什么事。他们也许以为这是一种新的游戏。

有时，谁也搞不懂马丹为什么不吃东西。每天早晨，孩子们用盘子端些吃的来，他都彬彬有礼地谢绝："不，谢谢，今天不吃。"

就是阿里娅用衬衫包着一块面包来到他身边时，他也只是友好地笑笑，摇摇头。阿里娅不明白他为何拒绝进食，因为，小屋周围，大地上，天空中，一切如往常。蔚蓝的天空上挂着太阳，浮着一两朵白云，不时有一架喷气式飞机降落或起飞。大堤的小路上，孩子们在游玩，在喊叫，妇女们打断他们，用不同的语言向他们发出命令。阿里娅看不见什么已经改变。

她和两三个孩子一起，一如既往地坐在马丹前面，等候他开口说话。

马丹不同于往常。他不吃东西时，面孔显得更加苍老，眸子闪出异样的、如发烧的病人那般焦灼的微光。马丹的目光越过孩子们的头顶，望着别的地方，仿佛他能看到比大地和沼泽更远的地方，小河和山冈的另一边，那里遥远得要几个月时间才能到达。

这些天来，他几乎不说话，阿里娅也不问他问题。大人们像往常一样来这儿，请他帮忙，重新粘皮鞋、调校挂钟；或很简单的事，请他代写一封信。可是，马丹总是摇摇头，嘴唇几乎不动地轻声说："今天不行，今天不行……"

阿里娅心里明白，这几天，他不在这儿了，他实际上到了另外一个地方，尽管他的身子仍一动不动地躺在屋内的地面上。他也许返回了自己的家园，那个一切都是如此美好、所有人都是王子或公主的地方，有一天他曾经指给她看过那个国家的一条路，那是一条通天的路。

每天，阿里娅都带着一块新鲜的面包等候他的归来。有时要等很久很久，看见他的面孔凹陷下去，脸色如死灰一般，就好像火光停止燃烧只剩下灰烬一样，她有点害怕了。后来，有天早晨，他回来了，瘦弱得仅能从他住的地方走到屋前的那片空地。他看见阿里娅时，终于面带微弱的笑容看着她，眼睛疲惫得黯淡无光。

"我口渴。"他说道，声音缓慢而嘶哑。

阿里娅把那片面包放在地上，跑过城市去找水。她气喘吁吁地跑回来，马丹端起水桶一股脑儿地喝水。然后，他清洗面孔和双手，坐在那只木箱上，在阳光下吃起面包来。他围着小屋走了几步，看着四周，阳光重新照暖了他的面孔和双手，他的双眸又开始明亮了。

阿里娅不焦急地看着他。她壮起胆子问他："怎么样？"

他似乎没听懂："什么怎么样？"

"怎么样，你去的那个地方？"

马丹没有回答。也许他什么都记不起来了，仿佛他刚刚从一个梦境中走出来。他又开始像以往一样生活、说话，坐在门前的阳光里修理坏的机器，或者在大堤的小路上漫步，向过往的行人打着招呼。

过后，阿里娅仍在问："有些时候，您怎么不想吃东西？"

"因为我必须守斋。"

阿里娅想了想："什么叫守斋？"

她紧接着问道："像旅行一样吗？"

马丹笑了："真滑稽！不，守斋，就是不想吃东西之时……"

怎么会不想吃东西？阿里娅暗暗思忖。谁也没跟她说过这么奇怪的事。无意之中，她想到大堤上所有那些一整天都在找东西吃的孩子，甚至连那些肚子不饿的孩子也是如此。她想到那些去机场附近的超市里偷东西的人，想到那些到四周花园里偷水果和鸡蛋的人。

马丹仿佛明白了阿里娅的心思，他马上回答："你是不是有那么一天感到非常口渴？"

"是的。"阿里娅说道。

"你非常口渴时想吃东西吗？"

她摇摇头。

"不想是吧？你只想喝水，非常想喝。这时你仿佛想喝掉水泵里所有的水，如果别人送你一大盘吃的东西，你会拒绝，因为你需要的是水。"

马丹有片刻没说话。他微笑着。

"同样，你非常饥饿时，你也不喜欢别人送你一壶水的。你会说，不，现在不，我先要吃东西，能吃多少就吃多少，然后，如果装得下的话，我再喝水。"

"可您既不吃东西也不喝水。"阿里娅惊呼道。

"这正是我想跟你说的，小月儿。"马丹说道。

"人在守斋时，既不想吃东西也不想喝水，因为他非常渴望别的东西，因为那比吃饭和饮水要重要得多。"

"那他会渴望什么呢？"阿里娅问道。

"是神。"马丹说道。

他轻描淡写地说出这些，仿佛这是明摆着的事，阿里娅没问别的问题。这是马丹第一次谈到神，她有点害怕，并不是真害怕，但突然让他和她相隔遥远，把她远远地推向后面，仿佛大堤的这整片区域、大堤上的木板屋和河边的沼泽正把她和马丹分开了。

马丹似乎没有察觉到这些。这时，他站起身，望着芦苇摇曳的沼泽平原。他的手从阿里娅的头发上拂过，然后他缓缓走上穿越城市的小路，孩子们在他前面奔跑，庆祝他的回归。

这个时期，马丹已经开始他的教育，不过谁也不知道。它并非真正意义上的教育，我想告诉你们，它不像神甫或小学教师的那种教育，因为它用不着那么郑重其事，接受教育的人也搞不清楚到底学到了什么东西。孩子们已经习惯来到大堤尽头，马丹的城堡前，坐在地上说话、玩耍或听故事。马丹呢，他依然稳稳坐在木箱上修他的东西：平底锅、压力锅上的气阀，或者是一把锁，这时教育开始了。来到这儿的大都是些吃完午饭或放学回家的孩子。不过，有时也有些男人和妇女干完活或热得睡不着觉时也来坐坐。孩子们坐在马丹前面，离他很近，阿里娅也喜欢坐在那儿。他们喧哗着，在那儿坐不了多久，可马丹看着他们心里就开心。他与他们谈话，询问他们在大堤上或者海边做了些什么，听到些什么。孩子中间有一些很喜欢说话，一连几个小时喋喋不休。别的孩子却一声不吭，马丹问他们时，他们便用手捂住眼睛。

接下去，马丹开始讲故事。孩子们非常喜欢听故事，他们就是为听故事而来的。马丹开始讲故事时，连最爱吵闹的小家伙都坐下来不再说话。

马丹肚子里装有许许多多故事，故事很长，有点怪异，发生在某些陌生的国度。他从前肯定游历过那些地方。

有个故事讲述几个小孩子乘坐芦苇筏在大河里往下漂流，穿越奇异的王国、森林、山脉、神奇的城市，一直漂向大海；有个故事讲一个男子发现一口一直通向地球中心的深井，"火国"就在那里；有个故事讲一个商人想靠卖雪发财，装上几袋子雪下山，到山脚下时，只剩下一摊水。有个故事讲一个男孩来到住着梦幻公主的城堡，是她向人间发送美梦和噩梦；还有巨人刻山的故事，驯海豚的孩子的故事；还有特居姆上尉拯救一只信天翁的性命，信天翁把飞行的秘密告诉他以示感谢的故事。故事优美，娓娓动听，许多孩子还未听完故事便酣然入梦了。马丹柔声地讲述这些故事，打着手势，还不时停下来给孩子们一些时间提问题。他讲故事时，双眸闪亮，仿佛他自己也很开心。

马丹讲述的所有故事中，孩子们最喜爱听的是"哈扎汗王国"。他们听不懂，可故事一开始，所有的孩子都屏住了呼吸。

　　从前，有一个小女孩名叫"三叶草"，这滑稽的名字是别人给取的，八成是因为她的脸上靠近左耳边长着那块酷似三叶草的小记号。她很穷，非常穷，穷得只有一点点面包和从灌木丛里拣的野果来充饥。在灌木丛和岩石间深隐着一座牧羊人住的小棚屋，她一个人住在那儿，没人照料她。附近田野里的小动物发现她这么孤苦伶仃后，全都成了她的好朋友。它们早晨或晚上经常来看她，跟她说话，陪她散心。它们来回兜圈子，一个接一个给三叶草讲故事，因为三叶草懂得它们的语言。它们中有一只名叫佐伊的蚂蚁，一条名叫走特的蜥蜴，一只名叫毕毕的麻雀，一只名叫热尔的蜻蜓。还有众多的花蝴蝶，黄的、红的、褐色的、蓝色的，五彩缤纷。此外，还有一只知识渊博的金龟子，名叫克皮尔；一只绿色大蝈蝈爬在树叶上晒日光浴。小三叶草对它们很友好，仅这一点就深得它们的爱戴。一天，三叶草比平常更为忧伤，她什么吃的都没有了，那只绿蝈蝈喊住了她。"你想改变自己的生活吗？"它一面问三叶

草一面发出唧唧的声音。三叶草回答："我没什么东西吃了，我只有自己孤单一人。""如果你想改变就能改变，"蝈蝈告诉她，"只要去哈扎汗王国就行了。""那是什么样的国家？"三叶草问道，"我还从没听说过这个地方。""要想去那儿，你必须回答守卫着哈扎汗大门的那人提出的问题。可首先，你必须知识丰富，要有非常渊博的知识才能答出那些问题。"于是，三叶草去找住在一棵蔷薇枝上的金龟子克皮尔，对它说："克皮尔，把我该懂的知识教给我，因为我想动身去哈扎汗。"金龟子和绿蜻蜓花了好长时间把自己知道的所有知识都教给了小女孩。它们教她如何预测天气，或者下层人们在想些什么，或者怎样治疗发烧和其他疾病。它们教她去问虔诚的螳螂，那些即将诞生的婴儿是男孩还是女孩，虔诚的螳螂知道，它抬起钳子就表明是男孩，放下钳子便是女孩。小三叶草学会了这些，还懂得许多其他知识、许多秘密。金龟子和绿蜻蜓把这一切传授完毕后的一天，村里来了个男人。他身着华丽的服饰，酷似王子或大臣。那人从村里走过时说："我要找一个人。"村里人谁也不懂他是什么意思。

这时，三叶草走到那人面前，对他说："我就是你要找的那个人。我想去哈扎汗。"那人感到诧异，因为小三叶草非常贫穷，看样子一无所知。"你能回答出我的问题吗？"大臣问，"如果你回答不出，你是去不了哈扎汗王国的。""我能回答。"三叶草说道。可她有点心慌，因为她不能肯定是否答得出来。"那好吧，请回答我的问题。如果你回答正确，你就是哈扎汗王国的公主。下面是问题，共有三个。"

马丹顿了片晌，孩子们等待着。

　　"第一个问题，"大臣说道，"我应邀参加的晚宴上，父亲送我三种非常美味的食品。一种我能用手拿着，可不能吃；一种我能用手拿着，手却不能把它保留下来；一种我的嘴能吃到，却不能将它留存。"小女孩想了想，然后说："我能回答这个问题。"大臣惊奇地看着她，因为到现在为止还无人能回答得出。"第二个谜语，"大臣接着说，"我父亲带我去他的四所房子。第一所在北面，贫困而凄凉。第二所在东面，屋内鲜花盛开。第三所在南面，是最漂亮的一间。第四所在西面，我刚踏进去便收到一份礼物，然而我更穷了。""我能回答这个问题。"三叶草又说道。大臣更诧异了，因为也没有人能回答这个问题。"第三个谜语，"大臣说道，"我父亲的面孔非常美丽，可我不能看它，我的仆人天天为他跳舞。不过我的母亲更美丽，她的头发异常黑，她的面孔洁白如雪。她挂满珠宝，我睡觉时她看护我。"三叶草想了一下，示意她要解开谜语了："第一道题的答案：我应邀出席的晚宴是我诞生的这个世界。我父亲给我吃的三种美食是大地、水和空气。我的手能抓住泥土，可我不能吃它。我的手能舀水，可手不能将它留下来。我的嘴能吸进空气，可呼吸时我又不得不将它呼出。"

马丹又停了片刻，周围的孩子把泥土抓在手里，让水从手指间流过。他们吸着面前的空气。

"第二个问题的答案：我父亲带我去的四所屋子是一年中的四个季节。北面凄凉而贫困是冬天的屋子。东面的那间开满鲜花，那是春天的屋子。南面的屋子是最漂亮的，那是夏天的屋子。西面是秋天的屋子，我刚进去就收到一份新年贺礼，我在体力上变得更加贫困，因为我又老了一岁。"大臣点头表示赞同，他被小姑娘渊博的知识惊呆了。"最后一个问题很简单，"三叶草说，"我那个父亲是太阳，我不能正面看他。为他跳舞的仆人是我的影子。我那位母亲是夜晚，她的头发漆黑，面孔如月儿般明亮。群星是她的珠宝。这便是谜语的谜底。"大臣听完三叶草的回答，随即下达命令，天上所有的鸟儿都飞来了，将小女孩一直载向哈扎汗王国。这是个很遥远的国家，非常遥远，鸟儿飞了几天几夜才到。三叶草一到那儿便惊叹不已，她就是在梦里也从未见过如此美丽的地方。

说到这里，马丹又顿了顿，孩子们迫不及待地问："那是个什么样的国度？哈扎汗王国到底怎么样？"

嗯，那里的一切广阔、美丽，花园里鲜花盛开，蝴蝶翩飞，河水洁亮如银，大树参天，缀满各种果子。鸟儿，世间所有的鸟儿都在那里生活。它们在树枝间欢跳，歌声不断，三叶草一到，鸟儿纷纷向她围拢，欢迎她的到来。它们身上的羽毛色彩斑斓。它们在她面前翩翩起舞，因为鸟儿为有一位像她这样的公主而感到幸福。没过多久，乌鸫驾到，它们是鸟王的大臣，它们将她送到哈扎汗王宫。夜莺是一国之王，它的歌声优美，所有别的鸟儿都停止说话，听它欢唱。三叶草从此便生活在它的宫殿中，因为她懂得动物的语言，她也开始用歌声回答哈扎汗的国王。她一直留在这个王国，兴许她现在仍然活着。每当她期盼回访大地时，她便化作一只山雀，飞下王宫，去看望她那些生活在大地上的朋友。然后，她重新返回，飞进那座大花园，变回公主。

故事讲完了，孩子们陆续离去，回到自己家中。阿里娅总是最后一个离开马丹的小屋。只是当他回到自己的城堡，铺席就寝时，她才离去。她在大堤

的小道上慢悠悠地走着，这时小屋里的汽灯亮了，她不再感到忧伤。她想，也许有一天，会有一位身着大臣装束的人走过来，环顾四周，说道：

"我是来找一个人的。"

大概就是在这个时期，政府开始来到这里，来到这片"法国人大堤"。这些人很奇怪，每星期来那么一两次，来时开着几辆黑色轿车和橘黄色卡车，车停在城郊的公路上。他们的所作所为让人莫名其妙，诸如测量小路与房屋间的距离，夹些泥土放进铁盒中，摄点水到绿色玻璃管里，往黄色小气球里装些空气。他们还向路过的人提许多问题，主要是问男人，因为妇女听不大懂他们的提问，而且她们也不敢回答。

去汲水泵那里取水时，阿里娅停下来看着他们走过；然而，她心里很明白，他们来这儿并不是为了寻找某个人的。他们不是来问那些可以让人去

哈扎汗王国的问题的。更何况，他们对小孩子不感兴趣，他们从来不向小孩子提问题。其中有些人神色严肃，身着灰色西服，手提小皮箱；那些大学生，男男女女，穿着肥大的粗毛线衫和滑雪运动衫。他们更让人觉得奇怪，提的问题谁都听得懂，譬如天气、家庭。不过，就是搞不懂他们为什么提这些问题。他们把人们的答话记在小本子上，仿佛这些事情至关重要；他们给木板房拍了许多照片，好像这些木房值得他们这么做。他们甚至用一盏小灯拍摄房间里的物什，灯光一闪，发出比太阳更耀眼的光。

晚些时候，当人们了解到这些政府派来的先生和大学生来到此地的目的是要把这座城市和城里的居民全都迁往另外一个地方时，他们心里也就明白了。政府作出指示，大堤没有继续保留的必要，因为它太靠近飞机跑道，或者他们需要地皮建造楼房和办公室。大家都知道了，是因为他们向所有的家庭散发文件，告诉他们所有的人都得搬走，这座城市要被机器和卡车铲平。政府的大学生向人们展示将在河边建起的新楼房的图纸。纸上的图形也很奇特，房屋全然不像人们所熟悉的那些，那是些平顶屋，窗户有如砖洞。每幢房子中间有一个院子和几棵树木，马路笔直得有如铁轨。大学生称它为"未来城"，他们跟大堤边的男人或女人谈起时手舞足蹈，眼睛闪亮，流露出得意的神情。兴许是因为这些图纸是他们画的。

政府决定要推倒大堤、不准任何人留下时，必须征得负责人的同意。可是，大堤上没有人负责；这里的人们一直就这么生活着，没有人管，谁也不需要别人来管。政府找一个想负责的人，找到了合作社的经理。于是，政府工作人员常去他家商谈"未来城"，甚至有几次，他们让经理坐进黑色轿车，前往办公室签订条文，办妥一切手续。政府人员本应该去马丹的城堡探望他，可是谁也没提到他，他住的地方太远了，完全到了大堤的尽头，毗邻沼泽地。更何况，他会什么也不愿签，众人会以为他年事已高。

马丹听到这个消息后，什么也没说，不过看得出他心里很不乐意。他在自己喜欢的地方建造自己的城堡，根本不愿意住到别的地方去，特别是住进像一块砖一样的"未来城"里。

接着，他开始禁食，可这一次，他并不像往常那样只是几天不进食。他这一次的绝食非常可怕，延续了几周，仿佛没完没了。

每天，阿里娅来到他房前，给他送些面包，别的孩子也带几盘吃的东西来，期待着马丹起床。然而，他躺在席子上，面向门口，风吹日晒后的褐色皮肤变得异常苍白。他那双沉郁的眼睛一刻不停地看啊看，显得疲惫而痛苦，闪着不正常的光。夜里他也不睡。他就那么躺着，一动不动，横在地上，面朝门口，凝望着夜色。

阿里娅坐在他身边，用一块湿毛巾揩去风就像吹到石块上一样吹到他脸上的灰尘。他喝了一点儿装在罐子里的水，一天就喝这么几口水。阿里娅问：

"您现在不想吃东西吗？我给您带面包来了。"

马丹竭力想笑，可他的嘴太累了，只有眼睛能露出笑意。阿里娅感到一阵揪心的痛，她心想，马丹不久于人世了。

"是不是因为您不愿离开这儿就咽不下东西？"阿里娅问道。

马丹没有回答，可他的眼睛回答了，双眸闪着痛苦而疲惫的光。他的目光透过低矮的门洞凝望外面，外面的土地、芦苇和蔚蓝的天空。

"也许，您不必跟我们一起去那座新城。也许，您必须返回您那个无比美丽的国家，您是从那里来的，那里所有的人都像公主和王子。"

政府的大学生眼下不那么经常来了。后来，他们根本就不来。阿里娅在姑妈家里干活或去汲水泵取水时，都密切地留意他们。她观察他们的轿车是否停在城边的马路上。然后，她径直跑向马丹的城堡。

"他们今天又没来！"她想说，可是上气不接下气，"他们不会来这儿了！您听见了吗？到此为止，他们不再来了，我们也不走了！"

她的心跳得好厉害，她心想是马丹成功地赶走了那些大学生，只需绝食就行了。

"你能肯定吗？"马丹问道，声音悠慢。他微微欠起身子。

"他们已经三天没来了。"

"三天了？"

"他们再也不会来了，我敢肯定！"

她掰了一片面包递给马丹。

"不，等等再说，"他说道，"我先得洗漱一下。

他扶着阿里娅，在门外蹒跚地迈了几步。阿里娅挽着他穿过芦苇丛，来到河边；马丹双膝跪下，慢慢地清洗面孔，然后他刮着胡子，梳着头发，不紧不慢地，仿佛他只是刚刚睡醒而已。接着，他坐在木箱上，在阳光下吃着阿里娅送来的那块面包。这下，其他孩子也带着面包纷至沓来，马丹说着"谢谢"，一一收下。吃够了，他便返回屋内，躺在床上。

"现在我要睡了。"他说道。

孩子们坐在他门前的泥地上看他入睡。

他睡着的那段时间，那些新轿车又开过来了。最先到达的是那些身穿灰西服、手提黑皮箱的男人。他们径直来到合作社的经理那儿。随后，大学生来了，人数比第一次更多。

那伙人从阿里娅面前走过、疾步走向淡水泵那儿的广场时，阿里娅背倚着一间房屋一动不动。他们在那儿集中，似乎在等待什么。之后，那些穿灰西服的人也来了。合作社的经理走在他们中间。那些穿灰西服的人跟他交谈，可他摇摇头，最后，其中一位政府工作人员用清晰的嗓音向所有的人宣布了，声音传得很远。他简略地说，搬迁工作从明晨八点钟开始。政府的卡车会开来，将所有的人载向那片不久要建造"未来城"的新的土地。他还说，这些政府的大学生将义务协助人们把家具和生活用品装上卡车。

阿里娅不敢动一下，甚至当那些穿灰西服的人和穿滑雪运动衫的大学生开车走了以后。她想起马丹，他也许马上就要离开人世了，因为他永远也不会再吃东西了。

于是，她躲到能到达的最远处，躲进离小河不远的芦苇丛中。她坐在一些小石头上，看着夕阳西沉。明天，太阳挂在现在的这个位置时，这儿，大堤上，再也不会有人了。推土机一遍又一遍地从城市里碾过，推倒前面的房屋，像推倒小火柴盒一样，铲平的土地上只会剩下一些车轮和

履带的印子。

阿里娅久久地待在河边的芦苇丛中一动不动。夜幕降临，这是个皎洁圆月照耀下的冷冷清清的夜。可阿里娅不想返回姑妈家。她开始穿过芦苇丛，沿着河边一直走到沼泽地的那边。她分辨出稍高的地方，马丹的圆筒形城堡的影子。她聆听沼泽地那边青蛙的哇哇叫声和河水有规律的潺潺声。

她来到马丹的屋前，看见他凝立在那儿，一动不动。他的面孔被月光照亮，他的双眸像河水，沉郁而闪亮。马丹看着沼泽地那边开阔的喇叭形河口弯，那边绵延着一片磷光闪烁的卵石平原。

他朝她转过身来，目光里充满某种奇异的力量。

"我一直在找你。"马丹简略说道。

"您要走了？"阿里娅低声问。

"是的，我马上就要走了。"他看着阿里娅，似在开玩笑，"你想跟我一块儿走吗？"

阿里娅感到快乐骤然充盈她的心胸、她的喉咙。她说，声音近乎在喊：

"等等我！ 等等我！"

她奔跑起来穿过城市的马路，叩响所有的房门，喊道：

"快来啊！快来！我们马上就走！"

最先出来的是孩子和妇女，因为他们明白了。随后，男人们也来了，一个接一个。大堤上的居民在小道上越聚越多。手电筒朦胧的灯光照射着，他们尽可能带上袋子、纸板和厨房用具。孩子们呼喊着跑过小路，不停地说道："我们要走了！我们要走了！"

所有的人都来到马丹屋前，出现了短暂的沉寂，仿佛在犹豫。就连那位合作社经理也不敢再说什么，这是个秘密，所有人都能察觉得出来。

马丹呢，他站在芦苇间的路上，一动不动。然后，他没向等候的人群说一句话便开路了，朝河那边走去。众人也跟着他上路。他迈着坚定的步伐，不回头，不犹豫，仿佛他很清楚要去什么地方。当他向小河水浅的地方走去时，人们才明白了他要去什么地方，他们不再感到恐惧。走过浅滩时，黑漆漆的河水在马丹周围闪烁，孩子们拉着妇女和男人的手，人群在沁凉的河水中缓缓移动。在阿里娅面前，黑漆漆的河水那边，是磷光闪闪的石块。她走在河底滑溜溜的石块上，裙子粘在了着肚子和腿上。她看着河那边的那一片黑幽幽的狭长地带，那里没有一丝灯光照耀。

天上的居民

　　小科罗娃特别喜欢这么做：骄阳似火时，来到村子的尽头，在坚硬的地面上坐下来，身子挺得笔直，与地面形成一个直角。她纹丝不动，或者说几乎不动，一坐便是几个钟头，腰身挺直，双腿笔直前伸。有时，她的双手在活动，这双手好像跟她本人没有关联，它们从草上撕下纤维，编篮子或绳索。她坐在那儿，仿佛凝视身下的土地，什么也不想，什么也不期待，仅仅是坐着，腰身挺直地坐在村庄尽头的坚硬的地面上，与地面形成直角，那儿，大山一下子到头了，把位置让给了天空。

　　这是个没有人迹的地方，是黄沙和灰尘的国度，唯一的疆界便是天边的长方形方山。这儿的土地太贫瘠了，长不出养活人们的粮食，天空也降不下雨来。一条柏油公路穿过这片地区的许多地方，然而，它不会在此停止，也不会看一眼尘土飞扬的村庄，它只管在幻境中，在过热的车胎的潮湿声中笔直向前延伸。

这儿，阳光非常强悍，比大地强悍多了。小科罗娃坐着，感受到阳光射在脸上和身上的力量。可她并不害怕它。太阳穿越天空，继续它漫长的旅程，没有搭理她。它炙烤着石块，把小河和水井晒干，把小树枝和刺人的荆棘晒得咔嚓作响，甚至连爬蛇和蝎子都畏惧它。它们终日躲在自己的窝里，直到晚上才出来。

然而，小科罗娃，她不怕。她那张静止不动的面孔差不多变黑了，于是她用毯子的一角遮住脑袋。她很喜欢自己的专座，它在峭壁之上，岩石块和土地在那里被陡地切断了，如艉柱一般把寒风冲开。她的身子很熟悉这个专座，仿佛是为这个专座量身定做的。坚硬地面上的一个小座位，被凿成她的屁股和双腿的形状，不大不小与她的身材刚好一致。这样，她可以长时间腰身挺直地坐着，直到阳光变冷，老巴蒂来这儿，牵着她的手回去吃晚饭。

她用手掌心碰触地面，手指尖滑过风和沙尘留下的细纹，那些条痕和突起的部分。沙尘形成细柔的粉末，有如爽身粉在手心下滑动。风吹过时，沙尘从手指间溜走，轻轻地，有如一缕烟，消散在天空中。硬邦邦的地面被太阳烤得热烘烘的。小科罗娃来到这个地方已经有数天数月了。她再也记不清楚自己是怎么找到这个地方的。她只记得在谈及天空和天空的颜色时，她曾向老巴蒂提的那个问题：

"蓝是什么？"

第一次，她问的就是这个问题，之后她找到这个地方，这个凹进硬邦邦的地面、随时准备迎候她的坑凹。

此刻，山谷里的人们走远了。他们走在沙漠中的小路上，有如小甲壳虫一般，再也听不见他们的声音。要么，他们一边开着小卡车，一边听收音机里播出的音乐，那吱吱作响、叽叽喳喳的音乐像小昆虫的鸣叫一样。他们在黑色公路上笔直前行，越过干涸的田野和蜃景般的湖泊，并不看周围的景致。他们径直离去，仿佛此去再也不会回来。

小科罗娃很喜欢周遭无人的时刻。她背后，村庄里的马路空空荡荡，平滑得永远不会让寂静中吹来的冷风在那儿停留。半塌的墙壁有如沉重的岩石，纹丝不动，遭受风蚀，没有声音，没有生机。

风呢，它不吱声，从不说话。它不比大人和小孩，也不像动物。它仅仅是从墙壁之间穿过，掠过岩石和坚硬的土地。它径直来到小科罗娃身边，环绕在她的周围，暂时消除她脸上的阳光的灼热，把她那块毯子的四角吹得啪啪直响。

倘若风停了，那么，也许就能听见田间男男女女的说话声、水库房边的皮带轮声、山下铁皮屋村庄里那幢用预制构件建造的教学大楼前的孩子的叫嚷声。没准，小科罗娃还能听见更远的地方货运列车在铁轨上的嘎吱嘎吱声，黑色公路上朝更加喧嚣的城市、朝大海开去的八轮大卡车的轰隆声？

小科罗娃此刻感觉到寒意侵入了她的体内，她没有抵抗。她只是用掌心碰触地面，然后碰碰面孔。她身后的某个地方，狗在叫，无来由地叫，叫完了把身子蜷缩成一团在墙角躺下，鼻孔埋进尘土中。

此刻万籁俱寂，万籁俱寂得什么事都有可能发生。小科罗娃想起她提过的那个问题，多年来，她多么渴望找到答案，关于天空，关于它的颜色。

但她不再大声问："蓝是什么？"

因为没有人能给出正确答案。

她纹丝不动，在峭壁的尽头，面对天空，笔挺地坐着。她很清楚有什么事情必定要发生。她每天都坐在属于她一个人的专座上，坐在硬邦邦的地面上，等待着那件事发生。她那副几近黑色的面孔被阳光和热风炙烤着；她微微仰头，不让皮肤上有一丝一毫的阴影。她非常平静，她不害怕。她很清楚，终有一天答案会出现，尽管她不明白会如何出现。从天上不会降下坏东西，这是毫无疑问的。空旷山谷的沉寂、身后村庄的静谧，恰恰是为了让她能更清晰地听到那个问题的答案。唯独她能听见。就连狗都酣睡了，觉察不到会发生的事情。

首先是阳光。它在地上弄出一丝非常细柔的声响，宛如草编扫帚的沙沙声或水滴状门帘的摆动声。小科罗娃竭尽全力去聆听，微微屏住呼吸，她清楚地听见它到来的响声。嘁嘁嘁！吱吱吱！席卷大地、岩石和房屋的平顶。是火的声音，异常轻柔、缓慢、平静、不犹豫不决、不迸溅火花的火。声音大都自上而下，迎她而来。它刚刚飞越大气层，细小的翅膀飒飒作响。小科罗娃听见在她四周扩大的喁喁低语声。此刻，这声音来自四面八方，不只是从上面，而且从地下、岩石和村里的房子飘出，它如水滴般向四面喷射，它打结，化作星星、各种各样的蔷薇花饰，跳跃着在她头顶上方画出长长的曲线、巨弓和花束。

这便是第一个声音，第一句话语。甚至在天空被充满之前，她听见日光疯狂的光线扫过，她的心开始跳得更快、更剧烈了。

小科罗娃的脑袋和身子都一动不动。她除掉手上的干土，将双手伸向前方，掌心向外。她必须这么做；这时，她感觉到热量从手指尖上滑过，有如来来回回的抚摸。阳光在她浓密的头发上，在她盖在头上的毯子的绒毛和她的眼睫毛上噼啪直响。阳光的肌肤是温柔的，它颤抖着，巨大的背脊和肚子从小姑娘张开的手心上滑过。

开始总是这样，阳光在她周围旋转，有如老巴蒂的马儿，摩擦她的掌心。不过，这些马儿个头更大更温柔，它们立即就朝她奔来，仿佛她是它们的主人。

它们来自九霄云外，从一座山跃向另一座山，从大城市上空，从江河上越过，不出声音，只有短短的汗毛发出丝绸一般的窸窣声。

小科罗娃很喜欢它们到来的时刻。它们只是为她而来，也许此行是为了回答她的问题，因为她是唯一能理解它们、唯一爱它们的人。别人畏惧它们，也让它们惧怕，只因为如此，他们永远也看不到蓝色中的马。小科罗娃呼唤它们，柔声地同它们交谈，有点像在唱歌。阳光中的马也像地面上的马一样，喜欢温柔的声音和歌儿：

马儿，马儿

蓝天中的小马儿

带我去飞翔

带我去飞翔

蓝天中的小马儿

她说"小马儿"是为了使它们高兴，因为它们肯定不想知道自己是庞然大物。

开始是这样。接着，云飘过来了。云不像日光。它们可不用后背和肚子去抚摸手心，它们如此脆弱、轻盈，冒着失去皮毛、像棉花一般的散成千丝万缕的危险。

小科罗娃很熟悉它们。她知道云儿不喜欢会使它们解体、使它们融化的东西，于是她敛住呼吸。她小口小口地呼吸，有如跑了很久的狗。她感到喉咙和肺部发冷，自己也变得柔弱、轻盈，像那些云一样。于是，云块可以过来了。

开始时，它们远离大地，忽而拉长，忽而聚集成堆，变幻着形状，在太阳前面往往返返，云影从硬邦邦的地面和小科罗娃的面孔上飘过，有如扇子扇出一阵风。

云影从她几近黑色的面颊上、前额上、眼睑上掠过，熄灭了阳光，投下一些冷的斑块，空的斑块。这便是白色，云的颜色。老巴蒂和小学的老师加斯贝也曾告诉过她，白色是雪的颜色，是盐、云和北风的颜色，也是骨头和牙齿的颜色。雪是冷的，握在手中会融化；风是冷的，谁也没能耐将它抓住。盐烧灼嘴唇，骨头是死的，牙齿如同嘴中的岩石。只因为白色是空的颜色，因为白色后面什么也没有，什么也没留下来。

云就是这样。它们那么遥远，从那么远的地方飘来，从蓝色的中心飘来，像风一样寒冷，如雪一般轻盈易碎；它们来时无声无息，如死去的人一般静寂无声，比赤脚走在村子四周的岩石上的孩子还要安静。

不过，它们喜欢飘过来看小科罗娃，它们不怕她。此刻，它们在她周围、在险峻的峭壁前膨胀。它们知道小科罗娃是个安安静静的姑娘。它们知道她不会伤害它们。云膨胀起来，从她眼前经过，环绕在她周围；她感到它们的毛皮的清凉，数以百万颗水珠润湿了她的面庞和嘴唇，宛如夜露，她听见从她周围飘过的悦耳动听的声音，她也为它们唱一小段：

云儿，云儿

天上的小云儿

带我去飞翔

带我去飞翔

飞翔在

你们的云群中

她唱的是"小云儿"，可她知道云的身体非常非常庞大，它们清爽的毛皮久久地覆盖着她，把阳光遮得太久了，让她瑟瑟颤抖。

云笼罩在她身上时，她缓缓地动了动，不想吓着它们。这里的人们不大知道怎样与云儿交谈。他们弄出的声音很大，做出的动作太多，于是云儿高高地挂在空中。小科罗娃缓缓地将手举到面前，用掌心托着双颊。

之后，云散开了。它们去了别的地方，它们在那儿有自己的事情，那地方比方山、比城市还要遥远。它们直达大海，那儿的一切永远那么蓝；然后，它们降下雨水，这是它们最喜欢为世界做的事情：雨水降落在浩瀚无涯的大海上。老巴蒂曾经说过，大海是世界上最美丽的地方，那儿的蓝才是真正的蓝。大海里有各种各样的蓝，老巴蒂说。怎么会有各种各样的蓝？小科罗娃问道。反正就是那样，有许多种蓝，有如人们喝的水，灌满嘴，流进肚子，忽而冷，忽而热。

小科罗娃仍在等候，其他成员该到了。她等候草的芬芳、火的气味，单脚独自旋舞的金色尘埃，翅膀尖轻轻擦过她的面颊、只呱地叫一声的鸟儿。她在那里时，它们总会来。它们不怕她。它们总在聆听她提出的关于天空和天空颜色的问题，它们经过时离她那么近，她都能感觉到空气在她睫毛和头发上吹动。

　　然后，蜜蜂来了。它们一大清早便从家里、从山谷底下的蜂箱中出发上路。它们游历了田野和岩石堆中所有的野花。它们十分熟悉那些花儿，脚下带着花粉，花粉沉甸甸地晃动。

　　小科罗娃等候着它们。它们总是在太阳离坚硬的大地很高的同一时刻来到，她听见它们从四面八方涌来，因为它们来自天空的蓝。这时，小科罗娃在上衣口袋中翻着，掏出几颗糖。蜜蜂在天空中抖动身子，尖脆的声音穿越天空，在岩石上反弹回来，从小科罗娃的两耳和脸庞边轻轻掠过。

　　每天的同一时刻，它们都会来。它们知道小科罗娃在等候，它们也很喜欢她，它们数十只组成一群，从四面八方飞来，在黄灿灿的阳光中奏着它们的乐曲。它们栖落在小科罗娃张开的手上，贪婪地吮着手上的糖。然后，它们爬上她的面孔、她的双颊、她的嘴，在那儿漫步，轻轻走过，轻盈的脚把她的皮肤搔得痒痒的，痒得她直发笑。不过，小科罗娃笑得不怎么厉害，以免吓坏它们。蜜蜂在她的黑头发上、在她的耳畔颤抖，奏出一首关于鲜花和植物、

关于今天早晨参观过的所有鲜花和所有植物的单调的曲子。

"听我们说说，"蜜蜂说道，"我们见过山谷中多种多样的鲜花，我们一直不停地飞到山谷的尽头，随风而去，然后返回，从一朵花飞到另一朵花。""你们看见了什么？"小科罗娃问道。"我们看见向日葵的黄花，起绒草的红花，像红头蛇一样的福桂树的花。我们看见仙人掌淡紫色的大花，野胡萝卜的齿状花，月桂树上的淡白花。我们看见千里光属植物的毒花，靛蓝植物的卷状花，红鼠尾巴草的轻盈的花。""还有呢？""我们一直飞到了远方的花，在野福禄考上闪闪发光的花，那是吞噬蜜蜂的花。我们看见蝇子草的红星、火轮花、乳花。我们从小檗上飞过，久久地吸吮着多叶蓍的花蜜，薄荷、柠檬的汁液。我们甚至到过世上最美艳的花朵，那朵在丝兰的军刀刀刃般的叶子上高高怒放的花，如雪一般白。小科罗娃，所有这些花都是送给你的，我们将花儿带来向你致谢。"

蜜蜂就这么说着，还讲述了许多别的事情。它们谈起在阳光中闪烁的红沙尘。还有水滴，它们被囚禁在大乾的绒毛中，凝滞不动，要么平衡地坠在龙舌兰的针叶上。它们谈到让青草卧倒的、贴着地面吹过的风。它们谈及升上天空而后又坠落的太阳和穿透黑夜的星星。

它们不用人类的语言，可是小科罗娃听得懂它们所说的，它们无数只翅膀的剧烈的震颤在她的视网膜上形成小点、星星和花儿。蜜蜂懂得的东西可真多！小科罗娃张开手掌，让它们把剩下的糖果吃完，她也微启双唇，为它们唱一支歌，嗓音有如小虫的嗡嗡声：

蜜蜂，蜜蜂

天上的蓝蜜蜂

带我去飞翔

带我去飞翔

飞翔在

你们的蜂群中

蜜蜂飞走后，留下的依然是寂静，长时间的寂静。

冷风吹过小科罗娃的面孔，她微微掉转头去呼吸。她的两手交叠着放在毯子下的肚子上，身子一动不动，笔挺地坐在坚硬的地面上。此刻，谁会来这儿？太阳高高挂在蓝色的天空上，将阴影映在小姑娘的面孔上，映在她的鼻子和眉弓下面。

小科罗娃想起那位士兵，此刻他一定正朝这边走来。

他必须沿着通向海角的狭窄的小路，一直来到这个废弃的古老村庄。小科罗娃聆听着，可她没听见他的脚步声。况且，狗还没叫。它们仍然在那个破旧的墙角里酣睡，鼻子埋在尘土中。

风在岩石上，在坚硬的地面上呼啸、呻吟。这些动物的身子很长、动作迅速，它们长着长鼻子、小耳朵，在灰尘中跳跃时发出轻柔的声音。小科罗娃很熟悉这些动物。它们从山谷另一端各自的洞穴中走出，小跑、奔突，嬉戏着从激流、水沟和裂口上越过。它们时不时气喘吁吁地停下来，金色的绒毛在阳光中熠熠闪亮。后来，它们重新开始在天空中跳跃，疯狂地追逐。它们从小科罗娃身旁擦过，弄乱她的头发和衣服，它们的尾巴呼呼地抽打着空气。小科罗娃伸直手臂，想让它们停住，想抓住它们的一截尾巴。

"停下！你们停下，你们跑得太快了。停下！"

可是，这些动物没有理睬她。它们嬉戏着在她身旁蹦跳，从她的臂间滑过，向她脸上吹气。它们逗她玩。要是她能抓住一个，只需一个，她的手就再也不会松开。她很清楚自己会干些什么。她会像骑马一样跳上风背，双臂死死地箍住它的脖子："驾！"那牲口会腾空而起，将她带上天空。她会飞翔，跟它们一起飞一起跑，快得没有人能看见她。她会高

高飞过山谷和群山，飞过城市上空，一直到达大海边，每时每刻都在天空中翱翔。或者贴着地面滑行，在树枝和草叶上，发出流水一般的极其轻柔的声音。那种感觉会很好。

然而，小科罗娃永远也抓不到一头畜生。她能感觉到它们流动的肌肤从她手指间滑过，在她的衣服和头发间回旋。有时，这些畜生如蛇一般，很冷很慢。

海角高处阒无一人。村里的孩子不再到这儿来了，除了有时来抓蛇。有一天他们来这儿时，小科罗娃没听见。两个孩子中有一个说："有人给你带来一份礼物。""什么礼物？"小科罗娃问道。"你张开手就知道了。"小科罗娃张开手，浑身瑟瑟发抖，不过她没有惊叫。她浑身哆嗦。两个孩子笑了，小科罗娃把蛇轻轻放在地上让它爬，什么也没说，然后把手藏在毯子下面。

这会儿，所有在坚硬的地面上无声地爬行、长长的身体冰冷如水的动物，包括蛇、脆蛇蜥①和蜥蜴，都和她成了好朋友。小科罗娃懂得跟它们说话。她轻轻地呼唤它们，用齿尖发出嘶嘶声，它们便会过来。她听不见它们过来的声音，可她知道它们在靠近，在向这边爬，从一个裂缝到另一个裂缝，从一块小石头到另一块小石头。它们竖起脑袋，以便更好地

----

① 俗称玻璃蛇。

听清轻柔的嘶嘶声，它们的喉咙突突直跳。

蛇呀

蛇呀

小科罗娃依然这么吟唱。它们不全是蛇，不过她就是这么叫它们：

蛇呀

蛇呀

带我去飞翔

带我去飞翔

它们可能来了，它们爬上她的膝盖，在阳光下待上片刻。她很喜欢它们轻轻地压在她的大腿上。然后，它们突然离去，因为当风吹过或者大地吱吱作响时，它们害怕了。

小科罗娃听见士兵的脚步声。每天，当太阳在对面燃烧，坚硬的土地在手下变暖时，他都在同一时刻来到。小科罗娃并不是每次都能听见他过来的声音，因为他穿着胶鞋，脚步总是无声的。他在她身旁的一块石头上坐下，端详她片刻，什么也不说。可是，小科罗娃感觉到了他注视的目光，问道："是谁呀？"

他是外乡人，像那些沿海大城市里来的人一样，讲不好本地的方言。小科罗娃询问他是谁时，他说自己是士兵。他跟她讲起从前爆发在一个遥远的国家里的战争。不过，他现在也许不再是士兵了。

他来时带给她一些野花，是他沿着通向峭壁顶的山路走时采撷到的。这些花瘦瘦长长的，花瓣绽开，散发出绵羊的气味。小科罗娃很喜欢它们，把它们紧紧地握在手中。

"你在干什么？"士兵问道。

"我在看天空，"小科罗娃说道，"它今天特别蓝，是不是？"

"是的。"士兵说道。

小科罗娃总是这么回答，因为她不会忘记自己的问题。她微微抬起头，用手慢慢地抚摸额头、面颊和眼睑。

"我想，我知道那是什么。"她说道。

"你说什么？"

"蓝。我脸上很热。"

"是太阳。"士兵说道。

他点燃一支英国香烟，不慌不忙地吸着，两眼直视前方。

烟草味包围了小科罗娃，让她感到轻微的头晕。

"跟我说……告诉我。"

她总是这么请求。士兵柔声跟她讲述，不时停下来吸烟。

"太美了，"他说道，"首先，有一个宽广的平原，地面是黄色的，可能是还未收割的玉米，我是这么认为的。一条红土路笔直地穿过田野，一间小木屋……"

"有没有一匹马？"小科罗娃问道。

"马？等等……不，我没有看见马。"

"噢，那不是我叔叔的屋子。"

"离小木屋不远处有一口水井，可我可以肯定它干涸了……黑黢黢的岩石形状怪异，有如卧地的狗……更远处是一条公路、传送电报的电线杆。最后有条小河，它肯定是干的，因为能看见河底的小石块……河底是灰色的，积满石子和尘土……再后，是伸向远方的大平原，远至天边，第三座方山。东面是山冈。别的地方，平原坦荡平滑，有如飞机场。平原西面是大山，深红色、黑色，像是沉睡的动物，大象……"

"它们不动吗？"

"不，它们不动，它们沉睡了好几千年，一动不动。"

"这儿的山也在沉睡吗？"小科罗娃问道。她的手平放在坚硬的地面上。

"是的,它也在沉睡。"

"可它有时也动。"小科罗娃说道。

"它动一动,晃一晃,然后重新入睡。"

士兵有好一会儿工夫没有说话。小科罗娃前面就是那些景致,她正好体会士兵说的那些。宽广的平原长长地延伸,她的面颊贴上去很温柔;沟壑和红色的小路却有点灼人,灰尘使她的嘴唇开裂了。

她重新抬起面孔,感受到阳光的热度。

"上面有些什么?"小科罗娃问道。

"天上吗?"

"是的。"

"嗯。"士兵说道。可他讲不出什么。太阳光迫使他眯起眼睛。

"今天有许多蓝吗?"

"是的,天空特别蓝。"

"一点儿白色都没有吗?"

"没有,一点儿白色都没有。"

小科罗娃将手伸向前面。

"是的,它一定非常蓝,它今天像火一样,烤得很厉害。"

她垂下脑袋，阳光烤得她很痛。

"蓝里面有火吗？"小科罗娃问道。

士兵似乎没有完全理解这个问题。

"没有……"士兵最后说，"火是红色的，不是蓝的。"

"火躲起来了，"小科罗娃说道，"火藏在天空的蓝中，像狐狸一样；它看着我们，看的时候眼睛像火烧一样。"

"你真会想象。"士兵说道。他微微一笑，手搭着凉棚，也探究起天空来。

"你感觉到的是太阳。"

"不，太阳没有躲起来，它不是这样燃烧的，"小科罗娃说道，"太阳是温和的，可蓝，像壁炉里的石块一样，烤得脸发痛。"

突然，小科罗娃轻轻叫了一声，惊跳起来。

"出什么事了？"士兵问道。

小姑娘双手滑过面孔，呻吟起来。她把头俯向地面。

"它蜇我……"她说道。

士兵掠开小科罗娃的头发，硬手指在她的脸部上下摸着。

"什么东西蜇了你？我什么都没发现。"

"一道阳光……一只胡蜂。"小科罗娃说道。

"什么也没有，小科罗娃。"士兵说道，"你做了个梦。"

他们有片刻工夫什么都没说。小科罗娃依然像直尺一样坐在坚硬的地面上，太阳光照着她那副古铜色的面孔。天空平静得很，仿佛屏住了呼吸。

　　"今天不去看海吗？"小科罗娃问道。

　　"噢，不，大海离这儿太远了。"

　　"这儿只有山吗？"

　　"大海离这儿有好几天的路程。就是坐飞机，可能也要几小时才能看见它。"

　　小科罗娃仍然很想看它，可这太困难了，因为她不知道大海是什么样子。是蓝色的，当然，可什么样子呢？

　　"它也像天空一样烫吗？还是像水一样凉？"

　　"这要看情况了。有时，它像阳光下的雪一样灼人眼睛。其他的时候，它忧郁、灰暗，就像井水一样。它时时刻刻都在变化。"

　　"你喜欢它凉的时候，还是喜欢它烫的时候？"

　　"当海面上飘浮着几块低云，海面上布满了黄色的阴影，仿佛有几座大海藻岛在海面上移动时，我喜欢这时的大海。"

　　小科罗娃全神贯注，在面孔上感受着低云从大海上经过时的情景。可是，只有当士兵在她的身边时，她才能想象出这一切。也许，因为他从前看了太多的大海，现在从他的身上仍能发出一些海的气息，散布在他的周围。

"大海不像这里，"士兵又说道，"它是活的，有如一只生龙活虎、身形巨大的动物。它动荡，跳跃，改变形状，变化无常，每时每刻都在说话，分分秒秒都有事干，跟它在一起，你不会感到心烦。"

"它也做坏事吗？"

"有的时候，它攻击人、船只，将他们吞没，噢！不过，只是在它勃然大怒时才会这样，这个时候最好还是待在家里。"

"我要去看大海。"小科罗娃说道。

士兵看了她片刻，没有言语。

"我会带你去的。"他紧接着说。

"它比天空更广阔吗？"小科罗娃问道。

"它们是不同的。没有比天空更广阔的东西。"

他说了许多话，然后燃起一支英国烟，吸了起来。小科罗娃很喜欢烟叶的柔和的香味。士兵在香烟要快吸完时将它递给了小科罗娃，在掐灭前让她吸上几口。小科罗娃深深地吸着。当烈日炎炎、天空的蓝燃烧时，香烟形成一个轻柔的烟幕，使她的脑袋空空并且嗡嗡作响，就像从峭壁上掉下去一样。

她吸完烟，将烟蒂丢在身前的空地上。

"您会飞吗？"她问道。

士兵又笑了："怎么飞？"

"像鸟一样，在天空中飞。"

"噢，没人会这么飞。"

片刻过后，他突然听见飞机穿过同温层的声音，它高得让人只能看见那长长的划破天空的白航迹最前头的一个银点。涡轮喷气发动机的嗡嗡声迟迟才传到平原上和激流的洞窟中，恰似远方的雷鸣声。

"是架同温层堡垒①，飞得很高。"士兵说道。

"它飞去哪儿？"

"我不知道。"

小科罗娃面向高高的天空，追随缓缓前行的飞机。她的面孔暗淡了下来，双唇紧闭，仿佛她恐惧什么，或者什么地方不舒服。

"它像鹰一样，"她说道，"鹰从天空飞过时，我感到它阴冷的影子，它慢悠悠，慢悠悠地盘旋，寻找猎物。"

"你就像母鸡一样，当鹰从母鸡头上掠过时，它们一个个紧挨着身子！"士兵打趣道。然而，他也出现了那种感觉，同温层中的发动机声加剧了他的心跳。

---

① 美国波音公司研制的亚音速远程战略轰炸机。

他看见"同温层堡垒"飞在大海上空，在漫长的数小时后飞抵朝鲜；大海上的波涛宛若皱纹，天空平滑、纯净，天顶是深蓝色，天边则是青绿色，仿佛黄昏永远不会结束。巨型飞机的机舱中，炸弹一枚紧挨一枚整整齐齐地排列着，会造成大量死亡。

后来，飞机慢慢地飞走了，飞往沙漠，风渐渐将冷凝的白航迹清扫干净。接下来的寂静很沉重，近乎痛苦，士兵费了好一阵工夫才从坐着的石块上站起身来。他伫立片刻，看着笔直地坐在坚硬的地面上的小姑娘。

"我走了。"他说道。

"明天再来！"小科罗娃说道。

士兵很犹豫想说他明天不会来了，也许，今后所有的日子都不会来，因为他必须飞往朝鲜。可他什么也不敢说，他只是把刚才的话又说了一遍，声音笨拙："我走了。"

小科罗娃听见他的脚步在土路上走远了。之后，风又来了，这回的风很阴冷，披着羊毛毯子的小科罗娃有些发抖。太阳低下去了，几乎接近地平线，热气像呼吸一样一口一口地吹过来。

此刻正是蓝色减弱、消失的时候。小科罗娃皲裂的嘴唇、眼睑、手指头全都感觉到了。大地也没那么坚硬了，仿佛阳光穿透它，磨损了它。

小科罗娃再一次呼唤蜜蜂，她的朋友，还有蜥蜴、在阳光中陶醉的蝶螈、草叶虫、树枝昆虫、排成紧密纵队的蚂蚁。她呼唤所有的动物，唱着老巴蒂教会她的那支歌：

牲畜，牲畜

带着我

带我去飞翔

带我去飞翔

飞翔在你们的队伍中

她的双手前伸，重新攫住空气和阳光。她不想离开这儿。她希望它们都留下来，都住下来，不回自己的窝。

此刻，阳光热辣辣的，使人难受，它从蓝色宇宙的深处照射出来。小科罗娃坐着没动，恐惧袭上她的心头。太阳的位置有颗蓝莹莹的星星在眺望，它的目光重重地落在小科罗娃的前额上。它戴着鳞片和羽毛做的面具，飞舞而来，脚跺着大地。它如同飞机和鹰一样飞过来，它的影子如大衣一般盖住了山谷。

它独自一个，人们喊它"蓝星①"。它沿着它在天空中的蓝道，走向这个被人遗弃的村庄。它的独眼看着小科罗娃，目光可怖，既灼热而又冰冷。

小科罗娃很熟悉它。先前便是它穿越空旷无垠的天宇，像胡蜂一般蜇了她一下。每天的同一时刻，当太阳西斜，蜥蜴返回岩石间的缝隙，苍蝇笨重地随处歇下时，它就来了。

它像个战争巨人，伫立于天空的那一边，用它令人恐怖的灼热而又冰冷的目光注视着村庄。它看着小科罗娃的眼睛，仿佛从来都没有人看过她一样。

小科罗娃感觉到明亮、纯净、蓝色的光宛如清泉一般一直注入她的体内，让她沉醉。这种光温和如南风，带来植物和野花的芬芳。

今天的这个时候，这颗星不再一动不动。它缓缓穿越天空，仿佛沿着一条大河在翱翔。它那明亮的目光没有离开小科罗娃的眼睛，闪着耀眼的强光，她不得不用手护住眼睛。

小科罗娃的心跳得很快。她还从未见过这么美的东西。

"你是谁？"她喊了起来。

可那位战士没有回答，蓝星站在她前面的石头岬角上。

---

① 古代霍皮人印第安人预言，"当蓝星（Saquasohuh）在天空中出现时，第五世界将会出现"。

蓦然，小科罗娃明白了，它便是生活在天空中的那颗蓝星，它来到大地上，在村子里的广场上起舞。

她想起身跑开，可蓝星眼里射出的光照在她身上，使她不能动弹。当战士开始跳舞时，世界上的男人、女人和孩子就开始死去。那些飞机在天空中缓缓盘旋，高得几乎听不见它们的声音，它们在搜寻目标。岬角周围，到处都是火光和死人，大海像松脂湖一样燃烧。大城市被从天底射出的强光照得通红。小科罗娃听见轰隆的雷声，听见爆炸、孩子的叫喊、垂死的狗的叫声。风凶猛地打着旋儿，不再是舞，仿佛一匹疯马在奔跑。

小科罗娃把两手放在眼前。人类为什么想要这些？可也许已经太晚了，蓝星巨人不再返回天宇。它到村庄这儿只是为了跳舞，老巴蒂说，它大战前在奥特维拉就是这么干的。

蓝星巨人站在峭壁的前面，犹豫着，仿佛不敢走近。它看着小科罗娃，它的目光射进来，在她的大脑里面熊熊燃烧，她再也挺不住了。她喊着，猛地跳了起来，一动不动，双臂背在身后，屏住呼吸，心紧紧地揪着，因为她刚才突然瞥见蓝蓝的天空出现在她的面前，仿佛巨人的独眼过度地张开。

小科罗娃什么也没说。泪水盈满她的眼睛：阳光和蓝光太强烈了。她在硬土峭壁边上踉踉跄跄地走着，看见天际在

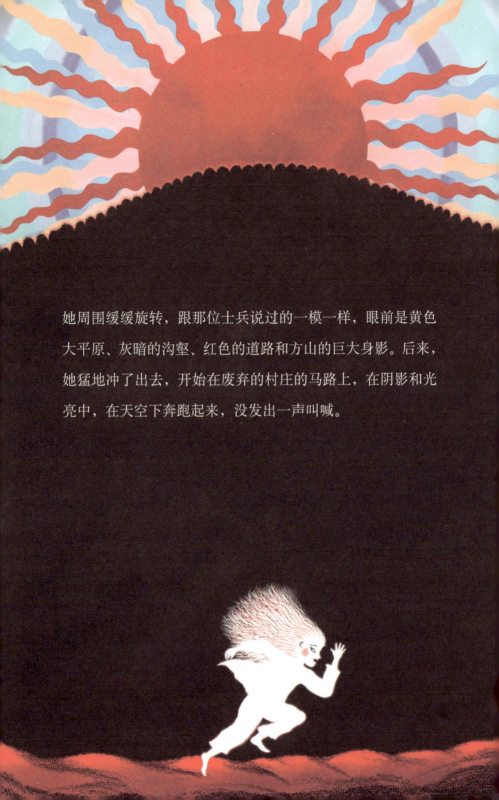

她周围缓缓旋转，跟那位士兵说过的一模一样，眼前是黄色大平原、灰暗的沟壑、红色的道路和方山的巨大身影。后来，她猛地冲了出去，开始在废弃的村庄的马路上，在阴影和光亮中，在天空下奔跑起来，没发出一声叫喊。

牧童

公路又直又长，从这片沙丘的国度穿过。这里除了沙子、多刺灌木、踩在脚下咔嚓咔嚓响的枯草，以及这些东西头顶上的浩渺、黑漆的夜空，没有别的什么。风吹过时能清晰地听见所有的声响；夜里，这些神秘的声音有点令人毛骨悚然。石块挤挤挨挨，发出各种细小的噼啪声，还有鞋底细沙的嚓嚓声、小树枝的折断声。因为这些声音，因为黑漆漆的夜空和天空中闪着亘古不变的光芒的星星，大地才显得浩瀚无垠；时间也显得浩瀚无垠，极其漫长，又不时地加快速度，显得奇怪且让人莫名其妙，令人眩晕，就像涉水过河一样。在这种空旷的地方行步，仿佛悬吊在半空中，悬吊在星群之中。

昆虫的鸣叫从四面八方传来，这是一种持续不断的在天宇间回荡的叽喳声。这或许是星星的声音，是从广阔的空域送来的刺耳的信息。大地上没有光亮，唯有那些沿着公路斗折蛇行的萤火虫。夜，黑沉沉，有如大海深处；放大的瞳孔在寻找最细微的光源。

所有的一切都处于戒备状态。沙漠里的动物在沙丘之间东奔西窜，这里有沙漠兔、耗子和蛇。风不时从大海吹来，让人听见海浪拍击海岸的轰隆声。风推着沙丘前进。夜里，沙丘闪着微光，有如船帆。风吹过，扬起灼烧面孔和双手的尘雾。

阒无一人，却能感觉到无处不有的生命和目光。如同沉睡的大都市之夜，走在所有的窗前，看不见隐藏在窗后的人。

万籁齐鸣。夜里，各种声响愈加强烈、愈加清晰。大地冷得战栗不止、干声号叫，一望无际的沙漠在低声吟唱，大块大块的石板则在娓娓交谈。小虫唧唧鸣叫，夹杂着沙漠蝎、蜈蚣和蛇的叫声。不时能听到大海的声音，海浪涌过来撞毁在沙滩上的低沉的轰隆声。风捎来大海说的话，带到这儿，一阵一阵的，夹杂着些许浪花。

眼下是在哪儿呢？这地方没有可供参考的方位标。唯有沙丘，层层叠叠的沙丘。一眼望不到尽头的沙漠上，几簇野草瑟缩发抖，小灌木叶子发出碰击声，所有这一切，一望无际。然而，在不远的地方，毫无疑问有楼房、坦荡的城市、路灯和车灯。可是，现在不知身在何方。冷风扬起沙粒，横扫、荡涤、损毁了所有的一切。

黑茫茫的广阔天空绝对的平滑、坚硬，被遥远的微光穿透。寒冷在左右这片国度，让人听见它的声音。

也许，到了那个地方，再也不能往回走，永远不能。也许，大风会像这样，用它的沙尘覆盖住你的足迹，封住你身后的所有道路。随后，沙丘缓缓移动，那是不易察觉的，有如长长的海浪。夜色笼罩着你，它掏空你的脑袋，让你在原地转圈。大海的咆哮声似穿雾而来。昆虫的尖叫忽而远去，忽而回来，然后重新离去，在周遭同时响起，整个大地和天空在齐声喊叫。

这个地区的夜是多么漫长啊！它漫长得让人忘记了它天亮时的模样。星星在空旷的天空缓缓地回旋着，朝地平线落下去。有时，一颗流星划破夜空，从别的星星身上飞速滑过，随即陨灭了。萤火虫也从风中滑过，紧紧攀住小灌木丛的枝丫。它们待在那儿，让自己的肚子一闪一闪的。站在沙丘上，能看见沙漠的四面八方一下子亮一下子暗，不停地变幻。

也许是因为这些才让人感觉到那种生命的存在和目光。然后就是这些声音，这些细小奇特的声音在四周生存。那些不知其名的小动物逃进沙地的洞穴中，跑回自己的窝里。你是在它们的家里，它们的国度。它们发出警报。夜鹰从一处灌木丛飞向另一处。跳鼠沿着它们的小路逃跑。冷冰冰的石板之间，游蛇轻轻地滑动着身子。它们是这里的居民。它们忽而奔跑，忽而又停下，心脏突突直跳，脖子前伸，眼睛一眨也不眨。这里是它们的世界。

黎明前，天空渐渐变灰时，有条狗叫了起来，那些野狗便应声而吠。它们脑袋后仰，尖声长吠。叫声太奇怪了，让人的皮肤微微发抖。

此时，再也听不见昆虫的声音。石块也不再磕磕碰碰了。雾霭沿着干涸的河床，从大海上升起。它缓缓地从沙丘上飘过，像烟雾一样越拉越长。

星星在天空中隐去了。东方，沙漠上，出现了一个亮点。大地开始显露出它的轮廓，既灰又暗，一点儿也不美，因为它仍在酣睡。野狗在沙丘之间游荡，寻找充饥之物。这些狗身体瘦小，背弓腿长。它们的耳朵像狐狸的耳朵一样尖。

亮光增强了，能辨出四周的轮廓。眼前是一座平原，平原上散落着烧黑的岩石和几间盖着棕榈树叶的土坯茅屋。茅屋坍塌，大概被遗弃了几个月，只有一间还住着几个孩子。屋子周围是那座由石块和沙丘组成的大平原。沙丘后面是大海，几弯小道穿过平原：那是孩子们的光脚和山羊的蹄子踩踏出来的。

太阳在遥远的东方大地上空升起，阳光顷刻之间照亮了平原。沙丘上，沙粒如铜屑一般闪亮。天空柔滑，如水一般清澈。野狗靠近了这些屋子和羊群。

这儿是它们的世界，它们的世界坐落在一望无际的石块和沙漠上。

有个人正沿着沙丘中间的小路走过来。这是一个少年，他的穿着像城里人。他的肩上披着一件微皱的亚麻上衣，白布鞋上沾满了尘土。小路的分岔太多，他时不时停下脚步，犹疑一下。他听出左边有大海的声音，便继续赶路了。太阳离地平线已经很高了，不过他没感觉到它的热量。沙地上反射着阳光，迫使他闭上眼睛。他的面孔不习惯阳光晒，他的前额，特别是鼻子上，许多地方都晒得通红通红的，表皮已开始脱落。少年也不太习惯在沙漠中行路，从他登上沙丘的斜坡时的那副扭动脚踝的样子就可以看得出来。

他来到那堵干巴巴的石墙前面，止住了脚步。这是一堵长墙，把平原给挡住了。墙的两端消失在沙丘里。得绕很长一段路才能找到可以翻越过去的地方。少年在犹豫。他回首望望身后，心想也许要原路返回了。

这时，他听到了说话声。压低的叫嚷声和呼唤声从墙的另一边传过来。那是小孩子的声音。风带着那些声音越墙而来，有些不真实，夹杂着海浪的轰隆声。野狗吠得更凶了，它们感觉到有陌生人出现。

少年爬上长墙，向墙那边眺望。可是，他没发现那些孩子。从这里望去，墙那边依然是同样的石头平原、同样的灌木，远方是沙丘纤细的轮廓线。

少年很想到那边去看看。地面上有许多印记，矮树丛里的折枝表明曾有人从那里经过。岩石上的小片云母在太阳的照射下熠熠闪光。

少年被这个地方迷住了。他从墙上跳了下去，感到更加轻松，更加自如。他谛听风和大海的声音，他看到蜥蜴生活的洞穴、鸟儿做窝的灌木丛。

他开始走在满是石块的平原上。这儿的灌木更加高大。有些灌木上还结满了红红的浆果。

突然，他停下脚步，他听到附近有什么声音：

"啪嗒！啪嗒！啪嗒！"

声音奇特，仿佛有人朝地上扔石块。可是没人露面。

少年继续赶路。他沿着一条小径往前走，小径通向一片被石头围墙围在中间的悬崖。

又一次，他听见那声音，近在咫尺。

"啪嗒！啪嗒！啪嗒！"

此刻，声音是从身后传来的。可他只能看见长墙、小灌木和沙丘。没有一个人影。

然而，少年感觉有人在注视他。目光同时从四周射过来，牢牢地监视着他，追踪着他的一举一动。那些目光注视他已经好久了。不过，少年只是刚刚意识到。他不害怕，现在是大白天了，而且，目光有什么好怕的。

少年蹲在一处灌木丛旁，观察会发生什么事情，他等待着，仿佛在地上寻找着什么。一分钟后，他听到脚步声。他站起身，看见躲在灌木丛中的人影，听见忍不住的笑声。

于是，他从口袋中取出一面小镜子，把反射的阳光向灌木丛方向射过去。白亮的小圆块闪来闪去，仿佛点燃了枯叶。

突然，亮圆块照亮了树丛中的一张面孔，照得一双眼睛闪闪发亮。少年把阳光反射到那张面孔上，直到陌生人被阳光刺得眼花缭乱后站起身来。

四个人同时站了起来：都是小孩。少年好奇地打量着他们。他们个头很矮，光着脚丫，身上穿着旧布衣服。他们的面孔呈铜色，头发也是铜色，卷曲着披散开来。他们中间有一个样子很野的小姑娘，套着一件非常宽绰的蓝衬衫。四个孩子中，最年长的那个孩子手中提着一根长长的像是草编的绿带子。

少年静静地站着没动，于是那些孩子向他走过来。他们低声地谈笑着，可是少年听不懂他们在说些什么。他打听他们是从哪里来的，他们是什么人，可那帮孩子都摇头，继续笑他们的。

少年声音有点嘶哑地说道：

"我叫——加斯帕。"

孩子们你望望我、我望望你，然后大笑起来。他们一遍又一遍地重复道：

"加——吃——怕！加——吃——怕！"

他们就这么尖着嗓门欢叫着。他们大笑不止，仿佛从来没听说过比这更有趣的东西。

"这是什么？"加斯帕问道，他拿起握在年龄最大的那个孩子手中的绿草鞭。那孩子弯腰从地上捡起一块石子。他把石子放进草鞭的凹槽里，然后在头顶上旋转起来。他放开手，草鞭松开了，石子呼啸着划过高高的天空。加斯帕试图用眼睛捕捉住它，可石子在空中无影无踪了。当石子重新掉落在二十米远的地上时，一团尘雾溅起，显示出那是它击中的地方。

旁边的几个孩子欢叫着，拍手称好。年长的孩子把草鞭递给加斯帕，说道：

"拱！"

少年从地上拣起一块石子，放进投石器的扣环里。可他不懂怎么握草鞭，那个铜色头发的男孩教他把草鞭的另一端套在手腕上，把加斯帕的手指弯曲起来抓住草鞭的另一头。然后，他稍稍退后，又说道：

"拱！拱！"

加斯帕手臂举过头顶，旋转着。草鞭又长又重，使起来比他先前想象的要难得多。他举起草鞭转了好几次，速度越来越快，正准备放手时，他的动作出现失误，草鞭呼啸着抽打在他的背脊上，重重地撕破了他的衬衣。

加斯帕又疼又气，那些孩子却大笑不止，他也忍不住笑了起来。孩子们拍着手喊道：

"加——吃——怕！加——吃——怕！"

之后，他们席地而坐。加斯帕把他的那面小镜子给孩子们看，年长的男孩用镜子反射阳光，玩了片刻后又朝镜子里看自己。

加斯帕真想知道他们的名字。可是，这些孩子和他说的不是同一种语言。他们的语言很奇特，像连珠炮似的，略微有些沙哑，奏出一种与石块景观和沙丘很和谐的乐曲。他们的话语宛如夜间石块的撞击声，宛如枯叶的爆裂声，宛如风吹过沙漠的声音。

唯独小姑娘枯坐一旁。她蹲着身子，膝盖和双脚被她那件肥大的蓝衬衫遮住了。她的头发呈铜粉色，呈浓密的波浪卷垂挂在肩胛上。她的两眼非常黑，一如另外几个男孩，可相比之下，她的双眸更加明亮。她的双眸中有一丝奇特的亮光，有如含而不想太露的微笑。年长的那个男孩指着小姑娘对加斯帕说了好几遍："卡芙……卡芙……卡芙……"

于是加斯帕也这么喊她了：卡芙。这名字很适合她。

这时，太阳放射出强烈的光芒。阳光点燃锋利的岩石上的全部火花，那都是些小小的闪烁的光芒，仿佛那儿搁着许多镜子。

大海的声音停息了，因为风现在是从内陆、从沙漠里吹来的。孩子们坐在那儿。他们眯缝着双眼看着沙丘那边。他们好像在等待。

加斯帕心中寻思他们远离城市在这儿是怎么生活的。他很想对年龄最大的那个男孩提些问题，可这不可能。即使他们用的是同一种语言，加斯帕也不敢开口向他提问。就是这么回事。在这个地方，不要提问题。

太阳高高地挂在天空中，孩子们要去追赶羊群。他们一声不响地朝烧黑的大岩石方向走去，朝那儿，朝东方，一个紧跟一个，沿着狭长的小路前进。

加斯帕坐在一堆石头上看着他们离去。他在想自己该怎么办。也许，他该原路返回，朝城市楼房，朝等待他的那些人，朝那边，长墙和沙丘的另一边折返。

孩子们的身影走远了，他们走在岩石平原上，跟小黑虫差不多大小了，这时年长的男孩回头望着加斯帕。他把草鞭的投石器举过头顶旋转起来。加斯帕没看见什么飞过来，可他听见一丝呼啸从耳畔掠过，紧接着，石块在身后着地。他站起身，掏出小镜子，将阳光射向那群孩子。

"哈——好——哈！"孩子们尖声欢叫起来。他们挥舞着双手。唯独小卡芙头也不回地继续沿着小路往前走。

加斯帕一跃而起，开始越过石块和小灌木，拼命地跑着穿过平原。眨眼工夫他便赶上了那群孩子，然后他们一起继续赶路。

这时，天热起来了。加斯帕敞开衬衫，卷起袖子。他把布上衣盖在头上遮挡烈日。灼热的空气中，成群的小苍蝇围

着孩子们的头发嗡嗡乱叫。岩石在阳光下膨胀，灌木枝条在阳光下噼啪作响。天空绝对纯净，然而此时的天空呈现出过热气体的那种苍白色。

加斯帕跟在最年长的男孩身后，阳光刺得他半眯着眼睛。谁也不说话。灼热热干了嗓子。加斯帕用嘴呼吸，他的嗓子痛得他喘不过气。他停下脚步，对年长的孩子说：

"我渴了……"

他指着嗓子说了几遍。男孩摇摇头。可能他没听懂。加斯帕也注意到孩子们再也不像先前那样。这会儿，他们的面孔变得僵硬了。他们的脸颊呈深红色，深红得像大地一般。他们的眼睛的颜色也变深了，闪着矿物的那种又冷又硬的光泽。

小卡芙走过来。她在自己的蓝衬衫里摸了摸，掏出一把谷子递给加斯帕。这些谷子形似蚕豆，呈绿色，沾满灰尘。加斯帕往嘴里放了一颗，谷子旋即像胡椒一般烧得嘴巴火辣辣地疼，但顷刻之间他的喉咙和鼻子都润湿了。

年龄最大的孩子指着谷子说道：

"路拉。"

他们继续上路，越过了第一道山脉。那边有一座平原，形状同他们先前经过的平原一模一样。这是一座辽阔的岩石平原，平原中央长了一片青草。

他们就在那儿放牧。

总共有十多只黑绵羊、几只牝山羊，还有一只稍稍离群独处的黑公羊。加斯帕停下脚步歇息，可孩子们没等他。他们沿着通向平原的山沟直奔而下，发出奇怪的叫喊声：

"哈哇！哈好哇！"

如同犬吠声。然后，他们打着呼哨。

那些野狗起身回应：

"嗷！嗷！嗷！嗷！"

大公羊浑身哆嗦，尥了蹶子。然后，它跟上羊群，羊只全都分散开了。一团尘雾在羊群四周扬起。是野狗在那里飞速地兜着圈子。公羊低下脑袋，露出两只锋利的长犄角，跟着野狗一起转圈。

孩子们呼喊着，打着呼哨走过去。年长的男孩转起草编投石器。每次他放开手，就有一块石子打在牲口的背上。孩子们挥舞手臂边跑边跳，不住地欢叫：

"哈！哈哇！哈哇！"

当羊群围聚在公羊周围时，孩子们用石块将野狗赶得远远的。加斯帕也冲下山沟。一条野狗露出长牙，低沉地嗷叫起来。加斯帕也挥舞着上衣，高声喊叫：

"哈！哈哈哈！"

这会儿，他不渴了。疲劳也消失不见了。他挥舞着上衣，在岩石平原上奔跑起来。太阳高高地挂在白晃晃的天空上，射出火辣辣的强光。空气中充满了灰尘，绵羊和山羊的气味包围了一切，渗透了一切。

羊群慢腾腾地从黄灿灿的草丛中穿过，向山峦挺进。牲口一个接一个紧挨着身子，哀怜地叫着。羊群后面，公羊笨拙地向前赶，不时低下它那尖利的犄角。年长的男孩监督着它。他不停地捡起一块石子，让投石器呼呼地响。公羊狂怒地喘着气，石块击中它的背脊时，它就惊跳起来。

野狗疯狂地围绕羊群奔跑，边跑边叫。孩子们用石块打它们，算是对它们的回应。加斯帕像孩子们一样，面孔上沾满了灰尘，头发被汗水粘在了一块。此时此刻，他忘却了一切，忘却了来这儿以前所熟悉的一切。城市马路，阴暗的教室，寄宿学校白森森的大楼，草坪，所有这一切都像蜃景一般，在沙漠平原的灼热的空气中消失得无影无踪。

太阳是这儿所发生的一切的主要根源。它位于白晃晃的中天，在它下面，牲口兜着圈子，卷起团团尘雾。野狗黑乎乎的身影穿过平原，返回，又离去。羊群蹄子敲击着坚硬的土地，地上传来如大海般轰鸣咆哮的声音。犬吠、羊咩、孩子们的呼喊与口哨声经久不息。

羊群就这么慢悠悠地开始沿着河床翻越第二道山脉。沙尘向空中弥漫，在阵风的席卷下涌向平原，形成龙卷风。

山沟变得更加狭窄，两旁是带刺的灌木丛。绵羊路过的地方留下一簇簇黑绒毛。加斯帕衬衣的袖子也被树枝刮烂了。他的双手鲜血直流，不过灼热的风很快就止住了流血。孩子们毫不费劲地爬上山峦，可加斯帕多次踩滑石块，跌倒在地。

孩子们到达山顶，便停下脚步远眺。加斯帕从没见过如此绮丽的景色。他们的面前，平原和沙丘缓缓倾斜，如波浪般起伏，直达天际。这是一片波浪般高低起伏的广阔区域，布满了大块灰岩石和红黄相间的山丘。所有的一切非常慢，非常静。东边，一座白色峭壁俯视着平原，峭壁的黑影在扩大。山峦与沙丘之间蜿蜒着一弯山谷，每隔一定高度形成一层梯级。远处，山谷尽头，遥远得所有一切都变得几乎不真实的地方，依稀可见丘陵间的土地：灰色、蓝色、绿色，轻盈得有如一片云，遥远的土地，清水和绿草平原。那儿的土地轻盈、柔和、细嫩，宛若远远望去的大海一般。

这儿，天空辽阔，阳光更加绚丽、纯净。没有沙尘。风沿着山谷时断时续地吹过来，清新的风让你的心变得平静。

加斯帕和孩子们一起静静地眺望遥远的平原，他们感到内心充满了某种幸福。他们真希望自已能展翅飞翔，飞得跟目光一样快，然后降落在那儿，降落在山谷的中央。

羊群没有等候孩子们。肥大的黑公羊领头滚下斜坡，进入山谷。野狗也不再叫了，它们尾随羊群，小步快跑。

加斯帕注视着孩子们。他们站在一个悬崖上，默默地凝望着景色。风吹拂着他们的衣衫。他们的面孔也不再那么僵硬了。黄色的阳光在他们的前额、他们的头发上闪耀。就连小卡芙也没有了那股野气。她将大把大把的辣谷子分给男孩子们。她抬起手，指着远处闪闪发光的山谷叫加斯帕看，说道：

"热拿。"

孩子们踏着绵羊踩出的小道重新上路。加斯帕走在最后面。他们奔下山冈的同时，遥远的山谷也在沙丘后面消失了。他们无须再看它了。他们沿着山沟而下，朝太阳升起的方向进发。

天气已经没刚才那么炎热了。白昼在他们的不知不觉中悄悄地过去了。此刻，天空镀上了金色，小块的云母不再反射阳光。

羊群要比孩子们快半个小时。他们来到一座小山顶上时，看见羊群已踏翻石块，从另一侧上来了。

太阳很快沉下去了。有一段短暂的黄昏，暮色开始笼罩山沟。于是，孩子们坐在一个山坳里，等候夜幕降临。加斯帕坐在他们旁边。他口干舌燥，嘴巴因吃了辣谷子而肿胀起来。他脱下鞋子，看见双脚在流血，先前，沙粒钻进鞋里，硌破了皮肤。

孩子们用树枝燃起一堆火。然后，其中一名小男孩朝羊群方向走去。夜幕降临时，他带回满满一羊皮袋鲜奶。孩子们轮流着喝。小卡芙最后一个喝完后，把羊皮袋递给了加斯帕。加斯帕一口气喝了三大口。羊奶甜甜的，暖暖的，马上减轻了嘴巴和喉咙里的那种烧灼的感觉。

天冷了起来。寒气从地底下钻出，有如地窖里吹出的冷风。加斯帕走近火边，直挺挺地躺在沙地上。他身旁的小卡芙已经进入梦乡，加斯帕将自己的布上衣盖在她的身上。然后，他阖上眼帘，谛听风声。风声夹杂着柴火的噼啪声，奏出一支绝妙的催眠曲。还能听见远处牝山羊和绵羊的咩咩叫声。

微微的焦虑惊醒了加斯帕。他睁开双目，首先跃入眼帘的是缀满星星的漆黑夜空，这夜空仿佛近在咫尺。一轮白晃晃的圆月如灯一般照亮大地。火熄了，孩子们仍在酣睡。加斯帕扭头看见最年长的男孩站在他身边。阿贝尔（加斯帕在孩子们交谈时不止一次听见他的名字）一动不动，手里握着那根长长的草编投石器。月亮照亮他的面庞，他的双眸熠熠闪亮。加斯帕直起身子，寻思着自己睡了多久。是阿贝尔的目光唤醒了他。阿贝尔的目光在说："跟我来。"

加斯帕起身跟在男孩后面。夜，凉沁沁的，他完全清醒了。走了几步后，他方才发现自己忘记穿鞋了，不过，不穿鞋走起来他那硌破的双脚更舒服些，他继续往前走。

他俩一起爬上沟坡。月光下，岩石白森森的，微微发蓝。加斯帕的心怦怦地跳着，他尾随着阿贝尔朝山顶走去。他甚至没有想过自己要去哪儿。某种神秘的东西吸引着他，也许是阿贝尔眼睛里的那些东西，一种本能在引导着他，帮助他赤着双脚悄然无声地走在锋利的石块上。在他前面，阿贝尔颀长的身影从一块岩石跳到另一块岩石上，像猫一样悄无声息而又敏捷灵活。

爬上山沟后，他们遭遇到一股冷风的袭击，冷风阻断了他们的呼吸。阿贝尔停下脚步，察看四周。他们到了一座类似石头平台的地方。几簇黑乎乎的灌木丛在夜风中摇晃着身子。平滑的石板在月光下泛着亮光，石板与石板之间有许多缝隙。

加斯帕不声不响地跟着阿贝尔。小男孩窥视着。他的脸上没有任何表情，只有两只眼睛在动。尽管夜风吹过，加斯帕却仿佛听见阿贝尔胸膛里的心跳声。他看见阿贝尔每呼出一口气，面前就有一小团雾气在闪着亮光。

阿贝尔两眼紧盯着被照亮的岩石平台，从地上捡起一块石子放进草编投石器里。然后，他突然把投石器举过头顶，旋转起来。投石器越转越快，有如螺旋桨一般。加斯帕躲到一边。他也仔细观察起平台来，端详每一块石头，每一道缝隙，每一簇黑乎乎的荆棘丛。投石器旋转着，呼啸不止，开始时声音沉闷，如风怒号，而后尖脆，有如汽笛声。

草编投石器奏出的乐曲仿佛充盈了整个太空，在整个天空、大地、岩石、小灌木和毛草之间回荡。声音直抵天际，是它发出的召唤。它召唤什么呢？加斯帕没有垂下眼睛，他定定地注视着正前方，月光下的平台上的某一点，有双眸子因疲惫和渴望而发出灼人的光。阿贝尔的身体在瑟缩发抖。草编投石器的声音仿佛从他的身体里面，通过嘴巴和眼睛发出来，旨在覆盖大地，并直达漆黑夜空的最深处。

忽然，有什么东西出现在岩石平台上。是只大沙漠兔，全身都是沙子的颜色。它竖起双耳，直立在那里。它望着两个孩子，两眼像小镜子一般闪亮。野兔一动不动地凝立在石板边，聆听草编投石器奏出的乐曲。

草鞭咔嚓一声响，野兔当即瘫倒在一旁，石块不偏不倚地击中了它的两眼之间的位置。

阿贝尔转身面向同伴，看了他一眼。他的面庞洋溢着愉快的神情。两个孩子一起跑过去捡野兔。阿贝尔从口袋中掏出一把小刀，毫不迟疑地割断了野兔的咽喉，然后拎起它的两条后腿给它放血。他让加斯帕提着野兔，自己则双手将兔皮一直扒到脑袋。然后，他剖开兔腹，掏出内脏，扔进石凹中。

他俩朝山沟走下去，经过一棵小灌木时，阿贝尔挑了一根长树枝，用小刀修削了起来。

回到宿营地时，阿贝尔叫醒了孩子们。他们另外添加一些树枝，重新燃起了篝火。阿贝尔把野兔穿在削好的树枝上，蹲在火旁烤起兔肉来。兔子烤熟后，阿贝尔用手将它撕开，分给孩子们。他给加斯帕一只腿，自己留了一只。

孩子们很快就吃完了，他们将剩骨扔给了野狗。之后，他们围着火堆，重新躺下进入梦乡。加斯帕待了几分钟，抬眼凝望白晃晃的月亮，月亮宛若地平线上的一座灯塔。

~ 2 ~

这群孩子在热拿生活已有好几天了。他们在太阳下山之前那么一点点时间抵达那儿，与羊群同时进入山谷。突然间，在小路的拐弯处，他们看见了那片微微闪亮的绿色大平原，他们驻足了一会儿，眼前的景致太美了！

真的特别美！他们面前，深深的草浪在风中起伏，树木摇晃着身子，到处可见绿叶繁茂、树干乌黑、树身细长的树木：有扁桃树、杨树、参天的月桂树，还有高大的棕榈树，树叶随风摆动。平原四周，石头山投下它们的影子，大海那边，沙丘呈现出金色和银色。羊群到的就是这个地方，这儿是它们的土地。

孩子们一动不动地凝望着那片青草，仿佛他们不敢踩上去。平原中央，环绕着棕榈树的湖水如明镜般闪光，加斯帕感到心中一阵震颤。他回头看着孩子们。他们的面孔被来自绿草平原的微光照亮。小卡芙的双眸不再黯淡，变得像青草和湖水的颜色一样鲜亮。

她是第一个走过去的。她扔掉包裹，使出全身力气高喊着一个奇特的词：

"母依阿——阿——阿！……"

然后跑着穿过草丛。

"是水！是水！"加斯帕心想。他跟着他们一起高喊那个奇特的词，并朝湖水跑去。

"母依阿！母依阿——阿——阿！"

加斯帕飞速奔跑。深草抽打着他的双手和面孔，在他面前嚓嚓地让开道路。加斯帕奔跑着穿过平原，赤脚踩在湿漉漉的泥土上，双臂推开锋利的草叶。他听见自己的心在猛跳，深草在他身后重新唰唰合拢。左边，离他几米远的地方，阿贝尔也同样快速地边跑边喊。他在草丛中时隐时现，从岩石块上一跃而过。他俩踏出的小路时而交错，时而远离，其他孩子在后面跑，不时纵跳起来看看他们到了什么地方。他们叫唤着，加斯帕呼应道：

"母依阿——阿——阿！……"

他们闻到潮湿泥土的气息和被踩倒的青草刺鼻的气味。薄削的草片像鞭子一样，划破他们的面颊，他们继续跑着，一口气都不喘，他们看不见彼此却依然喊着，呼喊着名字，为自己寻找通向湖水的道路。

"母依阿！母依阿！"

加斯帕看见眼前那一大片湖水在草丛中闪闪发光。他想自己可能是第一个到达，于是跑得更快了。可突然间，他听见身后传来卡芙的声音。她惊恐地喊叫着，仿佛迷路了一样。

"母依阿——阿——阿！"

于是，加斯帕打转回去在草丛中寻找她的身影。她太小了，他根本看不到。他兜着圈子呼唤：

"母依阿！"

他在离其他孩子老远的地方发现了她。她小步跑着，用手臂护住面孔。她可能摔倒了好几次，衬衫和双腿沾满了泥巴，加斯帕抱起她，将她放到肩上，然后重新往前走。现在是她在引路。她钩住他的头发，将他带向湖水边，她呼喊着：

"母依阿！母依阿——阿——阿！……"

加斯帕飞跨几步便把耽误的时间抢回来了。他超过了那两个年幼的男孩。他与阿贝尔同时到达水边。他们三人一头栽进凉沁沁的湖水中，上气不接下气，然后开始一边大笑一边喝水。

黑夜降临之前，孩子们搭起了一座小屋。阿贝尔是建筑师。他砍了许多长苇秆和树枝回来。他在另外几个男孩的协助下，用草将弄弯的苇秆绑在棚顶上，搭好棚架，然后用小树枝塞住了缝隙。与此同时，小卡芙和那个最年幼的男孩奥古斯丁蹲在湖边，和着泥巴。

他们把和好的泥浆糊到墙上，同时用手心轻轻拍打。工作进展很快，太阳落山的时候，房子就已经建好了。房子酷似爱斯基摩人的冰屋，只不过是用泥土建造的，其中有一面是开着的，从那儿进出。阿贝尔和加斯帕只能趴着进去，不过小卡芙可以在里面站直身子。小屋在湖边，位于一片沙滩的中央。小屋周围，高高的青草竖起一道绿色的长墙。湖的另一边生长着高大的棕榈树。屋顶上的棕榈叶就是它们提供的。

羊群饮足水后，穿过青草平原走远了。不过孩子们看样子一点儿也不着急。他们不时听见风从草丛那边带来的咩咩声。

夜幕降临，最小的那个男孩挤奶去了。他们一起喝着甜甜的暖暖的羊奶，然后一个挨着一个在小屋里躺下了。湖面上升起一团轻盈的雾霭，风停了。加斯帕闻到了墙壁上湿泥土的气息。他听着青蛙和夜里的昆虫的叫声。

他们在这儿生活了许多时日，这儿就是他们的家。白天漫长，天空总是浩瀚无垠，无比明净，太阳久久地穿行在从地平线的这头到另一头的路上。

每天早晨，加斯帕一睁开眼睛就眺望青草平原，青草上的露珠在阳光下闪烁滚动。屹立于平原上的石头山呈现出铜色。尖突的岩石在明净的天空中剪出轮廓。在热拿，从来没有云块，除非有的时候，一架喷气式飞机缓缓穿过同温层，拖下一道白色的航迹。他们可以一连数小时待在那儿，凝望天空，不做别的事。加斯帕穿过草丛，坐到奥古斯丁身旁，坐在羊群那儿。他们一起看着那只肥大的黑公羊大口大口地啃草吃。山羊和绵羊跟在它的身后。山羊有羚羊般的长脑袋，琥珀色的眼睛是斜着的。小飞虫一刻不息地在空中嗡嗡乱叫。

阿贝尔教加斯帕如何做投石器。他挑了好一些比较特别的深绿色草叶，他管这草叶叫"拱"。他把草叶绕在脚趾上，编成草鞭。这并不那么容易，因为这种草又硬又滑。草鞭总是散开，加斯帕总得从头开始。草的边缘很锋利，他的双手被割出血来了。草鞭越编越宽，好在宽的地方做一个放石块的小口袋。阿贝尔教加斯帕怎样在草鞭两端绕出一个结实的扣环，同时用一根更为纤细的叶筋绑结实。

草鞭编好后，阿贝尔仔细地检查着。他拉拉两端，看它是否结实。这根投石器长而柔韧，不过这一根比阿贝尔的那根要短一些。阿贝尔马上试用了一下。他从地上拣了一块圆石子放进草鞭的中央。然后，他又示范怎样拿长鞭的两端：一端的扣环套在手腕上，另一端拿在手指和掌心之间。

他开始轮转投石器。加斯帕听着长鞭有规律的呼啸声。可是，阿贝尔没有把石子放出去。他突然利索地停住草鞭，把它递给加斯帕。接着，他指了指远处的一棵棕榈树干。

加斯帕转起投石器。可他转得过快，身子不由得被石块带着转动起来。他重新试了几遍，速度慢慢地加快。当他听见草鞭在头顶如飞机引擎般嗡嗡响时，他明白此时的速度是恰好合适的。他的身子慢慢地对着挺拔在平原另一头的那棵棕榈树转了起来。这会儿，他很自信，投石器成了他身体的一部分。他仿佛看见有一道大圆弧把他和那棵树干连接在一起。

就在这时，阿贝尔喊了起来："击呀！"

加斯帕放开手，草鞭抽打着空气。石块弹向空中不见了踪影，两秒钟后，加斯帕听见石子击中棕榈树干的声音。

从这一时刻起，加斯帕明白自己再也不是原来的那个自己了。如今，最大的那个男孩每次赶着羊群去平原中部时，加斯帕都与他形影不离。他俩黎明时分出发，穿过深草丛。阿贝尔让投石器在头顶上发出呼啸，为加斯帕引路，加斯帕则用自己的投石器与他呼应。

远处，在最前面的那几座沙丘上，野狗发现了一只迷路的母山羊，野狗尖厉的叫声划破了寂静。阿贝尔踩着石块，奔跑过去。最大的那条野狗已经向母羊发动进攻了，身上的黑毛直竖，围着母山羊转圈子，还时不时地吼着扑上去。母山羊边伸出犄角边往后退，可是喉咙已经有一点儿血流出来了。

阿贝尔和加斯帕赶到时，别的野狗已经逃之夭夭，那条黑毛狗却转过身来对付他俩了。它口流残涎，眼睛里喷射出怒火。阿贝尔迅速地往投石器里装进一颗锋利的石子，将它旋转起来。可那条野狗熟悉投石器的声音，石子一射出，便跳向一边，躲过石子。石子击在地上。这时，狗扑了上来，轻而易举地扑向小男孩。阿贝尔朝加斯帕喊了句什么，加斯帕马上明白了。他往投石器里装进一颗尖利的石子，用尽全身力气转了起来。黑狗停下来，怒吼着转向加斯帕。尖石子击中了它的脑袋，打碎了它的颅骨。加斯帕跑向阿贝尔，扶着他走，因为他的两腿直打哆嗦。阿贝尔紧紧拽住加斯帕的手臂，两个人一起将母山羊带回羊群中。走远后，加斯帕回头看见野狗群正在狼吞虎咽地抢食那条黑狗的尸体。

日子就这么流逝，这些日子漫长得仿佛过了好几个月似的。加斯帕已经不大想得起他来热拿这儿以前所知道的事情。

偶尔，他想到城里的街道以及它们奇特的名字，想到汽车和卡车。小卡芙很喜欢听他模仿汽车的声音，特别是那些在公路上风驰电掣、笔直前进的美国大汽车的喇叭声：

"伊伊伊啊啊啊喔喔喔！"

加斯帕的鼻子也逗得她大笑不止。他鼻子上的皮在烈日的暴晒下呈鳞片状脱落。每每加斯帕坐在小屋前，从口袋中掏出小镜子时，小卡芙便挨着他坐下来，一边笑一边重复一个奇特的词：

"Zezay！Zezay！"

于是，另外几个孩子也跟着笑了起来，也说道：

"Zezay！"

加斯帕最后终于弄懂了那个词的意思。一天，小卡芙示意他跟她一起走。她不声不响地来到离棕榈树不远的沙漠地里的一块平石块那里。她停下脚步让加斯帕看石块上的什么东西。那是一只长长的灰蜥蜴，正在太阳下蜕皮。

"Zezay！"小卡芙说道，她点着加斯帕的鼻子笑了起来。

如今，小姑娘什么也不怕了。她很喜欢加斯帕，也许是因为他不会说他们的话，也许是因为他那只那么红的鼻子。

夜里，寒气从大地和湖水那里袭来，她从其他几个熟睡的孩子身上爬过去，蜷缩在加斯帕身旁。加斯帕假装自己没被吵醒，久久地一动不动，直到小姑娘进入梦乡，均匀地吐着气息。于是，他将自己那件亚麻外衣盖在她身上，自己也入睡了。

眼下有他们两人打猎，孩子们经常能吃饱。他们在沙丘尽头能碰上沙漠兔，兔子有时也会来湖边冒险。或者趁夜色降临时到深草丛中去寻找灰山鹑，它们三五成群，在平原上空飞翔，呼啸的石块能打断它们飞行。还有贴着草面低飞的鹌鹑，投石器里要放两三块石头才能击中它们。加斯帕很喜欢这些鸟儿，要杀死它们，他心里很难过。他喜欢那些在沙漠上逃窜的灰色长腿鸟，它们会发出奇怪尖脆的叫声：

"咕哩！咕哩！咕哩！"

他们把鸟儿带回去让小卡芙去毛。然后，她用泥浆把它们包裹起来，放在炭火上烧。

阿贝尔和加斯帕总是一起出猎。有时，阿贝尔像第一次那样，只需注视着他，不声不响就能喊醒他的伙伴。加斯帕睁开双目，爬起来抓紧手里的投石器。他俩借着黎明灰蒙蒙的微光，一前一后地穿过深草丛。阿贝尔不时地停下脚步听听动静。风从草丛上吹过，带来细微的生命之声和气息。阿贝尔听着，然后稍稍改变方向，那些声音变得更加清晰。椋鸟在天空中的尖叫声，野鸽的咕咕声，必须分清昆虫的声音和草丛的飒飒声。两个男孩像蛇一样无声无息地滑过深草丛。每人都提着装了石块的投石器，左手握着石块。他们来到鸟儿栖息的地方，便兵分两路，直起身子，转起投石器。椋鸟突然飞起，直冲向天空。两个小孩一前一后放开右手，呼啸的石块击落了那些鸟。

他们返回茅屋时，孩子们已经生上了火，小卡芙准备好了水桶。他们一起吃着鸟肉，这时，太阳出现在热拿另一端的小山冈上。

早晨，湖水呈现出金属般的色泽。蚊子和水蜘蛛在水面上飞奔。加斯帕跟小姑娘一起去挤羊奶。他帮她抓住牲口，她则将羊奶挤入大羊皮袋中。她静静地干她的活，头也不抬，同时用她那有点奇怪的语言哼一支歌。随后，他们一同返回小屋，将微温的羊奶带给其他几个孩子喝。

两个年幼的兄弟（加斯帕心想他们名叫奥古斯丁和昂托瓦纳，可他不是特别肯定）带他去设陷阱捕兽。那要到湖的另一边，在泥塘开始的地方。昂托瓦纳在野兔所经之道安上草编的套索，将它系在弯弓的树枝上。有时，他们能猎获一只被勒死的野兔，可更多的时候，绳圈被扯掉了，或者套了一只老鼠，那得扔得远远的。有时，野狗会捷足先登，独吞猎物。

在昂托瓦纳的协助下，加斯帕挖了一个捕捉狐狸的陷阱。他在洞口铺了树枝和沙土。然后，他将新鲜的兔皮从通向陷阱的路上拖过。陷阱接连几个晚上没被触动过，可是，有天早晨，昂托瓦纳回来时，衬衫里兜着个什么东西。他打开包裹，孩子们看见一只幼狐在阳光下眨巴着眼睛。加斯帕像拎猫一样拎着狐狸的脖子，把它交给小卡芙。一开始，他俩彼此都有点畏怯，可当她用手心捧羊奶喂它时，他俩便成了一对好朋友。狐狸取名叫迷姆。

在热拿，时间流逝的方式不同于其他地方。或许，日子根本不会流动。这儿有夜晚，有白昼，太阳不慌不忙地爬上蓝天，地面上的影子缩短，然后拉长，可是这一切再也不那么重要了。加斯帕不去操心那些。他感觉到所有的日子都如同重新开始的同一天，一个非常非常漫长、可能永远也不会结束的白日。

热拿山谷也一样没有穷尽。他们永远也探究不完。他们不断地发现一些从未到过的新地方。譬如，湖的另一边有一片低矮的黄草区和一片长着纸莎草的泥塘。孩子们去那儿采来芦苇，让小卡芙编篮子。

他们在泥塘边停下脚步，加斯帕看着芦苇丛中的亮闪闪的水。一些大蜻蜓贴着水面飞翔，划出一道道细细的水迹。太阳强烈地反射着，空气沉闷。蚊子在阳光下围着孩子们的头发飞绕。奥古斯丁和昂托瓦纳采芦苇时，加斯帕向泥塘深处走去。他拨开那些植物，用光脚在淤泥上试探着慢慢往前走。片刻工夫水就没到了腰部。塘里的水清凉、静谧，加斯帕感到很惬意。他继续在水塘中走了很长时间。突然，他看见远处有一只大白鸟在水面上游弋。它身上的白羽毛在泥塘灰色的水面上形成耀眼的一块。加斯帕靠得太近时，白鸟便展翅飞到离他几米远的地方。

加斯帕还从未见过这么漂亮的鸟儿。它如海浪泡沫一般闪亮在杂草和灰色芦苇丛中。加斯帕真想呼唤它，跟它说说话，可他又不想吓走它。白鸟儿不时地停下来，望着加斯帕。然后，它又轻轻飞起，一副不屑一顾的神态，因为泥塘属它所有，它想独自待着。

加斯帕一动不动地立在水中，凝视着白鸟。柔滑的淤泥裹着他的双脚，阳光在水面上闪耀着金光。片刻过后，鸟儿在向加斯帕靠近。它不害怕，因为泥塘真的属于它，只属于它。它只是想看看这位一动不动地待在水中的外来者。

接着，它开始跳舞。它拍打着翅膀，洁白的身子稍稍飞离水面，塘水即刻浑浊起来。芦苇在水波中漂荡。然后，它

又落下来，一边游一边在少年的周围画着圈。加斯帕真想跟它说上几句，用它的语言，跟它说自己很欣赏它，对它毫无恶意，只是想跟它交个朋友。可他不敢出声。

这儿是如此的静谧。再也听不见岸边孩子们的喧闹声和野狗的尖叫声。只有微风吹过芦苇，纸莎草在风中瑟瑟抖动。再也没有石头山，没有沙丘，没有牧草。只有金属色的塘水、天空和那只从泥塘上滑过的鸟儿的耀眼的身影。

这时，鸟儿不再去理睬加斯帕了。它在泥塘中游泳捕鱼，长长的脖颈灵活自如，随后，它晾开白色巨翅停在那里栖息，那副神气确实赶得上一位国王：不可一世、目空一切地统治着它的水域。

突然，它拍打着翅膀，男孩看见它泡沫般的身子慢慢升起，它那长长的双爪拖在泥塘水面上，有如一架水上飞机。白鸟起飞，在天空中绕了一个大圈。它从太阳前面飞过，消失了，与阳光混然一色。

　　加斯帕依然一动不动地在水中待了很久，期待鸟儿的复归。后来，当他转身朝孩子们叫嚷的地方返回时，他的眼前有一个奇特的影子，那个如泡沫般耀眼的影子随着眼光游移，在灰蒙蒙的芦苇丛中飞逝。

　　无论如何，加斯帕感到很幸福，因为他明白，自己见到了热拿的国王。

~ 3 ~

　　阿图是那只体态肥硕的黑公羊的名字。它生活在草原另一边，沙丘的尽头，被山羊与绵羊包围在中间。奥古斯丁负责照管阿图。有时，加斯帕去找他。

　　加斯帕穿过深草丛，打着呼哨，像这么喊着：

　　"呀——哈——噢！"

　　他就会听见奥古斯丁的声音在远处回应。

　　他们席地而坐，注视着公山羊和母山羊，都不说话。奥古斯丁的年龄比阿贝尔要小许多，不过他更加严肃。他的面庞俊美光滑，但不常露笑容，两只眼睛阴郁深邃，仿佛能看到你身后的天边方向很远的地方。加斯帕很喜欢他那充满神秘的目光。

　　奥古斯丁是他们中间唯一敢接近公羊的人。他慢慢朝它走近，轻声跟它说话，话语温柔悦耳，公羊停止吃草，竖起双耳看着他。公羊的眼神跟奥古斯丁一样，同样都是大杏眼，同样幽深呈金黄色，仿佛能看穿你的五脏六腑。

　　加斯帕坐在一边，以免打搅他们。他也很想走到阿图的跟前，摸一下它的犄角和盖在前额上的厚绒毛。阿图肚子里装了不少东西，那些东西并不是写在书本上、人类爱高谈阔论的东西，而是一些沉默而强大的东西，充满美好和神奇的东西。

奥古斯丁倚在公羊身上久久地站着。他用草和草根喂它，一刻不停地凑近它的耳朵说话。公羊停止咀嚼，倾听小男孩说话，然后它晃着脑袋，迈了几步，奥古斯丁也跟着走了几步。

阿图见过沙丘和石头山外面的所有的土地。它认得出草地、麦田、湖泊、灌木、小路。它比任何人更熟悉狐狸和蛇的踪迹。它教给奥古斯丁的就是这些东西，这些关于沙漠和平原的知识需要花费毕生精力来学习。

它站在小男孩身边，啃着他手中的青草和草根。它倾听他那温柔悦耳的话语，背脊上的绒毛微微抖动。接着，它晃了晃脑袋，犄角猛地摆动了两三下。之后，它赶上了羊群。

于是，奥古斯丁回到加斯帕的身边坐下，他们一起看着在蹦蹦跳跳的母山羊群中缓缓前行的黑公羊。它要率领羊群去另一座更远的牧场，那儿的牧草还没被吃过。

奥古斯丁还有一条狗。那条狗并不真的属于他，那也是条野狗，只是它常待在阿图和羊群旁边，奥古斯丁便成了它的朋友。他叫它"侬"。这是条体形高大的猎兔狗，鼻子细长，耳朵短小，身上的长毛跟黄沙的颜色一样。奥古斯丁不时地逗它玩玩。他用手指打着呼哨，呼喊它的名字：

"侬！侬！"

于是，深草丛打开了，侬全速飞奔过来，边跑边发出短促的叫声。它停下来，双腿直立，肚子一起一伏。奥古斯丁假装向它投石块，然后又呼喊它的名字：

"侬！侬！"

他跑着穿过草丛。猎兔狗在他身后叫着、跳着，速度快得如利箭一般。它跑起来要比小男孩快得多，在平原上兜着圈子，窜过岩石块，然后停下来，鼻子朝天，警戒着。当它再次听见奥古斯丁的声音时，又接着跑了起来。它纵身跳了几下，在草丛中找到他，咆哮着假装向他进攻。猎兔狗围着奥古斯丁转圈，他朝它扔石块，狗又跑开了，最后，他俩筋疲力尽地走出平原的深草丛。

阿图不怎么喜欢这些喧闹声。它喘着粗气，气咻咻地直跺脚，带着羊群到了更远的地方。奥古斯丁回到加斯帕的身旁坐下时，猎兔狗躺在地上，高昂起头，前腿笔直，后腿并向一边。它阖上两眼，一动不动，酷似一尊雕像。唯有它的两耳在动，警惕着周围的响动。

奥古斯丁也经常跟它交流交流。就像跟黑公羊交谈一样，他不说话，只是轻轻地吹着口哨。可这条猎兔狗并不喜欢别人靠近他。奥古斯丁一起身，它也立刻站起来，跟他保持着距离。

有肉吃时，奥古斯丁就会穿过草原，把骨头带给侬。他放下骨头，吹着口哨后退几步。这时，侬便会过来吃。此时此刻，谁也没有权利走近它；别的野狗在它周围来回转悠，侬头也不抬地低吼着。

在热拿，有朋友真不错，你永远也不会觉得寂寞。

傍晚，被太阳晒得沉甸甸的空气阻挡了风的到来，小卡芙燃起火堆驱散那些在眼前、耳边跳跃的小飞虫。然后，她跟加斯帕一起去挤羊奶。他俩穿过深草丛时，小女孩不往前走了。加斯帕明白她的心思，便将她放在肩上，就像他们第一次到达湖边一样。她那么轻，加斯帕的肩膀几乎感觉不到她的存在。他跑着来到阿图和它的羊群生活的区域。奥古斯丁依然坐在原先的那个地方，注视着黑公羊和远方的山冈。

小卡芙扛着一袋鼓鼓囊囊的羊奶独自回去了。加斯帕跟奥古斯丁一起待到夜色来临。夜幕降临时，所有的东西都出现一阵奇怪的战栗。这是加斯帕和奥古斯丁最喜欢的时刻。光线渐暗，青草和大地变得灰蒙蒙一片，沙丘顶却依然被照亮。这时，天空通透得让人感到自己在飞翔，在高空中慢悠悠地盘旋，有如一只秃鹫。再也没有一丝儿风，地上没有一点儿动静，有声音从远方传来，轻轻的，静悄悄的。可以听见野狗从一座山冈到另一座山冈的相互召唤声，羊群依偎在高大的黑公羊身旁，咩咩地叫着，叫声让人怜惜。夜色有如烟幕一般笼罩着天空，星星一颗接着一颗出现。奥古斯丁指着亮晶晶的星星，他给每颗星都起了一个古怪的名字，加斯帕试图将它们记在心里。这是热拿的星星的名字，它们在深蓝色的夜空中熠熠闪烁，必须学会它们的名字。

"阿尔达伊……爱尔达南……柯加波……麦拉克……"

他像这样，用他那悦耳的声音慢慢地念着星星的名字。星星缀在深蓝色的夜空中，刚开始时只是摇曳着很微弱的星光，忽红忽蓝。之后，星光稳定、强烈、变大，闪射出锋利的光焰，仿佛空冥中闪亮的旺盛的炭火。加斯帕热切地倾听着它们神奇的名字，那些以前从未听到过的美丽的名字。

"飞达……阿里奥……米查……阿尔卡伊……"

奥古斯丁的脑袋向后仰着，呼唤天上的星星。每念完一个名字，他都要等候片刻，仿佛那星光顺从他的目光，渐渐扩大，穿过空旷的天空，来到热拿，照在他的身上。星星之间又出现了新星，更小，小得几乎看不见，就像时不时消散之后又重新出现的沙尘。

"阿尔德哈曼……德纳堡……切底尔……米哈奇……"

群星有如天边的一支船队。它们汇聚在一起，组成许许多多奇异的图形，遍布夜空。大地上现在什么也没有，几乎什么都没有。沙丘被夜幕笼罩，青草被夜色淹没。羊群簇拥着黑公羊，悄然无声地朝山谷上面走去。加斯帕和奥古斯丁睁大眼睛，凝望着天空。那里有许多生灵，被点亮的生灵，有鸟、蛇，有在星城之间蜿蜒的道路，有河流和桥梁；有许多停在那里的不认识的动物，有公牛、眼睛闪亮的狗，还有马。

"爱尼夫……"

翅膀舒展、羽毛闪亮的乌鸦，戴着钻石皇冠一动不动地俯瞰大地的巨人。

"阿尔纳拉姆，尤耶哈……"

刀子、长矛和黑曜岩做成的长剑，一只燃烧的风筝挂在空旷夜空的风中。在这些神奇的图案中，特别引人注目的是站在夜色中、统治着它的世界的那只大黑公羊阿图，一道光在它那锋利长犄角的顶端闪亮。

"哈·阿拉格……"

此刻，奥古斯丁仰面躺在地上，凝视着天空中所有那些为他闪亮的星星。他不再呼唤它们的名字，不再动弹一下。加斯帕浑身战栗，他屏住呼吸。他使出全身力气去倾听，想听清星星在诉说着什么。就好像他在用他的面孔、双手和整个身体在看，聆听在夜空深处回荡的轻柔的呢喃声，那些遥远的亮光所发出的水声和火声。

他们可以整个晚上待在那儿，在热拿平原的中央，谛听昆虫的歌，歌声开始时并不强烈，之后慢慢高亢，盖住了一切。沙丘暖暖的，孩子们在沙地里挖坑睡觉。只有那只黑公羊不睡。它守护着它的羊群，眼睛像绿色火焰一般闪耀。兴许，它彻夜不眠是想从星星和天空中获得一些新的东西。有时，它甩动自己沉重的羊毛皮，鼻孔哼哧喘气，因为它听到蛇的滑动声，或一条野狗在周围不怀好意的转悠。母羊跑动起来，蹄子在地上胡乱地踏着，却并不知道自己身在何方。之后，一切复归沉寂。

月亮从石头山上升起时，加斯帕醒了过来。夜里的寒气让他打寒战。他环顾四周，发现奥古斯丁不在了。几米开外，小男孩坐在离阿图不远的地方，低声与它交谈，声音依然是那么婉转。

阿图动了动下颌，将面孔凑向奥古斯丁，朝他的脸上哼哧喘气。这时加斯帕心里明白，公羊是在向奥古斯丁传授一些新的东西。它将自己从沙漠上、烈日炙烤的日子里所获得的关于阳光和夜的知识教给奥古斯丁。也许，它正在谈论挂在天边的一弯新月，或者那条在夜空里爬行的庞大的银河蛇。

加斯帕站起身来，紧盯着黑公羊，他也想了解一点儿黑公羊教给奥古斯丁的那些美妙的东西。然后，他穿过草丛，返回孩子们睡觉的小屋。

他在小屋门前站了半晌。他举目凝望黑茫茫的夜空中的那弯微歪的纤细的新月。一丝轻微的呼吸从加斯帕身后传来。他不用回头就知道是小卡芙醒了。他感到她微温的手紧紧地抓住了他的手。

于是，他俩一起飞上了天空，轻盈得有如两片羽毛，飘向那弯新月。他俩昂着头，飞了好久、好久，目光始终注视着那轮银月，他们什么也不想，甚至都不喘一口气：他俩飘浮在热拿山谷的上空，飞得比雄鹰、比喷气式飞机还要高。这时，他俩看见了月亮的全貌，看暗淡的大月面和耀眼的大圆弧似的月牙儿，月牙儿躺在天上，恰如一抹微笑。小卡芙紧紧抓住加斯帕的手，以防仰面跌倒。然而，她是最轻盈的，是她带着小男孩飞向那弯新月。

他俩在月儿身旁凝望了很久，与月儿挨得那么近，他俩都能感到洒在他们面庞上的清爽的月光，他们回到小屋里。他俩久久不能入睡，透过小门窄窄的门洞凝望苍白的月辉，谛听蝗虫刺耳的歌唱。热拿的夜晚美丽而漫长。

~ 4 ~

孩子们在山谷里走得越来越远了。加斯帕清晨早早地出发，此刻深牧草上依然坠满露珠，太阳还未把所有的石块及沙粒晒暖。

他光着脚丫，踩着昨日的脚印，沿小路前行。走小路得小心埋在细沙底下的荆棘和锋利的燧石。有时，加斯帕爬上山谷深处的一座悬崖，向四周眺望。

他看见一缕轻烟笔直地升上天空。他的脑海中浮现出小卡芙蹲在火边煮肉和草根的情景。

他看见更远处羊群走过时掀起的尘雾。母山羊在黑公羊阿图的率领下朝小湖进发。加斯帕仔细地观察山谷的每一个角落，发现了另外几个孩子。他亮起那面小镜子，远远地跟他们打招呼。

孩子们高喊着回应："啊——欧——啊！"

离山谷中央越远，地面越干燥。大地被烈日烤得四分五裂，变得硬邦邦的，如鼓皮般在脚下震响。这儿生活着一些形似小树枝的奇特的昆虫，譬如金龟子、蜈蚣和蝎子。加斯帕小心翼翼地掀开旧石块，看着蝎子翘起尾巴，四下逃窜。加斯帕不怕它们。他仿佛觉得自己与它们属同类，又干又瘦地生活在尘土飞扬的大地上。他很喜欢它们留在沙地上的图案，曲曲弯弯的小路细得如同鸟的羽支。还有红蚂蚁在石板上快速爬行，躲避致命的阳光。加斯帕目送它们，心想它们也有许多东西可以教给人们。那肯定是些非常微小、令人难以置信的东西，在它们的眼中，小石块变成大山，深草就是参天大树。看着这些小虫，人就会失去自己的身高，进而开始明白是什么在空气和大地上不停地颤动。你会忘记其余的一切。也许因为这个，热拿的白天才显得那么漫长。太阳没完没了地在白晃晃的天空上移动，风数月数载地吹着。

往远处，翻过第一座小山便来到一个白蚁国。一天，加斯帕和阿贝尔到达那儿，便停下了脚步，内心有点恐惧。这是一座红土高原，被激流冲成的小沟已经干涸，成了不毛之地，没有一簇青草、一棵灌木，只剩下这座白蚁城。

数百幢红土建成的塔楼整齐地排列着，屋顶松垮了，墙壁塌了下来。有些塔楼高高耸立，外观很新，非常坚固，有如摩天大楼；其他高楼仿佛没有完工，或许已被摧毁，墙壁上布满黑块，仿佛被烧过一样。

这座城市无声无息。阿贝尔看着，身子往后缩去，准备溜之大吉，可是，加斯帕已经走在高耸的塔楼之间的马路上，投石器在大腿边晃动。阿贝尔追上他。他们一起在小城里徜祥。所有这些建筑周围的地面坚硬，硬结得像是被踩踏过。这些塔楼没有窗户。它们都是些不透光的建筑物，屹立在强烈的日光下，被风雨侵蚀了。堡垒坚硬如岩石，加斯帕用拳头敲击墙壁，然后试图用石块将它击破。然而，他只能敲下一点儿红红的尘土。

两个孩子在塔楼之间穿行，看着厚实的墙垣。他们听见自己的血液涌上脑门，热气从嘴中呼呼地涌出，他们觉得自己是局外人，内心充满恐惧。他们不敢停下脚步。城中心有一座更高的蚁巢，底部粗得有如棕榈树干，两个孩子一个站在另一个的肩上大概都不能够到塔顶。加斯帕停下来，凝望着这座白蚁巢。他在想，这座塔楼里有些什么，想这些生活在最上层、悬挂在半空中却从不见光明的生灵。热气包围着它们，它们却不知太阳在哪里。他想到这些，想到蚂蚁、蝎子，还有把脚印留在沙地上的金龟子。他们的白昼漫长得如同一生，从它们那儿可以学到许多东西，许多奇特而细微的东西，于是，他背倚红墙，谛听着。他吹着口哨，呼唤里面的生灵，可是没有回答。只有从塔楼之间穿过的风在低吟，他的心跳在回响。加斯帕敲击高墙时，阿贝尔恐惧地逃开了。可蚁巢静寂无声。也许，它的居民在堡垒的掩护下，在风中，在阳光下，躲在自己的塔楼里酣睡。加斯帕端起一块大石头，朝塔楼狠狠地砸去。石块毁掉了蚁巢上的一块土墙，发出玻璃被砸碎的声音。加斯帕看见土墙的碎片中那些奇特的昆虫在顽强地抵抗着。它们在红色尘土中有如一滴滴蜜汁。可城市并没有因此喧闹起来，所有塔楼依然寂静无声，寂静从塔楼高层弥漫下来，让人感到了压抑和威胁。加斯帕和阿贝尔一样，也感觉到了恐惧。他开始以尽可能快的速度在蚁城的马路上奔跑起来。他赶上阿贝尔，两人一起头也不回地朝草原奔去。

　　傍晚，夕阳西斜时，孩子们坐在离小屋不远的地方看小卡芙跳舞。昂托瓦纳和奥古斯丁用泥塘里的芦苇做了一些小笛子。他们把剪得长短不一的苇秆用草扎起来。他们吹响芦笛，小卡芙翩然起舞。加斯帕还从未听过这样的乐曲。只是一些音符滑过，忽高忽低，声音尖脆如鸟叫。两个男孩来回吹着，用同样滑动的音符互相回应、交谈。小卡芙在他们前面歪歪脑袋，挺挺上身，有节奏地扭动腰肢，摆开双手。然后，她光着脚丫，脚掌和脚跟迅速地在地上敲击着，地底下回荡着如鼓的咚咚声。男孩子也站起身，一边吹笛，一边用光脚丫敲击地面。他们就这样吹笛，小卡芙就这么跳着，直到太阳沉入山谷。然后，他们坐在燃起的火堆边。奥古斯丁向深草丛那边走去，那里生活着黑公羊和它的羊群。他独自待在那边，继续吹着笛子，晚风不时地将乐曲轻柔的声音，如鸟鸣般微弱、柔滑的音符传送过来。

孩子们仰望一架喷气式飞机从几近黑暗的夜空中飞过。飞机在高空中像一只锡做的小飞虫一般闪亮，尾巴后一道白航迹渐渐扩大，将天空劈成两半。

也许，飞机也有许多可以教给人们的东西，许多鸟儿不

懂的东西。

　　热拿这儿要学习的东西还真多。学习这些东西并不像城市的学校里那样，用语言传授，也不用被人逼着学，不是通过读书或者在熙熙攘攘、满是闪光字母的大街上走着学。这儿的东西在不知不觉中就能学会，有时速度快得如同空中呼啸飞过的一块石头，有时又很慢，需要一天又一天、日积月累才能学会。这些东西非常美妙，能持续很长时间，不会有

重复，每时每刻都在运动变化。人们学会它们，将它们忘记，然后又重新学会。不是很清楚它们是怎么来的：它们就在那儿，在阳光里，在天空中，在大地上，在燧石里，在云母片、在沙丘红色的沙粒中。看着它们，听着它们就足够了。可加斯帕明白，外面的人是学不会的。只有生活在热拿，跟这些牧童、大公羊阿图、猎兔狗侬、狐狸迷姆，跟你头顶上的所有星星，以及浑浊的泥塘中某个地方的那只羽毛如泡沫一般洁白的大鸟在一起，才能学会这些知识。

在热拿，主要是太阳在传授知识。它在高空上照耀，将它的热量送给大地上的石块，勾勒出每座小山的轮廓，给什么东西都投上憧憧影子。小卡芙用泥土做了一些盘子放在草地上，让阳光将它们晒干。她还用泥土做了各种各样的娃娃，给它们戴上草茎做的头饰，身穿碎布头做的衣服。然后，她坐下来，看着太阳烤干这些陶器和娃娃，她的皮肤也变成泥土的颜色，头发酷似青草。

风常常自言自语。它那儿有教不完的东西。它从山谷的一边吹来，从你身边吹过，然后朝另一边吹去，仿佛一丝呼吸穿过你的喉咙和心脏。它轻轻地，让人看不见，把你充满、让你鼓胀起来，让你永不餍足。有时，阿贝尔和加斯帕玩起捂鼻子、屏呼吸的游戏。他们这么做，仿佛要潜入海水深处寻找珊瑚。他们像这样，把鼻子和嘴巴堵住，坚持数秒钟。然后，他们双脚一蹬，重新浮出水面，风重新钻入他们的鼻孔，那种强劲的风令人沉醉。小卡芙也想试试，可她一做就会打嗝。

加斯帕心想，要是他能学会所有的这些知识，他就跟大公羊阿图一样了：在尘土飞扬的大地上特别强大，浑身充满力量，眼睛里射出绿幽幽的光。他就能像小昆虫那样，能建造如灯塔般高大的泥房，只在屋顶上安个窗户，从那儿眺望热拿山谷的所有的一切。

如今，他们已经很熟悉这里的一切。脚掌一着地，他们便能说出身在何处。他们熟悉所有的声响，那些与太阳同时升起的声音，那些诞生在夜里的声音。他们知道哪儿可以找到可口的草根和野菜、灌木上结出的涩果、甜花、谷物、椰枣和野扁桃。他们熟悉野兔的所经之道、鸟儿的栖息场所、鸟窝里的蛋。当夜幕降临，阿贝尔回来时，野狗叫着讨要猎物的内脏。小卡芙用燃着的木柴将它们赶开。她把狐狸迷姆放进衣兜里紧紧抱住。只有猎兔狗侬才有权走近，因为它是奥古斯丁的朋友。

一天早晨，当太阳已高高挂在天空上时，一大群蝗虫飞了过来。迷姆最先听见，在它们尚未在山谷上空出现时，它就已听见蝗虫的声音。它停在小屋门前，竖起双耳，浑身战栗。随后，蝗虫的声音过来了，孩子们也站着一动不动了。

蝗虫群有如一片黄雾般的低云，在青草上面飘浮着前进。突然，所有的孩子都大叫起来，奔跑着穿过山谷。云块摇晃着、犹豫着，围着青草在原地转圈。整个天空充满了千千万万只蝗虫刺耳的叫声。阿贝尔和加斯帕跑在云块的前头，让草鞭投石器呼啸起来。其他孩子把干树枝扔进火堆里，旋即火光四起。眨眼工夫，天空昏暗了下来，蝗虫队伍缓缓地从太阳前面经过，给大地罩上一层阴影。蝗虫撞击着孩子们的面孔，用利齿般的钳腿抓伤他们的脸庞。草地的另一头，羊群朝沙丘逃窜，那只肥大的黑公羊一边后退一边气呼呼地跺着脚。加斯帕不停地跑着，投石器在头顶上螺旋桨般旋转。蝗虫翅膀的嗡嗡声震撼着他的耳膜，他继续毫无方向地跑着，用草鞭投石器在空中抽打着。蝗虫群无休无止地在草原上空回旋，仿佛在寻找一块杀戮之地。大片大片昏黄的虫子在地上铺开、移开，又重新遮盖下来，掉落在地，然后又沉甸甸地飞起，沉醉于它们自己的声音中。阿贝尔的脸和手都划满了血痕，他屏住呼吸跑着，被飞旋的投石器拽着走，每次投石器击中云块一般的蝗虫，他都要大叫一声，加斯帕也回应一声。

然而，蝗虫队伍没有停止飞行。它们渐渐飞往池塘上空，依然摇晃着、犹豫着，朝石山那边逃去。最后一批蝗虫终于飞上天空，天空重新变干净了。刺耳的声音减弱了，消失了。太阳重新出现时，孩子们筋疲力尽地返回了小屋，他们直条条地横在地上，喉干舌燥，面孔发肿。

稍后，年龄较小的几个孩子喊叫着穿过深草丛，去捡那些被打死打昏的蝗虫。回来时，他们的怀里抱着一大堆蝗虫。孩子们围坐在火堆旁，吃着蝗虫，直到天黑。这一天，野狗也一样，在深草丛中也有一场盛大的宴会。

~ 5 ~

已经过去多少天了？月亮圆了，然后又变成了一弯新月，挂在山冈上。有时，月亮从漆黑的夜空中消逝了，当它重新出现时，孩子们一边用自己的礼仪叽叽喳喳地向它问候，一边行屈膝礼。如今，它又圆了，平滑了，挂在夜空中，让热拿山谷沐浴在它那蓝幽幽的清辉中。然而，在月亮的清辉中蕴藏着某种神奇的东西，像是某种清凉和静谧。孩子们早就在屋里睡着了，只有加斯帕久久地坐在门口，望着月亮浮在空中。阿贝尔也很焦虑。白天，他独自到一个很远的地方，谁也不知道他去哪儿。走时，他让草鞭投石器在腿边晃着，到晚上才回来。他回来时再也没带回什么肉食，偶尔只能捕获几只干瘦、羽毛污秽的小鸟。无法消除饥饿。夜里，他与孩子们一起睡在小屋里，可加斯帕知道他睡不着；他在静听小屋四周的虫鸣和癞蛤蟆的叫声。

夜凉丝丝的。月亮猛烈地照耀着，月光如霜。加斯帕凝望月光辉映下的山谷，冷飕飕的风从他脸上刮过。每呼吸一次，热气都要从他的鼻孔中钻出，一切都变得干、冷、硬，没有阴影。加斯帕清晰地看见了月亮上的所有图案：黑块、裂缝和火山口。

野狗也睡不着。它们咆哮着、尖叫着，一刻不息地在月光下的平原上游荡。饥饿折磨着它们的肚子，它们徒劳地搜寻着一点儿剩余的食物。它们靠小屋太近时，加斯帕便朝它们投掷石块。野狗怒吼着向后跳去，然后又回来了。

这天晚上，阿贝尔决定去捕"那赤"蛇。夜半时分，他起身找到加斯帕，站在他身旁，看着月光下的山谷。寒冷砭骨。云母石光芒闪烁，深草如金属片一般闪光。没有风。月亮似乎离得很近，仿佛天地之间什么也没有，一片空蒙。月亮周围的星星也不闪烁。

阿贝尔向前跨了几步，然后回转身，看了一眼加斯帕，示意加斯帕跟他一起去。月光将他的面孔染成白色，黑眼眶里的双眸被点亮。加斯帕拿起投石器，跟他一起走。他们没有从深草中穿行。他们绕过泥塘，朝石头山那边走去。

经过灌木丛时，阿贝尔将投石器挂在脖子上。他用小刀砍下两根长树枝，认真地削着。他将其中的一根小木棍交给加斯帕，另一根紧握在他的右手上。

然后，他在石子小路上疾步向前。他猫着身子往前走，没弄出一丝响声，面孔处于警戒状态。加斯帕学他的样子，跟着他。刚开始时，他还未明白，他们已经开始捕捉"那赤"蛇了。他原以为阿贝尔发现了一只沙漠兔的路线，马上要转起投石器。然而，这天晚上，一切都异于往常。月光柔和、寒冷，阿贝尔默默地走着，右手紧握着那根长棍。"那赤"吐着信子，在沙地上慢悠悠地爬着，像树根一样，生活在热拿这片区域。

加斯帕从未见过"那赤"。他只是在某些晚上，当它从羊群旁边爬过时，听见过它的声音。这声音跟第一次他来热拿的途中、翻过那堵石墙时听到的声音一模一样。小卡芙向他表演过这种蛇是怎样跳舞的。她边跳边喊："那赤！那赤！那赤！那赤！"她模拟蛇尾敲击石块和枯树枝时发出的噼啪声。

这天晚上的确是"那赤"之夜。所有一切都像它那样，又干又冷，闪着磷光。石头山下的一些地方，"那赤"扭动长长的躯体，在冷石板上滑行，舌尖舔着尘土。它在搜寻猎物。它慢悠悠地朝羊群游去，不时停下来，一动不动，宛如一段树根，而后又重新移动。

加斯帕与阿贝尔分成两路。他们俩隔着几米远距离同时行动。他俩躬身屈膝向前，上身和手臂缓缓移动，仿佛在游泳。两人的眼睛已适应了月光，变得如月光一样寒冷、苍白，能看清大地上的每一个细节，每一块石头，每一丝裂缝。

这有点像是在月面上。他俩在光秃秃的土地上，在断裂的岩石和黑乎乎的石缝中缓缓向前。远方的山冈有如破裂的火山口一般，在黢黑的夜空下闪闪发光。他们的四周，满眼是金光闪耀的云母、石膏和岩盐。两个孩子迈着轻缓的步子走在这个石块和沙的区域。他们的面孔和双手异乎寻常的白，衣服闪着蓝幽幽的磷光。

这儿便是"那赤"的家园。

两个孩子正在寻找它的行踪，一步一步地探察这里的土地，倾听这儿所有的声响。阿贝尔与加斯帕的距离越来越远，他围绕石灰高台转了一大圈。即使当他走到很远的地方，加斯帕都看得见他面前闪耀的热气，听得见他的呼吸声；寒冷把一切变得清楚、明晰。

现在加斯帕沿着一条小沟穿过荆棘丛。当他从一棵因干燥和寒冷而干枯、掉光树叶的刺槐旁经过时，突然战栗不止。他停下脚步，心怦怦乱跳，他又听见咝咝的声音，跟他那天翻越干燥的旧石墙时听见的咝咝声一样。他看见就在他的头顶上，一条"那赤"把身子盘绕在一根树枝上。"那赤"缓缓地滑下刺槐，身上的每一片鳞都如金属般闪光。

加斯帕再也不能动弹。他死死地盯着那条蛇，它似乎没完没了地从树枝上滑下，绕在树干上，朝地面爬来。蛇身上的每一块图案都清晰地闪亮。蛇身向下滑动时几乎未碰着树干。它长着三角形脑袋，眼睛酷似金属。"那赤"长长的身子无声无息地向下滑着。加斯帕只听见自己的心在寂静中剧烈地跳动。月光照亮了"那赤"的鳞片和两只冷冷的眼睛。

加斯帕不得不移动一下，因为"那赤"停下来，竖起了脑袋。它看着这个少年，加斯帕感到自己的身子都僵住了。他真想大喊，叫阿贝尔，可他的喉咙发不出一点儿声音。他不再呼吸。很久之后，"那赤"又在移动了。它着地时仿佛水流进沙土，一条长长的白色小溪从树干上流下。加斯帕听见蛇在地上滑动，发出放电一般的轻微的咝咝声，仿佛风吹动枯叶的声音。

加斯帕一动不动地待到"那赤"消失。此刻，他开始剧烈地颤抖，他只得坐在地上，以防摔倒。他仍然感到"那赤"

射向他的脸庞的冷冷的目光，仍然看见如冰凉的水一样从树上滑下的蛇身。加斯帕久久地坐着，一动不动，有如一块大石头。他听着自己的心跳。大地上空，圆月照耀着这条荒寂的山沟。

加斯帕听见阿贝尔在叫他。他轻轻地吹着口哨，纯净的空气将他的口哨声送得很远。接着，加斯帕又听见了他的脚步声。小男孩向这边走过来，速度很快，双脚仿佛只是稍稍从地上轻轻掠过。加斯帕起身迎住阿贝尔。他俩一同顺着山沟，踏着"那赤"的足迹向前走。

阿贝尔重新又吹响口哨，加斯帕明白他是在召唤"那赤"，他就是这么轻轻召唤它，声音持续、单调。躲在荆棘和刺槐里的"那赤"察觉到口哨声，便伸出脖子，晃着三角形脑袋。它的身子一圈一圈地盘成一团。"那赤"焦急地想弄明白口哨声是从哪儿传来的，但尖脆的震颤声包围着它，口哨声仿佛从四面八方一起向它袭来。这是一种奇特的声波，能阻止它逃跑，逼迫它将自己的身子缩成一团。

两个孩子在月光中的高大苍白的身影出现时，"那赤"狂怒地用尾巴拍击石块，发出火花般的噼啪声。蛇身磷光闪闪。它在沙地上轻轻抖动，仿佛打着寒战。蛇身在原地舒展开，在砾石上滑动、伸长、放松，加斯帕又看见它那只长着没有眼皮的眼睛的三角形脑袋。他又感觉到刚才的那种让他的四肢麻木、思维停止的寒冷。阿贝尔躬身向前，口哨声更加响亮了。加斯帕学着他的样子。他俩开始跳"那赤"舞，动作像游水者一样悠缓，他们的脚丫在地上滑动，向前，向后，脚后跟跺地。他们紧绷双臂划着圆弧，木棍也在空中呼啸。"那赤"继续向孩子们爬来，一边吐着信子，竖起的脖子上的脑袋摇摆着，跟两个孩子一同起舞。

"那赤"距离他们就几米远了，两个孩子加快了他们的舞蹈动作。这时，阿贝尔在说着什么，也就是说他边吹口哨边说，嘴中飘出一些奇特的有节奏的声音，夹杂着猛烈的爆炸声，有如一阵回荡于岩石高台与远处山冈、沙丘之间的风鸣。这些话语有如寒冷中的石块的磕碰声，有如昆虫的叫声，有如月亮的光辉，这些强烈生硬的话语，仿佛响彻整个大地。

"那赤"的身子随着说话声和脚掌击地声，不停地摇摆。脖颈上那只三角形脑袋颤动着。缓缓地，"那赤"向后蜷缩着，向一边摇晃着，两个孩子在离它不到两米远的地方跳着。"那赤"的身子绷紧、战栗，持续了一段时间。后来，它突然像一条鞭子一样伸展开，抽打起来。阿贝尔见状跳到一边。与此同时，他的木棍呼啸着击向蛇的颈部。"那赤"气咻咻地蜷缩着，两个孩子仍旧围着它跳舞。加斯帕这时已不再恐惧。

"那赤"朝这边出击时，他只向旁边移动一下，他也试着向蛇的头部抽去。"那赤"立即向后退避，木棍掀起一些尘埃。

即使在呼吸时也不能停止口哨和说话声，必须让哨音和话声在黑夜里回荡。这种曲子如目光一般，一种并不柔弱的乐曲，能将"那赤"困在那里，阻止它逃跑。这种曲子透过蛇皮进入蛇身，向它发出指令，这种冰冷、致命的曲子减慢了它的心跳，使它的行动失控。它嘴中的毒液已准备好，淋巴结肿胀起来。然而，两个孩子波浪般起伏的舞蹈更有威力，他们的乐曲能使他们免遭攻击。

"那赤"将身子盘在一块岩石上，让脑袋更利索地在空气中拍击着。两个孩子的白色身影不停地在它面前晃动，它感到疲惫了。它不时地向前伸出脑袋，张口想咬人，可缠在岩石上的身子显得太短了，它只能拍打出少许细得摸不出来的尘土。每一次木棍发出呼啸，它的颈椎骨都被打得咯咯直响。

最后，"那赤"放弃了它的据点，长长的身子在地上伸长，展现出它全部的美，它像盔甲一样闪亮，如锌片般闪出波纹般的光。它背上那些匀称的花纹有如眼睛。它的尾骨颤动着，奏出尖脆、干硬的曲子，与孩子们的口哨声和脚下的节奏交织在一起。它慢慢地竖起脖子上的脑袋。阿贝尔停下口哨，朝它走去，扬起细木棍，"那赤"一动不动。它的头与颈部交成直角，扭向走近它的白色身影。阿贝尔给它结结实实地来了一棍子，打断了它的脖颈。

之后，石灰高台上没有了一丝声响。唯有冷风不时地吹过灌木丛和刺槐树枝。月亮高高地挂在黑漆漆的夜空中，星星不再闪烁。阿贝尔和加斯帕凝视了片刻瘫在地上的长长的蛇身。他们扔掉木棍，返回热拿。

~ 6 ~

这以后，热拿的所有一切都在迅速地改变。太阳在无云的天空中更加剧烈地照耀着，到了下午，天热得叫人难以忍受。所有的一切都像带了电一样。每时每刻都能看见石块上耀眼的火花，听见沙子、草叶和荆棘的爆裂声。湖水也变了，像金属般沉重而昏暗，倒映着天空的亮光。山谷里再也没有动物出没，唯有一些蚂蚁和在石块下生活的蝎子。沙尘来了，人走在地上，尘土便飞上空中，呛人、干硬的沙尘让人难受。

孩子们大白天睡觉，他们被炎热和干燥折腾得疲惫不堪。有时，他们一觉醒来，心中掠过某种新的焦虑。他们感到电流从身上、从头发上经过。他们像野狗一样漫无目的地奔跑着，也许是为了寻找某种猎物。然而，再也见不到野兔和鸟。

动物离开了热拿，他们却没有意识到。他们采摘苦味宽叶草，挖掘草根充饥。小卡芙重新储备辣谷子准备上路。唯一的食物是羊奶，他们与狐狸迷姆一起享用。可羊群也变得烦躁不安。它们向小山进发，挤羊奶的路程越来越远了。奥古斯丁再也不敢靠近大黑公羊。阿图愤愤地用蹄子扒着地面，扬起一片片尘雾。每天，它都要率领羊群走到更远的地方，向山谷高处走去，那儿开始有小山，它仿佛在暗示：又要走了。

夜里，天气寒冷，冻得孩子们没有一点儿气力。他们只得紧紧拥成一团，不动弹，不睡觉。再也听不见昆虫的鸣叫。除了风刮过的声音和石块的磕碰声，什么也听不见。

加斯帕预感到有什么事情要发生，可他不明白会发生什么事。他整晚躺在地上，靠着蜷缩在他的那件外套里的小卡芙。小女孩也没睡，她怀抱狐狸迷姆，等待着。

他们都在等待。连阿贝尔也不去打猎了。他把投石器挂在脖子上，躺在屋前，眼望着月光照耀下的小山冈。热拿只有这些孩子，只有他们、羊群以及在沙洞里低声哼唧的野狗。

白天，太阳烤着大地。湖水散发出沙尘和灰烬的气味，羊喝了这水便感到四肢瘫软无力，阴郁的眼睛困得都睁不开。干渴并没有得到缓解。

一天，接近中午时，阿贝尔带着草编投石器出去了。他紧绷着面孔，双目因为发烧而闪烁着亮光。尽管他没有吱声，加斯帕还是带着自己的投石器跟在了他的身后。他们朝长满纸莎草的泥塘走去。加斯帕发现泥塘水浅了，呈现出泥浆的颜色。蚊子在两个孩子面前飞舞，发出此时唯一的生命之声。阿贝尔走进水中，快步向前。加斯帕看不见他了。他一个人往前走，陷进池塘的淤泥里。他看着芦苇中的水面浑浊而又坚硬。水面反射出耀眼的光，天气热得让他感到呼吸困难。汗水在他的脸上、背上流淌着，他的心脏急剧地跳动。加斯帕加快了脚步，他忽然明白了阿贝尔在寻找什么。

突然，他发现了芦苇间的那只白鸟，热拿的国王。它舒展翅膀，静静地立在水面上，洁白得如同泡沫一般。加斯帕停下来看着这只鸟，他的心中充满了喜悦。白鸟依然像他第一次看见的那样，唯我独尊，像幽灵显圣一般被阳光笼罩。加斯帕心想，它在泥塘中央静静地统治着山谷、野草、山冈和沙丘，直至天边的一切；也许，它马上就能消除四处蔓延的疲惫和干燥，也许，它即将发出命令，一切重会变得跟从前一样。

当阿贝尔在仅有几米远的地方出现时，白鸟扭头奇怪地打量着他。可是，它一动不动，雪白的巨翅舒展在明晃晃的水面上。它不怕。加斯帕再也没去看那只鸟。他注意到小男孩把手举过头顶，手中拿着那根长长的绿鞭子，鞭子开始旋转，发出致命的歌声。

"他要杀死它！"加斯帕心想。他突然冲过去。他使尽全力在泥塘中挣扎着，拨开纸莎草，向阿贝尔跑去。他赶到时，石块快要投出去了。两人滚进泥水中，这时，白鹗展翅飞走了。

加斯帕扼住阿贝尔的脖子，将他按在浑水里。小牧人比他瘦小，可比他更敏捷，比他更有力气。片刻工夫，他就摆脱了加斯帕的控制，在泥水中后退了几步。他停下来看着加斯帕，一句话也说不出。他灰暗的面孔和眼睛里充满了愤恨。他在头顶上转起投头器，然后放开。加斯帕低下身子，可石子还是击中了他的左肩，他倒在水中，仿佛挨了一拳。第二块石子从他的头边呼啸而过。刚才搏斗时，加斯帕的投石器掉进了水里，他只得逃走。他开始在芦苇丛中逃窜。愤怒、恐惧、痛苦一起袭来，他感到脑袋里嗡嗡作响。他以最快的速度七拐八拐地跑着，躲避阿贝尔的袭击。

当他气喘吁吁地踏上坚实的土地时，发现阿贝尔并没有追他。加斯帕坐在地上，借芦苇作掩护；他待了很久，直到心脏和肺部完全平静下来。他感到伤心和疲惫，因为他知道自己再也不能回到孩子们中间了。于是，当太阳完全接近地平线时，他踏上山冈小路，离开了热拿。

他只回过一次头，那是当他爬上第一座小山的山顶的时候。他久久地凝望这座山谷、青草平原和平滑的湖面。他看见水边耸立的那座小土屋和笔直地冲向天空的蓝烟柱。他极力想看清坐在火边的小卡芙的身影，可离得太远，他看不见任何人。从这儿的高山顶上看去，泥塘小得如同倒映着芦苇和纸莎草的黑秆的晦暗的镜子。加斯帕听见野狗的叫声，一片灰暗的尘雾从山谷尽头的什么地方升起；那儿，大公羊阿图领头走在羊群中。

那天夜里，加斯帕蜷缩在一块岩石的凹槽里，睡了三个小时。严寒把他的伤口的疼痛冻麻木了，他的身体疲乏得像一块笨重而失去知觉的石头。

黎明前，是风把他给唤醒了。这风不同于以往。风暖暖的，带了电，来自遥远的石头小山的另一边。风沿着山谷和冲沟而来，在岩洞里，在风蚀岩上呼啸，猛烈、充满威胁。加斯帕赶忙起身，风阻碍着他前进。他弓着身子顶着风，沿着坍塌的干石墙边的小冲沟向前走。风推着他沿冲沟走上一条公路。加斯帕在公路上奔跑起来，也顾不得要去什么地方。这时，天亮了；然而，这是一种奇特的亮光，红里透灰，同时从四面升起，仿佛发生了一场火灾。大地只不过是一大片在横扫的风中滑动的尘土。它变得不真实了，像气体一般消散。

夹杂着锋利沙砾的尘土猛击着岩石、树木、青叶，用它们数百万只喙啄食着，划伤、剥去它们的皮。加斯帕奔跑起来，也顾不上喘气，他不时地振臂高呼，像那些孩子驱赶蝗虫时一样。他半眯着眼睛，光着脚丫在公路上奔跑，可是红沙尘比他跑得更快。龙卷风裹着沙粒，像蛇一样从他胯下滑过，将他裹起、旋转，像源源不断的激流一样将公路淹没。加斯帕再也望不见山冈和天空。他只能看见空中的一点儿浑浊的微光，那种笼罩着大地的奇特的红光。风沿着公路呼啸着、怒号着，敲打着加斯帕的背脊和肩膀，推得他蹒跚不止。沙尘从他的嘴和鼻孔钻入，让他透不过气来。加斯帕在公路上摔了好几次，手和膝盖都擦破了。可他感觉不到疼痛。他拼命地逃，手臂挡在前面，用目光搜寻一个能够避一下的地方。

他就这样跑了几个小时，迷失在沙尘暴中。后来，他在路边的人行道上发现一座小屋模糊的影子。加斯帕推门而入。屋里空无一人。他关上门，靠墙蹲下，把脑袋埋进了衬衫里。

风持续了很久。微微的红光照进了小屋。热浪从地面、天花板和墙壁上涌出来，他仿佛置身于炉灶之中。加斯帕一动不动地待在那里，费力地呼吸，心跳慢得仿佛他马上就要死了。

风停后，一阵死寂。灰尘缓缓地飘落在地上。红光渐渐熄去。

加斯帕走出小屋。他看着四周，有些摸不着头脑。外面的一切都变了。沙丘耸立在公路上，仿佛静止的波涛。大地、石块和树木全都披上了红沙土。远方的天边，天空上有一团奇特的污块。加斯帕看看四周，发现热拿山谷不见了。它消失了，山冈那边什么也没有，仿佛山谷根本就没有存在过。

太阳出现了。它光彩熠熠，温暖进入加斯帕的体内。他在公路上跨了几步，甩掉沾在头发和身上的尘土。公路的尽头，一个红砖村庄沐浴着白日的阳光。

后来，来了辆卡车，亮着前大灯，发动机轰轰直响，加斯帕闪到一边。卡车从他身边经过时没有停下，在滚滚红尘中向村庄开去。加斯帕沿着公路走在暖烘烘的沙土上。他想到了那些跟着大公羊穿越山冈和石头平原的孩子。黑色的大公羊一定在生大风和沙尘的气，因为孩子们出发得太迟了。阿贝尔走在羊群的前面，长长的绿色投石器在他的手上转动。他时不时地喊："呀！呀！"其他孩子也跟着喊。满身黄尘的野狗也兜着圈子奔跑着、叫喊着。

他们穿过红沙丘，朝北方，或者东方挺进，寻找新的水源。也许，稍远的地方，翻过一堵干石墙，他们便能找到一座类似热拿的山谷，青青草地间闪耀着水的眼睛。高大的棕榈树在风中摇曳，他们可以在那儿用树枝和泥土建起一座小屋。那里会有岩石高台和山沟，生活着沙漠兔；黎明前，鸟儿会在青草地中间的空地上栖息。泥塘的水面上，也许同样会有一只大白鸟朝大地俯冲而来，像一架盘旋的飞机。

加斯帕没去看那座他正在走进的城市。他没看见那些砖墙、金属百叶窗紧闭的窗户。他依然在热拿，跟那些孩子在一起，与小卡芙、狐狸迷姆、野狗侬在一起。他跟他们在一起很愉快，他们之间无须说话。当他走进警察总队的办公室，回答一个坐在老式打字机后面的男子的问题时，他说道：

"我叫加斯帕……我迷路了……"